Das Buch

Die Liebe zur Heimat ist ein starkes Gefühl. Das Haus, in dem Möne Markow geboren wurde, die mecklenburgische Landschaft und ihre Sprache haben ihn geprägt. Es fällt ihm schwer, aus der alten in eine neue Heimat nach Amerika zu gehen. Doch der Sohn des Schmieds ist ja gerade deshalb Pastor geworden, weil er den Deutschen in der Fremde ein Stück Heimat im alten Glauben bringen will. Möne Markow ist voll schlichter Menschlichkeit und Glaubenskraft, voll Ernst und sonnigem Humor. Johannes Gillhoff, der Autor des ›Jürnjakob Swehn‹, hat das Manuskript zu diesem Auswanderer-Roman hinterlassen, und sein Bruder Theodor hat es vollendet. »Was dieser Mecklenburger drüben erlebt, ist so köstlich geschrieben, daß man Theodor Gillhoff nur von Herzen zu diesem Buch beglückwünschen kann.« (Evangelisches Sonntagsblatt, Bonn)

Die Autoren

Johannes Gillhoff, geboren am 24. Mai 1861 in Glaisin (Mecklenburg), war Seminar-Lehrer und Schriftleiter der ›Mecklenburgischen Monatshefte‹. Er starb am 16. Januar 1930 in Parchim. Weitere Werke: ›Die mecklenburgischen Volksrätsel‹ (1892), ›Bilder aus dem Dorfleben‹ (1905), ›Zur Sprache und Geschichte des kleinen Katechismus‹ (1909). Theodor Gillhoff, sein Bruder, vollendete das begonnene Manuskript des ›Möne Markow‹. Er starb hochbetagt 1959 in Amerika.

Johannes und Theodor Gillhoff:
Möne Markow
der neue Amerikafahrer
Roman

Deutscher
Taschenbuch
Verlag

dtv

Von Johannes Gillhoff
ist im Deutschen Taschenbuch Verlag erschienen:
Jürnjakob Swehn der Amerikafahrer (1402)

Lizenzausgabe
1. Auflage Juni 1989
Deutscher Taschenbuch Verlag GmbH & Co. KG,
München

Umschlaggestaltung: Celestino Piatti
Gesamtherstellung: C. H. Beck'sche Buchdruckerei,
Nördlingen
Printed in Germany · ISBN 3-423-11083-X
1 2 3 4 5 6 · 94 93 92 91 90 89

Der Heimat gewidmet

Vorwort

Ja, der Heimat! Der Heimat, die uns von Eltern, Großeltern und Urgroßeltern erblich und eigentümlich angehört. Und zu der Heimat gehört die Liebe, die sie uns zeigt und die wir lebenslang durch treue Anhänglichkeit zu vergelten suchen. Heimatbild und Heimatliebe nehmen wir mit, wohin wir gehen.

Ist es nötig, von der Heimatliebe meines Bruders Johannes zu schreiben? Wer sein Buch »Jürnjakob Swehn der Amerikafahrer« gelesen hat, der hat ein Hoheslied von unserer Heimat, der »griesen« Gegend, gelesen. Wo er ging und stand, immer blieb er der Sohn der Norddeutschen Tiefebene. Und wo er einen Menschen fand, von dem er annahm, daß er gleichen Sinnes sei, da forschte und grub er nach mit sorglichem Sinn und in der Hoffnung, zutiefst im Herzen seines Vertrauensmannes auf eine Goldader zu stoßen. Johannes fand viel lauteres Gold in der »griesen« Gegend und hatte seine Freude daran und brachte es in Umlauf. –

Sein jüngster Bruder Theodor ist jetzt ein alter Mann und kann länger als achtzig Jahre zurückdenken. Das Sinnen und Denken hinein in die Vergangenheit macht sein Herz froh und warm. Die Gegenwart beschäftigt ihn nicht oft, sie ist ihm zu wild in Wort und Tat; aber die Jugendzeit und die Heimat breiten ein Märchenbild in den zartesten Farben vor ihm aus, so daß ihm vor lauter Frohsinn fast die Tränen kommen.

Eins ist ihm und seinem treuen Weib auch in der Fremde treu geblieben – das Heimweh nach der »griesen« Gegend. Einmal sahen beide die Heimat wieder. Sie war anders geworden. Die Strohdächer waren nicht mehr da, die Storchnester auch nicht. Kriegsnot und Kriegselend waren auch in diesen stillen Winkel gedrungen. Ja, sie war anders geworden, die Heimat – aber es ist und bleibt die Heimat; sie hatte nur ein anderes Kleid angezogen.

Theodor Gillhoff

Erster Teil

1. Dorf Warkenthin und die Markows

Dies ist die Geschichte von Möne Markow, dem einzigen und spätgeborenen Sohn des Erbschmiedes Hinnerk Markow im Ausbau Immenkath bei Warkenthin. Er stand an seines Vaters Amboß und lernte ein gut Teil von dem fleißigen und werkkundigen Manne. Später ging er und suchte seinen eigenen Weg, wie Menschenkinder pflegen zu tun. Seines Lebens Wanderstab und seines geistlichen Amtes Hirtenstab legte er nieder in Buffalo Heights, fern im Mittelwesten der Vereinigten Staaten, dort, wo Ahorn, Eiche und Douglasfichte im Nordwinde rauschen. Er ward abberufen aus dieser Zeitlichkeit im Jahre 1918, als in Europa die Ströme roten Blutes versiegten. Sein Weg ging durch viel Arbeit, Mühsal und Unruhe, aber sein Ende war das der Gerechten. Er hatte seine Heimat verlassen; aber er vergaß ihrer nicht im fremden Lande.

Das Dorf Warkenthin liegt in der »griesen« Gegend im Südwesten von Mecklenburg, und in trockenen Jahren geht mehr Wind unter den Kühen durch, als den Bauern lieb ist.

»Hat der Doktor euren Kühen Bewegung verordnet, oder gehen sie doch man so en büschen spazieren auf dem kahlen Dreesch?« Also sprach Lickefett, der Güterausschlächter aus der Hintersandpropstei, zum Schulzen, der ihm am Kreuzweg begegnete, als sich sein Rößlein festgefahren hatte im mahlenden Sand.

Darauf der Schulze gelassen erwiderte: »Wenn di dat hier nich geföllt, denn deihst du am besten, wenn du glieks wedder ümkihrst. Wi bruken di hier nich, un wi denken von de Slag Lüd, tau dei du hürst, grad' so vel as von den Dreck, den wi up de Dörpstrat mit de Schüpp tausamenkratzen.«

So sprach der Schulze, denn er hielt in seinem Dorf auf Sauberkeit »binnen und buten«, und seine Bilder und Gleichnisse entnahm er mit Vorliebe dem Dorfleben – in besonderen Fällen auch dem, was Kühe und Pferde aus purer Unbedachtsamkeit auf die Dorfstraße fallen ließen; darum waren sie auch von sinnfälliger Kraft. Und der Hintersandpropsteier war ein Mann von Verständnis. Er zog den Kopf zwischen die Schultern und verschwand mit seinem braunen Rößlein ohne weitere Bemerkung hinter den Sandhügeln. Nur ein ganz dummerhaftiges Kalb blökte ihm nach. –

Warkenthin liegt auf einer niedrigen Anhöhe, und breite Straßen führen von der Höhe durch ausgedehnte Wiesen und Weiden und Kornfelder nach allen vier Winden bis ans Ende der Welt. Aber die Warkenthiner Bauern blieben meistens zu Hause, denn an den Enden und Zipfeln der Welt hatten sie mit Pflug und Sense nichts zu schaffen.

In festgefügter Hufeisenform liegt Warkenthin von alters her da oben. Niemals in späterer Zeit hat die Norddeutsche Tiefebene Bauwerke hervorgebracht, so eins mit ihr und so voll großer Ruhe wie die Strohdachhäuser der Bauern. Breit und schwer in klobiger Wucht hingelagert, sind sie wie Bauten der Urwelt in ungefüger Kraft dem Schoß der Mutter Erde entstiegen. In den groben Linien herrscht höchste Einfachheit und Wahrheit. Da ist kein Raum für engbrüstige Erkerchen, angeklebte Balkons und unwahren Stuck. Da ruht schlichte Schönheit neben reiner Zweckmäßigkeit. Und um das behäbige Strohdach geht es wie ruhevolles Atmen mütterlicher Liebe, und unter ihm wohnt Güte bei Härte, und sattes Behagen folgt hart zupackender Arbeit.

Abendstille senkt sich auf die breiten Dorfstraßen und über die müden Bauernhöfe. Im Stall noch das Stampfen eines Pferdes, das behagliche Schnaufen einer Kuh, und vom Dach herab, über den gekreuzten Pferdeköpfen des Sachsengottes, klappert der Storch geruhsam den Abendsegen. Da hebt es unter den altersgrauen, grünbemoosten Strohdächern an zu reden und zu raunen, und um die rauchgeschwärzten Balken geht es wie leises Singen und Klingen aus fernen Tagen. Geschichten, Sagen und Mären werden wach am offenen Herdfeuer, wenn jugendliche Augen zwischen Wachen und Träumen zum runzelvollen Antlitz aufschauen: »Großmudder, nu verzähl' was!« Und was die weißhaarige Alte dann erzählt, was im Herdfeuer flüstert und knistert, was durch die alten Katen summt und singt, das sind die vom Abendsonnenschein verklärten Erinnerungen verdämmernder Jahrhunderte. –

»Warkenthin liegt in Gottes Hand«, sagt Trine Markow, und ihre Augen gleiten wie liebkosend vom Ausbau Immenkath über das Dorfbild hin – wie Augen, die da Abschied nehmen. Möne, der Urenkel, ruft zum Abendessen, und als sie neben ihm ins Haus geht, sieht er aus seinen grauen Augen mit scheuer Bewunderung zu ihr auf. Trine Markow zählt ihres Lebens neunundneunzig Jahre weniger einen

Tag, und morgen ist ihr Ehrentag. Ihr Auge ist nicht dunkel geworden und ihr Fuß nicht müde zu gehen seinen Weg. Er wird auch hinfort nicht mehr müde werden. Denn in derselbigen Nacht kam der unsichtbare Bote des Herrn, und an seiner Hand ging sie sicheren Schrittes über die dunkle Brücke, die sich spannt zwischen Zeit und Ewigkeit. – Am Morgen, da die Sonne aufging, trat Möne an ihr Lager, um ihr seinen Glückwunsch zu sagen; aber sie bedurfte keines Glücks und keines Wunsches mehr, denn um ihren Mund lag schon jenes seltsame Lächeln, das denen, die es sehen, nichts mehr verrät von den letzten Geheimnissen zwischen Leben und Tod. So ward aus Abend und Morgen Trine Markows Ehrentag.

Drei Tage später füllte die starke Stimme Pastor Brümmerstädts die engen Räume von Immenkath. Aus der beabsichtigten Dankrede war eine Trauerrede geworden; aber in diese Rede am Sarge des alten Weibleins fiel doch immer wieder ein helles Wort zum Lobpreis dessen, der ein Menschenkind ein langes Leben hindurch gnädig geleitet und vorbereitet hatte zu einer friedlichen und seligen Heimfahrt. – Und dann ging es in langsamem Ton durch die Dorfstraße.

»Wer weiß, wie nahe mir mein Ende ...«

Die alten Strohkaten schauten aus ihren Eulenlöchern in gelassener Ruhe auf Trines letzte Wanderung, und die hellen Stimmen der Knaben schufen einen seltsamen Gegensatz zu den ernsten Worten des Liedes.

»Es kann vor Abend anders werden ...«

Für gute Nachrede hatte Trine nicht gesorgt, wenigstens nicht im Leichengefolge. »Dormit hadd sei ok woll noch einen Dag täuwen (warten) künnt!« warf Möller am Ende des Zuges seinem Nebenmann mißbilligend zu.

»Herr, lehr' mich stets mein End' bedenken ...«

»Un denn all de Ümstänn' un de Kosten von wegen den nien Lehnstauhl tau ehr'n Geburtsdag!« stimmte Hannes Wittkopp vorwurfsvoll bei.

»Laß mich beizeit mein Haus bestellen ...«

»Acht Daler is'n grot Stück Geld!«

»Mein Gott, ich bitt' durch Christi Blut,
Mach's nur mit meinem Ende gut!«

»Un wo sälen wi nu hen dormit?« – Es klang ungut hinein in die Stille des Zuges, und die Unzufriedenen beruhigten sich erst allmählich, als der Schulze einen bedrohlichen Blick zurückwarf. Sie beruhigten sich ganz, als die starke Mahnung des letzten Liedes über den kleinen Kirchhof hallte:

»Nun lassen wir sie hier schlafen
Und gehn all heim unsre Straßen,
Schicken uns auch mit allem Fleiß,
Denn der Tod kommt uns gleicherweis'!«

Das ernste Grab und das ernste Wort schufen Schweigen. –

Aber schade war es doch, daß Trine das Dorf um ihren neunundneunzigsten Geburtstag gebracht hatte. Trine Markow war zeit ihres Lebens ihre eigenen Wege gegangen. Das lag so in der Familie. Der Großvater war auch so. Warum blieb er nicht einfach Erbschmied wie seine Väter? Aber nein, er legte sich daneben eine Imkerei an. In den ersten beiden Jahren ging es auch ganz gut. Da honigte jeder Zaunpfahl. Dann aber kamen drei heiße und trockene Sommer, und die Heideblüte verbrannte. In den nächsten drei Jahren verregnete sie, und jetzt war von der ganzen Herrlichkeit nur noch der Name Immenkath geblieben und dazu zwei leere Körbe im verfallenen Bienenschauer hinten im Garten am Bach. – Nun mußte die Gemeinde Warkenthin den neuen Lehnstuhl für jemand anders zurückstellen. Für Steinkopp vielleicht? Aber Steinkopp war erst eine kleine Ecke in die Achtziger hinein, und bis er soweit war, konnten die Motten hineinkommen. Steinkopp war überhaupt etwas langsam.

Möne aber ging und nahm zu und wuchs heran zu einem stämmigen Burschen, für den kein Platz so geschaffen schien wie die Werkstatt seines Vaters, breit in den Schultern und Hüften und mit zwei Fäusten am Leibe, die jedem Gegner bedrohlich erscheinen mußten. Dazu litt er nicht an Hohlheit und Düsternis im Oberstübchen. In der Schule flog es bei seinen Antworten wie leises Verwundern über die Züge des Lehrers, und am Altar in der Kinderlehre tat er es allen zuvor. In des Vaters Werkstatt aber führte er den Hammer mit starkem Arm.

Pink – Punk! Pink – Punk! Pink – Punk! ... Punk! ... Punk! ... Punk! Möne ließ seinen Hammer fallen, und der Alte machte den Wochenschluß mit drei festen Schlägen seines großen Vorhammers.

»Wortau is dat gaud?«

Der Alte legte den Hammer schwer auf den Amboß und sah Möne nachdrücklich an: »Dormit blifft de Düwel för de nächst' Woch ansmäd't (festgeschmiedet). Ob't wohr is, weit ick nich. Äwer dat is en ollen Bruk bi uns Smädlüd, un dorüm holl ick doran fast un frag' nich nah Woso un Worüm.« Er stellte den Hammer in die Ecke, denn nach Grobschmiedsbrauch darf der Hammer nach Feierabend nicht auf dem Amboß liegenbleiben.

Der Junge räumte auf. Dann wusch er sich für den Sonntag und sprang hinaus. Immenkath lag ein wenig höher als das Dorf. Hinter dem Haus, auf der Bleiche, warf er sich ins Gras. Seine Augen glitten über die kahlen Kornfelder und über die Kartoffeläcker. Sie glitten auch über den buschbewachsenen Wall auf die lange Reihe der Büdnereien, wo die Kühe von den Wagen abgesträngt wurden. Sie ruhten eine Weile auf den weiten Wiesenniederungen, durch die das schmale Band der Rögnitz sich trägen Laufes und in vielen Windungen hindurchzog. Fern im Norden stand der schwarz verdämmerte Wald als ernster Rahmen der Niederung. Die Wiesen waren leer, die Frösche verstummt, die Störche nach dem Süden gezogen. Aber die schweigenden Wiesen und der stumme Wald wurden beredt, und vor Mönes Augen standen in lebendiger Kraft die Erinnerungen der Wiesen und des Waldes, Erinnerungen, die Urahne Trine am offenen Herdfeuer spann.

Da wachte der schwarze Hund des Mondschäfers auf der Rögnitzbrücke, und der weiße hütete die Brücke über dem Kanal. Sie blieben auch, als fern vom Waldrande her des Wildwächters Horn gedämpft durch den Abendfrieden herübertönte. Die Flügel der Lauckmühle waren längst verschwunden in der Dämmerung, und damit kam wieder die Zeit für die Unterirdischen. In langem Zuge kamen sie hervor aus den Damsker Bergen und führten ihre Schätze über den Fluß, Fracht auf Fracht. Drüben grub der Räuber vom Schnellenberg nach dem goldenen Sarg des letzten Wendenkönigs, aber der Sarg sank bei jedem Spatenstich einen Schuh tiefer. Im Südwesten traten just noch die Reste der alten

Wendenburg hervor, und von Rugenkark herüber tönte leise die versunkene Glocke herauf. Auf dem Schlachterberg aber liegt der große Wunderstein mit der lockenden Aufschrift: »Wunder äwer Wunder, wat liggt hier under?« Vor Jahren hatte sich die Jungmannschaft von Warkenthin nachts aufgemacht, den Schatz zu heben. Die halbe Nacht gruben sie im Schweiße ihres Angesichts, und die andere Hälfte brauchten sie, um den Stein mit Hebebäumen aus seiner Lage zu bringen. Als die Sonne aufging, hatten sie ihn richtig umgekippt, und ihr erster Strahl ließ auf der andern Seite wieder eine Inschrift hervortreten, und die lautete so: »Et ward Tied, et ward Tied, dat ick kam up de anner Sied!« Mit unsagbar langen Schafsgesichtern zogen die Schatzgräber ins Dorf zurück, und ihre Mädchen warten noch heute auf die versprochenen goldenen Ketten.

Derweil Möne so die bunten Bilder der Vergangenheit an sich vorübergleiten ließ, stand die Mutter am Herd und bereitete die Abendmahlzeit mit kundiger Hand und verständigem Sinn. Sie wußte, daß Amboßarbeit Appetit schafft, und sparte darum nicht mit dem, was zur Nahrung und Notdurft des Leibes gehört. Mit blanken Augen trug sie die schmackhafte Hausmannskost auf den Tisch, und sie aßen mit Ernst und Bedacht und löffelten umschichtig aus der großen Schüssel.

›Dat is 'ne gaude Sak mit dat Eten‹, dachte der Großvater, ›wenn einer noch de Arm upstütten kann.‹

›Dat Eten deiht einen gaud‹, sinnierte der Vater, ›wenn man hart arbeit't hett un wenn man för de nächsten Wochen sovel Arbeit vör sich liggen hett, dat man vör Vergnäugen wrägelich (ärgerlich) warden kann.‹

›Ich bün froh‹, ging es der Mutter durch den Sinn, ›wenn keiner murrt un knurrt biet Eten, un wenn ick sei all satt krieg.‹

»Jungedi«, meinte Möne mit vergnügtem Schmunzeln, »dat smeckt gaud, un vör morgen früh giwwt nicks wedder.« Darum fischte er zielbewußt den größten Speckhappen heraus und schob den nächsten Löffelvoll so weit in den Mund, daß die Mutter sich besorgt erkundigte: »Sall ick di ok en Bindfaden an den Läpel (Löffel) binden, dat du em nich mit äwersluckst?«

So saßen sie und aßen, bis daß es alle war. Und gingen nachher ein jeglicher an seinen Ort: der Großvater mit seiner

Pfeife in die Ofenecke, der Vater über die Straße zu seinem Freund, die Mutter in die Küche zum Abwaschen; nur Möne blieb am Tisch sitzen und las im Geschichtenbuch.

Als die Mutter mit dem Geschirrwaschen fertig war und die Löffel wieder im Wandbrett steckten, setzte sie sich auf wenige Minuten zum Ausruhen auf die lange Bank an der Fensterwand. Möne war auch fertig geworden mit der Geschichte von der Gründung der Stadt Rom. Langsam las er Zeile für Zeile und bedachte mit Fleiß ihren Sinn. Nur selten, wie gerade in diesem Augenblick, irrten seine Gedanken ab. »Großvadder, wat liggt ünner den Wunderstein?«

Der Alte mochte nicht gern daran erinnert werden, denn in seiner Jugend war auch er unter den Schatzgräbern gewesen. Aber das gute Abendessen hatte ihn milde gestimmt. »Du möst mal nahgraben!«

Mönes Gedanken gingen weiter: »Großvadder, weit Hei (Er = du), wat dat mit Ramm up sick hett?«

Morgen war Sonntag, und das stimmte den Alten religiös. »Dat is mal 'ne grote Stadt west, bannig riek un stolz, un ehr Sünden hebben bet an den Himmel stunken as in Ninive un Babel. De leiw Gott hett dat 'ne Tied mit anseihn. Äwer as de Gestank ümmer stinkiger würd, dunn schickte hei en mächtig groten Bullen, swart mit en witten Bliß. Dei lep drei Dag un drei Nacht üm de Stadt un hett sei ganz mit Sand taukratzt, dat von all de Herrlichkeit nicks nahbleeben is as 'ne Sandbüß mit'n lütt Dörp.«

»Großvadder, wat liggt achter Ramm?«

»Lübtheen!«

»Un achter Lübtheen?«

»Dat weit ick nich«, kam es mit unwilligem Knurren hinter einer Rauchwolke hervor, »du möst nich so vel fragen.«

Mönes Gedanken sprangen von der verschütteten Weltstadt Ramm zum neuerbauten Rom: »Rom liggt woll wiet von hier?«

»Ja.«

»Dor möt'n woll vier Wochen gahn, bet'n henkümmt?«

»Kann wesen.«

»Dor hett Kaiser Augustus lewt.«

»Ja.«

»Dat hebben Romulus un Remus upbugt (aufgebaut).«

»Dummen Snack! Twei Murers känen nich 'ne grote Stadt upbugen.«

»Dei sünd von'n Wulf grotsögt (großgesäugt) worden.«

Da fuhr der Alte auf und wandte sich gegen die Schwiegertochter und den Sohn, der soeben vom nachbarlichen Besuch zurückgekommen war: »Heff ick Jug (euch) dat nich ümmer seggt, Ji (ihr) süllen den Jungen de ollen dummen Bäuker (Bücher) wegnehmen? Biwel, Gesangbauk, Katekism un Klenner – dat sünd genaug Bäuker in'n Hus. Nu hebben wi de Bescherung! Von'n Wulf grotsögt!«

»Na«, meinte der Vater gemütlich, »ut dat Lesbauk hett Hei sick in de letzten Johren doch ok girn wat vörlesen laten.«

»Un wo is dat mit de Zeitung?« fragte die Mutter und nahm das kleine Wochenblatt zur Hand.

»Ach, bliew me dormit von'n Liew. Nicks as Bedreigerie un Füer un Murd un Dodslag! Dat de Welt von Dag tau Dag leger (schlimmer) ward, dat weiten wi ok so. Dortau bruken wi nich in de Zeitung zu kieken.«

»Na, as dor vör vierteihn Dag instünn, dat de Bull in Oll-Jabel de Dochter von minen Swager sein Swester binah ümlopen hadd, dunn hett Möne Em dat doch gliek tweimal vörlesen müßt, un Hei hett seggt: Wo is dat mägelich! Wo is dat mägelich! Hett Hei dat nich seggt?«

»Na ja«, gab der Alte knurrend zu, »wenn dor wat insteiht ut uns' Gegend – ja, dat hür ick ganz girn. Äwer nülich dat grot Füer in Paris – wat geiht dat uns an? Wenn uns' Sprütt (Spritze) dorhen kümmt, denn is dat doch all lang ut. Dat hürt ok gor nich tau unsen Sprüttenverband. Ne, dat best an de Zeitung is noch ümmer, dat man dor wat inwickeln kann. En Smid sall an'n Amboß stahn un nich achter de Bäuker sitten. Isen (Eisen) ward nich mit Pappdeckels breitslagen.«

»Stimmt«, fiel der Vater ein, »Isen ward nich mit Pappdeckels breitslagen. Awer wat twüschen de Deckels steiht, dat makt de Lüd den Kopp doch heller. An'n Amboß deiht de Jung sien Schülligkeit, hei hett all en gauden Slag in'n Arm. Äwer so'n Bengel möt rut ut'n Hus un rut ut't Dörp, süß blifft hei en Nachtmütz, un wenn hei hunnert Johr olt ward. Wenn hei neben sien Arbeit flietig lest, denn kümmt em dat nahst ok taupaß. Un wenn hei mihr Lust hett tau de Bäuker as tau'm Hamer – wi dwingen em nich. Kopps hett hei, un lihren mag hei ok, un wenn hei will, kann hei minetwegen den Hamer dallegen un sick annerswo wedder up de Schaulbänk setten un wieder lihren. Äwer dat hett noch gaud Tied, hei is irst Ostern konfirmiert worden, un wi känen doräwer noch ruhig utslapen – un morgen is Sündag.« Wuchtig hob er die schweren Arme, so daß die Hemdärmel zurückfielen und harte Muskelstränge sichtbar wurden. Dann ging er mit langen Schritten in die Schlafkammer.

Derweil die Insassen von Immenkath nach harter Wochenarbeit der wohlverdienten Ruhe pflegten, führte der Abendwind breite Nebelschwaden durchs Wiesental. Das ist die Zeit, da die alten Katen anheben zu reden von Saat und Ernte, von Sommer und Winter, von Tag und Nacht, von Lachen und Weinen, von blitzblanken Augen der Jungen und verwitterten Zügen der Alten. Am liebsten aber von fernen Zeiten.

Jugend ist vorlaut. Der zweite Katen links beginnt zu erzählen. Er hätte wohl noch warten können, weil er über dem großen Einfahrtstor eigentlich ungeziemend viel Balkenwerk, in Dreiecke zusammengestellt, zur Schau trägt und erst zwei Jahrhunderte auf dem First hat. Aber seine Nachbarn hören ihm zu mit ruhiger Nachsicht, wie es ehrbaren Alten wohl ansteht. Und er erzählt von den Franzosen, die durchs Dorf schwadronierten, daß kein Mensch sie verstand. Und von dem Kosakenoberst, der sie verjagte und sich dann ganz unkosakisch zu Tode trank an kochend heißer Hühnersuppe, weil er, fern von Don und Kuban, kein Plattdeutsch gelernt hatte und den warnenden Zuruf der Bäuerin nicht verstand. Die Seinen banden ihren toten Hetman aufs struppige Rößlein und führten ihn unter schwermütigen Klageliedern zum Dorf hinaus. Draußen begruben sie ihn – wer weiß wo!

Bedachtsam setzt der Nachbar ein. Aus schweren Blöcken schwarzbraunen Raseneisensteins, gemeinhin Klump genannt, ist er aufgeführt. Den hat der Bauer in seinen Wiesen gebrochen. Dort läßt der Klump nur saures Gras wachsen, im Hause gibt er trockenes Wohnen. Klump überdauert die Jahrhunderte. Störche kommen und gehen; Menschengeschlechter wachsen heran in frohem Jugendlachen, gehen in harter Arbeit durchs Leben und sinken in müdem Schweigen ins Grab; aber für den Raseneisenstein sind hundert Jahre eine kurze Zeitspanne. – Die Stimme des alten Baues ist während der letzten hundert Jahre etwas rauh geworden. Der Rauch, der vom offenen Herdfeuer langsam unter dem Strohdach der großen und hohen Einfahrt zustrebt, hat sie heiser gemacht. – »Franzosen und Kosaken?« Es knackt im alten Gebälk, und das Knacken ist wie verächtliches Lachen darüber, daß man so junges und neumodisches Volk wie Franzosen und Kosaken überhaupt nennen mag. – »In meiner Jugend sah ich die Wallensteinschen. Sie zogen draußen auf der großen Heerstraße am Dorf vorbei. Nur ein paar Schweine hießen sie mitgehen und was sonst zu des Lebens Notdurft gehört. Hernach aber kam wildes, hergelaufenes Volk, ein verlorener Hauf', der im Dreiböhm und Hornwald sein Lager aufschlug und nachts das Dorf heimsuchte. Der Rote Hinnerk führte sie. Nach mancher Mordtat und gründlicher Plünderung zündeten sie die Häuser an. Aber in schweren Regengüssen hatte das Moos auf den Strohdächern sich vollgesogen wie ein Schwamm und schützte die Wohnstätten. Die Bande hatte sich voll- und tollgesoffen und lag bei den Feuern mitten im Dorf. Da brachen die Bauern hervor. Mit Knüppeln, Forken und Äxten fielen sie über sie her; es war solide und gründliche Arbeit. Der Rote Hinnerk kroch hier bei mir im Schweinestall unter. Da fand der Bauer ihn und machte kurzen Prozeß. Seitdem war Ruhe.«

»Hm, ja – Ruhe!« knarrte es von der andern Seite der Straße mit eingerosteter Stimme herüber. Müde und versackt stand der alte Bau da. Ein sechsjähriger Junge konnte ans Dach reichen. Aber da war viel eisenfestes Eichenholz hineingearbeitet, wie man es heute in der ganzen Gegend nicht mehr findet. – In abgerissenen Sätzen, wie ein Alter, dem die Luft knapp wird, holte er hervor, was er in seiner Jugend von längst versunkenen Nachbarn erlauscht hatte: von Bärenjagden in weiten Eichenwäldern; von dem großen Kampf mit den schlitzäugigen, schwarzhaarigen Männern mit gelben Gesichtern; von dem einsamen Grab in der Heide, wo dieselben Männer die Asche ihres Sippenältesten beisetzten, und von den runden Mahlsteinen, die man hernach dem Eisensteinernen unter den Süll legte.

Und dann hallen zwölf Schläge langsam und gewichtig vom Turm. Still wird's im Rund. Nur der Mond wacht, und der Nachtwind spielt mit grauen Nebelstreifen und fallenden Blättern. – Und morgen erzählen andere.

2. Der verlorene Sohn im Evangelium und der verlorene Sohn in Warkenthin

Es gärte unter den jungen Burschen in Warkenthin. Das Großherzogliche Amt hatte ihnen eine zweite Tanzmusik im Jahr abgeschlagen. Nun redeten sie sich im großen Gastzimmer des Dorfkruges die Köpfe dick, einige zwanzig Mann, lauter gesundes, starkknochiges Volk. Sie wollten nicht mehr beim Bauern dienen. Sie wollten nach Hamburg. Dort waren sie frei. Dort hatte ihnen kein Bauer, kein Amt und kein Pastor etwas zu sagen. Jeden Abend konnten sie dort tanzen, soviel sie mochten. Das Getöse ward groß; selbst Hund und Katze zogen sich hinter den Ofen zurück.

Da ging die Tür, und Pastor Brümmerstädt trat herein, er, des Dorfes gebietender Herr, eines Hauptes länger denn alles Volk, des Wortes mächtig und stark in der Kraft seines Willens. In schweren Fällen verlieh der Handstock seinen Worten Nachdruck; denn es war zu Anfang der sechziger Jahre im vorigen Jahrhundert. Mit weitausgreifenden Schritten kam er durch das lange Zimmer. Hinter dem letzten Tisch machte er halt. Ein langer Blick glitt über die Köpfe. Bedachtsam legte er seinen Stock vor sich auf den Tisch. Dann hob er an:

»Setzt ohne Bedenken die Mützen auf, meine jungen Freunde, und holt eure Pfeifen getrost wieder aus der Tasche, denn ich will heute von landwirtschaftlichen Dingen zu euch reden, von Erbschaftsangelegenheiten, von Schweinezucht und von dem faulen und frechen Sohn eines alten Bauern.

Es war ein Mensch, der hatte zween Söhne, und der jüngste unter ihnen sprach zum Vater: Gib mir, Vater, das Teil der Güter, das mir gehört! – Und er teilte ihnen das Gut.

Das hätte der Alte nicht tun sollen, denn er kannte seinen Jungen. Zum Krug ging der Bengel lieber als hinterm Pflug, vom Meiden kriegte er Rückenschmerzen und Schwielen nachts im Traum, und sein Schweiß – das war im ganzen Jahr nicht mehr, als in einen Fingerhut geht. Aber im Sonntagsrock und in der Hand den schönen Spazierstock, mit weißem Kragen und die Uhrkette breit überm Magen, und dann auf der Straße dicktun – das gefiel ihm besser als Mistaufladen und Holzhacken.

Aber nun laßt uns hören, was weiter geschah. Eines Tages, es war mitten in der Woche und gleich nach dem Essen, und die Fliegen krabbelten noch auf dem Tisch rum, da kam er in seinem besten Anzug zur Stube rein und stellte sich ganz patzig vor seinen Alten hin und sagte: ›Ich wollte dir bloß sagen, daß ich jetzt meinen Anteil an dem Hof haben will. Einmal muß mir das Geld doch ausbezahlt werden, und ob das nun heute geschieht oder später, bleibt sich ja gleich. Hier bleibe ich nicht, ich will was von der Welt sehen.‹ Er hätte sich dazu wohl eine andere Zeit aussuchen können, denn der Alte saß im großen Lehnstuhl und wollte grad ein Auge voll Schlaf nehmen. Das hatte er auch wohl verdient, denn er hatte den ganzen Morgen hinten in der Wiese gemäht, die pralle Sonne über sich, den ganzen Schnitt vor sich und seine Sorgen in sich. Ein krummer Rücken trachtet nach dem Sorgenstuhl, und ich, euer Pastor, verstehe das.

So hätte der Bengel in unserer Geschichte auch wohl ein bißchen warten können. Aber er hatte keine Achtung vor dem vierten Gebot und kam gerade, als sein Vater eben beim Einschlafen war. Da seht ihr wieder, daß er ein ganz heilloser Schlingel war. Der Alte kriegte keinen kleinen Schreck, als der Junge mit einmal sein Geld forderte. Und ich muß auch sagen, ich hätte es nicht getan. Wollt ihr wissen, was ich getan hätte? Meinen Stock hätte ich genommen, und dann hätte ich an ihm gehandelt nach dem Wort der Schrift: Wer sein Kind lieb hat, der hält es unter der Rute. – Aber dazu war es jetzt zu spät. Der Junge war mündig, und der Alte war nach dem Tode seiner Frau noch stiller geworden als sonst. Ruhig und ordentlich besorgte er seine Wirtschaft, und am liebsten redete er mit sich selbst.

Das Schimpfen und Schelten für die ganze Wirtschaft besorgte Thias-Ohm. Thias-Ohm war so ein altes Erbstück auf dem Hof. Seine Arbeit hatte er hinter sich. Mit seinen Beinen wollte es nicht mehr recht, aber die Zunge war noch ganz geschmeidig. Nur schade, daß keiner nach ihm hinhörte. Nun saß er am Tisch und schlug nach den Fliegen. Aber sie kümmerten sich nicht viel um ihn, denn er schlug meistens vorbei. Thias-Ohm fing denn auch gleich an zu schimpfen: ›Dein Geld? Und dann in dieser Jahreszeit? Du verungenierst ja den ganzen Hof, du Drauß!‹ – Aber der Junge ließ ihn schimpfen und sagte bloß: ›Meinen Anteil will ich haben. Nu man her damit! Und bleiben tu ich auch nicht.‹ Der Alte kuckte ihn lang und still an, aber der Junge kuckte an ihm vorbei. Was sollte der Alte tun? Er schloß den Schrank auf und holte den großen Beutel mit Silbergeld heraus und aus der Lade den kleinen mit Gold. Und der Junge nahm erst den großen Beutel und fing an zu zählen, und Thias-Ohm half ihm dabei. Aber sein Vater stand am Fenster und sah durch den Obstgarten nach dem Kirchhof hinüber, und das Kinn bebte ihm.

›Eins – zwei – drei – fünf – zehn – zwanzig – vierzig – fünfzig –‹ zählte der Junge die Taler. – Thias-Ohm machte seine Bemerkungen dazu. ›Wenn die Taler doch bloß Haken hätten, daß man sie anhängen könnte.‹ – ›Sechzig, achtzig, hundert – hundertzwanzig!‹ – ›Aber du gehst mit dem Geld um wie die Sau mit dem Stroh!‹ – ›Hundertfünfzig – zweihundert – zweihundertfünfzig! So, das war das Silbergeld, jetzt kommen die Füchse!‹ – ›Du sollst mal sehn, dich beißen die Läuse auch noch mal.‹ – ›Laß sie beißen!‹ Und er kriegte den lütten Beutel her und schüttete die Goldstücke auf den Tisch. – ›Wenn das Gold verschimmelt, dann hast du keine Schuld.‹ – Und als der Junge im ganzen rund vierhundertfünfzig Taler zu Ende gezählt hatte, da war auch Thias-Ohm mit seiner Weisheit am Ende und sagte bloß noch: ›Denk wenigstens daran: Wenn die Karten auf dem Tisch liegen, dann sitzt der Teufel darunter!‹ – ›Laß ihn sitzen!‹ sagte der Junge, steckte sein Geld weg und ging fort.

Der Alte stand an der Eingangstür und sah ihm nach und sagte kein Wort, und Thias-Ohm schob sich durch die Hintertür und schalt hinter ihm her: ›All das Geld, das schöne Geld! Und das soll nun alles verhunn'ast werden! Du Sadrach! Du Abednego!‹ – ›Laß das Fluchen sein‹, sagte der Alte, ›auf unserm Hof wird nicht geflucht.‹ Er hielt die Hand über die Augen, daß ihn die Sonne nicht blendete, und so stand er und sah still seinem Jungen nach. Aber der Junge hatte sich nicht einmal umgesehen; das hätte er wohl tun sollen.

Ein Vater muß oft stillstehen auf seinem Wege und muß sich umsehen nach seinen Kindern, daß sie nachfolgen seinem Wandel. Also sollen wiederum die Kinder fleißig schauen auf ihren Vater, dieweil er noch bei ihnen ist im Lande der Lebendigen. Sein Weg windet sich hindurch zwischen Sorgen und Särgen, und er muß oft niedersitzen und ausruhen zwischen Kränzen und Kreuzen, und der Totengräber fängt an, ihn sich zu betrachten. Das sollte das junge Volk wohl bedenken.

Der Junge ging geradewegs nach der Stadt. Die Kinder spielten auf dem Dorfanger und sangen: ›Es geht ein Bauer ins Feld, es geht ein Bauer ins grüne Feld.‹ Die Hunde bellten, die Hähne krähten, die Vögel sangen, die Immen summten, und alle Welt machte Musik, und er auch. Er flötete sich eins und klimperte dazu mit einer Handvoll Taler in der Hosentasche. Er ging an Drusenhorst vorbei. Er kehrte nicht mal bei Kopmann Renner ein – gleich hinterm Hamburger Tor, rechts um die Ecke. Er ging nicht mal die Schloßstraße und die Kanalstraße lang. Nein, er hatte es eilig, und darum ging er einen Richtweg hinten rum – am Schloß vorbei und über die Koppel. Und auf dem Bahnhof kaufte er sich eine Karte für die dritte Klasse, die vierte wäre auch wohl gut genug gewesen.

Der Alte aber setzte sich nicht wieder in seinen Sorgenstuhl. Er blieb vor seiner Tür stehen. ›Lütt Kinner trampeln einen up'n Schot, de groten up't Hart. Er weiß noch nicht, wieviel Schweiß und Schwielen dazu gehören, bis das Brot auf den Tisch kommt und die Taler in den Schrank. Und wenn es noch das allein wäre! Wenn er wiederkommt, dann wird er wohl Flecken haben. Na, das läßt sich mit Arbeit abscheuern und mit Schweiß abwischen. Wenn er mir bloß nicht wurmmadig wiederkommt! – Wo er wohl abbleibt? Die Welt ist rund, sagt der Schulmeister, und der muß es wissen. Aber der Bengel kommt mit seiner Dummheit doch nicht rum. Wenn er sich die Hörner abgestoßen hat und wenn sein Geld alle ist, dann wird er wohl wiederkommen. Woll'n mal rechnen: so wie er mit dem Geld umgeht, geb' ich ihm bis Martini Zeit. Wenn er dann wieder da ist, soll mir das Geld nicht leid tun. Man gut, daß Mutter das nicht mehr erlebt hat.‹

Er führte die Kälber und die Kühe aus dem Stall. ›Solange Mutter noch lebte, hat sie nach ihm gesehen; aber genützt hat das nichts. Nachher ich; aber genützt hat das auch nichts.‹ Er blickte nach oben. ›Jetzt bist du an der Reihe! Nu nimm du ihn mal vor. Und bring ihn zurück; er ist ja doch mein Jung', mein lieber Jung'. Im Kalender hat er öfters geblättert, und bei Lukas, Kapitel fünfzehn, war das Blatt an der Ecke schon ganz schwarz.‹

Sein Junge aber fuhr nach Hamburg. Lasset uns in Gedanken mit ihm fahren, damit wir sehen, wo er bleibt. Ein Gasthaus war nicht vornehm genug für ihn. Nein, im Hotel ›Zur Krone‹ mietete er sich ein Zimmer. Das lag in der Gegend von Sankt Pauli, und dort besuchte er jeden Abend die ›Singspielhallen‹. Ihr müßt aber nicht glauben, daß die Gegend da viel zu tun hätte mit dem heiligen Apostel Paulus. Und was in den Hallen gesungen wird, davon steht nichts in unserem Gesangbuch. Und was da gespielt wird, das ist auch kein unschuldig Kinderspiel. Das sind überhaupt keine Hallen – nein, Höllen sollten sie heißen. Da sitzt der Teufel auch nicht unterm Tisch, wie Thias-Ohm gemeint hat; nein, da sitzt er breit und massig oben am Tisch und kommandiert das Ganze. – Und nun woll'n wir mal durch das Fenster kucken, und sieh, da sitzt unser dummer Junge mitten am Tisch, als ob er dazugehörte. Und die bei ihm sitzen, das sind seine Saufgenossen; die haben alle dieselbe Krankheit: sie können ihren eigenen Schweiß nicht riechen. Und nun schaut mal! Nun da sie sehen, daß er die Taler springen läßt, nun trinken sie alle Brüderschaft mit ihm. Und sieh, jetzt zieht ihn hier einer in die Ecke und leiht sich einen Taler von ihm. Und da zieht ihn ein anderer in eine andere Ecke und leiht sich gleich ein halbes Stieg-Stück von ihm: ich möchte wohl wissen, wieviel Schweißtropfen von seinem Vater an diesen zehn Talern kleben. Aber je mehr sie ihn loben, was für ein Kerl er sei, um so toller springen die Taler. Und nun fliegen die schmierigen Karten auf den dreckigen Tisch.

Und nun kuckt mal erst die Dirns an, wie die sich an ihn drängen. Das sind doch feine Damen, für die muß er doch Wein kommen lassen. Das Takelzeug von Dirns sollte besser zum Bauern gehn und beim Kartoffelaufnehmen helfen! – Was sie da aßen, das war auch keine Kohlsuppe und kein Eintopf; nein, Braten mußte es sein. Und wenn sie mal aus Hamburg raus wollten, dann mußte das 'ne Kutsche sein, oder sie fuhren mit dem Dampfer. Und dann hatten sie zufällig kein Geld bei sich, und unser lieber Bauernjunge bezahlte, und dafür ließen sie ihn hochleben. So schickte er seine Taler auf Reisen. Einer lief immer hinter den andern her und wollte sie einholen, aber keiner kam zu ihm zurück. So lebte er alle Tage herrlich und in Freuden.

Zu derselben Zeit schlossen die Sorgen Brüderschaft mit seinem Vater. Sie saßen bei ihm auf dem letzten Heuwagen, der von der Bruchwiese kam. Sie blickten mit ihren griesen

Gesichtern über den gelben Roggen, als er auf dem Kamp mähte, und sie sahen ihm über die Schulter, als er die letzten Garben wegpackte.

Und als das Feld leer war, da war der große Beutel in Hamburg auch leer. Erst wunderte der Junge sich noch, als der letzte Taler ihm weglief, und es ging ihm durch den Sinn: ›Ja, wenn die Taler Haken hätten!‹ Aber dann ging es auf die Füchse los, und die konnten noch besser laufen als die vier Füchse in seines Vaters Stall. Und dann kam ein Abend – sieh, da war sein Geld alle.

Da ging er zu seinen Freunden und Duzbrüdern. Aber der eine war nicht zu Hause, der andere sah ihn traurig an und bedauerte ihn, der dritte hatte grad kein Geld, der vierte hatte ein Loch in der Hosentasche, und der fünfte sah ihn von oben herab an und drehte ihm den Rücken. Und er zog aus der ›Krone‹ in den ›Eisernen Mann‹, und als er dort auch nicht mehr bezahlen konnte, in den ›Letzten Heller‹; da setzten sie ihn nach ein paar Tagen auf die Straße.

Darauf sagte er Hamburg Atschüs und ging nach dem Holsteinischen hinüber. In einem großen, schönen Bauerndorf fragte er nach Arbeit, aber keiner wollte ihn haben. Zuletzt fand er einen, der kuckte ihn erst scharf an und sagte dann: ›Du kannst nach den Schweinen sehen, daß sie nicht in den Kohl gehen.‹ – Die Schweine hatten ihren Schick; aber sie kriegten auch morgens und abends soviel Seie, wie sie wollten, und er kriegte morgens Buchweizengrütze und mittags Grütze und abends Grütze, aber ohne Speck und Fett. Die Seie, die die Schweine kriegten, war viel besser als seine Grütze. Aber niemand gab sie ihm. Denn die Schweine brachten was ein, und er brachte nichts ein.

So saß er hinter dem Knick am Deich, nichts im Leib und nichts auf dem Leib. Es war ein kalter, nasser und rauher Herbst, ihm wurde wind und weh, und Fieber hatte er auch. Der Kopf sackte ihm auf die Brust, und es dauerte nicht lange, da war er eingeschlafen. Als er wieder zur Besinnung kam, da standen seine Schweine um ihn herum und grunzten ihn an, als wollten sie sagen: ›Ja, wir kriegen heut abend wieder schöne, fette, warme Seie, und du kriegst nichts als deine steife, kalte Buchweizengrütze.‹ Und die alte graue Sau wühlte am Knick in einem Haufen Stroh, bis sie alles untereinandergestreut hatte, wie das so Schweineart ist in allen Ländern. Und als sie das besorgt hatte, zwinkerte sie ihn aus ihren lütten Schweinsaugen vergnügt an, als ob sie fragen wollte: ›Kannst du das auch?‹ Dazu hörte er durch den dichten Herbstnebel eine Stimme: ›Du gehst mit dem Geld um wie die Sau mit dem Stroh!‹ Und zwei blanke Augen kuckten ihn aus der Ferne still und fest an, und er kuckte an ihnen vorbei. Die Augen, die Augen!

Er fuhr in die Höhe. Was war das? Was hieß das? Und was bedeutete das? Und seine Seele antwortete und sprach: ›Das ist, daß du das Deinige verlumpt hast und selbst ein Lump geworden bist. Das heißt, daß du so weit heruntergekommen bist, daß schon die alte Sau dir eine Predigt halten muß. Und das bedeutet, daß es hohe Zeit wird, wenn du den Weg nach Haus noch wiederfinden willst.‹ – Da schlug er in sich, und seine Augen wurden aufgetan. Er besah sich von innen und von außen: ›Was? Du sitzt hier hinterm Knick und hütest Kohlköpfe und Schweine, die dich nichts angehen, und da muß die olle dämliche Sau kommen und dir eine Lektion halten? Das hättest du zu Haus billiger haben können. Du bist ja so dumm wie ein Zaunpfahl. Und schlecht bist du auch. Dein Alter hat die Herbstarbeit allein machen müssen, und du sitzt hier mit deinen jungen Knochen hinterm Knick. Und nun erst das schöne Geld! Was ist eigentlich in dich gefahren? Vater, Vater!‹ – Ich will mich aufmachen und zu meinem Vater gehen.

Er trieb seine Schweine auf den Hof und sagte dem Bauern Bescheid. Der sah ihn fest an und sagte: ›Da hab' ich die ganze Zeit darauf gewartet. Dein Vater auch wohl. Komm gut nach Haus!‹ Er holte einen Taler aus der Tasche, und der Junge ging davon. Zu packen und mitzunehmen hatte er nichts.

Lasset uns mit ihm gehen, auf daß wir sehen, was er nun treibt! – Auf der Straße spielten keine Kinder, die Hähne krähten nicht, die Vögel waren still, er flötete nicht, und zum Klimpern hatte er auch nichts in der Tasche. Das ging diesmal ganz ohne Musik. Er fuhr nicht mal vierter Klasse. Er machte die sechzehn Meilen zu Fuß, aber er brauchte fünf volle Tage dazu, so hinfällig war er geworden bei all seiner Buchweizengrütze, und am letzten Nachmittag blieb er im Dannenkamp unten vorm Dorf, weil er sich in seinem Zustand und mit seinen Lumpen bei Tag nicht im Dorf sehen lassen wollte. Als es Abend wurde, schlich er sich hinten durch den Hofgarten. Bloß einmal schlug Karo an.

Er schaute vom Garten durch das Fenster in die Stube. Da saß der Alte am Tisch, Bibel und Kalender lagen vor ihm, und das Licht blakte. Er war doch etwas krummer geworden mit der Zeit. – Und nun lasset uns leise vom Fenster weggehen, meine jungen Freunde; denn das, was die beiden miteinander abzumachen haben, hört am besten nur einer, von uns keiner. –

Als aber der Alte nachher zu Bett ging, da saßen die Sorgen nicht mehr zu seinen Füßen und sahen ihn nicht mehr aus ihren grauen Gesichtern an. Und am nächsten Sonntag warf er einen blanken Taler in den Klingelbeutel. Für gewöhnlich gab er nur einen Dreier.

Es war ein paar Wochen später, da war der Junge beim Mistaufladen, und Bauer Markwardt nebenan hatte schon Feierabend gemacht und rief übern Zaun: ›Laß dir man Zeit! Du arbeitest ja wie im Akkord.‹ – Der Junge wischte sich den Schweiß ab und sagte zwischen zwei Forken voll: ›Zeit lassen? Ja, wenn man die Zeit auf die hohe Kante legen könnte! Wir wollen noch ein paar Stücke Roggen auf'm Kamp einbringen.‹ – Und er fuhr fort zu arbeiten. Markwardt kopfnickte; seine Tochter Stine stand hinter der Eingangstür und kopfnickte auch, und dem Jungen sein Alter stand auf der großen Diele vor seinen Pferden und kopfnickte ebenfalls. ›So laßt ihn mal dabeibleiben. Das Geld ist weg, aber meinen Jungen hab' ich wieder, und wurmmadig ist er in der Fremde auch nicht geworden. Lieber Gott, ich bedanke mich auch! Man schade, daß unsere Mutter das nicht mehr erlebt hat.‹

Meine Geliebten! Hört zum Beschluß noch ein Wort ohne Gleichnis und ohne Handschuhe! Euch hat der Geist des Aufruhrs und der Empörung wider eure Obrigkeit und Herren heute hergetrieben. Das Amt hat euch kein zweites Tanzvergnügen im Jahr freigegeben. Der Krüger sagt auch, daß es genug ist, wenn ihr euch einmal im Jahr die Köpfe blutig schlagt, und der Krüger ist ein verständiger Mann. Ihr aber seid allzumal unverständig. Ihr wollt nach Hamburg. Ihr wollt dort freie Herren sein. Vormittags schlafen, nachmittags ausruhen, und abends und nachts tanzen – so denkt ihr euch das Leben in Hamburg. Und wenn Pastor oder Bürgermeister euch dort begegnen, dann wollt ihr die Hände in die Taschen stecken und ausspucken. Meine geliebten Kinder! Ihr seid allzumal dreigedoppelte Hornochsen. Ihr habt wie die Ochsen kräftige Knochen, aber in eurem Verstand seid ihr gleich den nüchternen Kälbern. Eure kräftigen Knochen gehören ins Dorf, aber nicht nach Hamburg. Wir lassen unsere junge Mannschaft nicht aus dem Dorf. Wenn ihr geht, dann lassen wir euch durch den Landreiter zurückholen, und wenn es nötig ist, komme ich selbst, und mein Stock kommt über euch und eure Narreteien. Solches aber wird geschehen zu eurem Besten, um die unsauberen Geister von euch auszutreiben. Darum sage ich: Dämpfet die Geister, bleibt im Dorf, und lasset ab von euren Dummheiten! Es ist genug an der *einen* Geschichte vom verlorenen Sohn. Und nun macht, daß ihr nach Hause kommt und ins Bett. Guten Abend!«

Mit langen Schritten ging er hinaus.

3. Pastor Brümmerstädt

Pastor Josias Brümmerstädt war ein gewaltiger Prediger vor dem Herrn. Am 20. Sonntag nach Trinitatis sah er wie immer eine volle Kirche. Auch aus den Nachbardörfern waren sie gekommen, und der rundliche Schulze aus Radow saß wie gewöhnlich oben, die Hände auf der Chorbrüstung gefaltet. Unverwandt sah er auf den Pastor. Erst wenn das Amen von der Kanzel gefallen war, löste er Hände und Augen. Einer von den beiden Lehrern unten im Lehrergestühl sah nach der Gesangstafel, nickte dem andern bedeutsam zu und warf einen bedauernden Blick hinauf zum Küster, der groß und breit auf dem West-Chor lehnte, wo die Orgel noch immer fehlte. »Mein Salomo!« seufzte er. An der Tafel stand Nr. 340: »Mein Salomo, dein freundliches Regieren.« Neben der fettgedruckten Nummer im Gesangbuch las man: »Nach eigener Melodie.« Er kannte die Bedeutung. Nr. 340 stand immer dran, wenn der da oben sich eines Fehls wider den Pastor oder in seinem Amt schuldig gemacht hatte.

Herrn Anton Iserloth hatte Gott im Grimm zum Küster gemacht. Er sang jeden einzelnen Vers nach eigener Melodie, aber mit Überzeugung und großer Kraft. Stiermäßige Töne warf er wahllos in die Kirche hinein; sie brachen sich an den

Wänden und fielen mit hartem Gepolter zu Boden. Von der Gemeinde machte keiner den Versuch, mitzusingen, von den sieben Schulkindern da oben nur drei, von den beiden Lehrern nur einer, und der tat es aus Mitgefühl; aber schon am Schluß des ersten Verses wischte er sich den Schweiß von der Stirn und gab es auf.

Der Pastor stand wie gewöhnlich in der offenen Sakristeitür, das Gesangbuch geöffnet in der Hand, doch sang er nicht mit. Pastor Brümmerstädt war ebenfalls kein Sänger von Gottes Gnaden. Jeder Ton, wenn er auch noch so warm und klar aus seinem Herzen quoll, wurde unterwegs in der Kehle zu einem heiseren Bellen. Bei beiden, Pastor und Küster, war die Weise grundfalsch, aber das Herz war richtig. Der da oben wühlte sich unverzagt und mit großem Ernst durch die acht Verse des Liedes hindurch, denn der neunte kam in der Mitte der Predigt, und der zehnte wurde für den Schluß aufgespart. Als er zu Ende war, nickten die Warkenthiner Bauern und Büdner, Häusler und Tagelöhner vor sich hin: »Dat sall em irst einer nahmaken!« Es lag viel Anerkennung in dem bedächtigen Nicken. Im Umgang mit Ochsen, Kühen und Pferden hatten sie den Wert starker Töne schätzen gelernt.

Pastor Josias Brümmerstädt trat auf die Kanzel. Seine langsamen Bewegungen zeugten von Würde und zugleich von verhaltener Kraft. Aus den gebietenden Augen ging sein Blick in strenger Musterung über die Gemeinde. Dann verlas er die Epistel des Sonntags, wie sie geschrieben steht Epheser 5, 15–21: »Sehet zu, wie daß ihr vorsichtiglich wandelt!« Und darauf begann er: »Wir betrachten auf Grund des Textes, wie ein Christenmensch anständig wandeln und verständig handeln soll.« Und gleich hinterher gab er, wie er zu tun pflegte, die Dreiteilung in handfesten Reimen:

»Zum ersten: Meidet das Trinken! Der Branntewein
Machet den Menschen zu einem Schwein.
Zum andern: Fürchtet und liebet zu aller Zeit
Eltern, Pastoren und Obrigkeit!
Zum dritten: Lobet Gott in vollem Ton,
So wird es wohl im Hause stohn!

Meine lieben Mitchristen! Wir wollen an der Hand des Textes zuerst hören vom Trinken und vom Unverstand. Beide Dinge gehören zusammen, denn vom Trinken kann nur Unverstand kommen. Meidet das Trinken! Ja, das leidige Trinken! Als ich gestern von meinem Gang in die Stadt zurückkam, sah ich vor mir auf der Chaussee zwei Männer gehen. Nein, sie gingen nicht, sie torkelten. Bald waren sie mitten auf der Chaussee und bald wieder auf dem Seitenweg für Fußgänger. Manchmal gingen sie Arm in Arm wie die besten Freunde, und gleich darauf schimpften sie sich mit unflätigen Reden, die kein anständiger Mensch in den Mund nehmen mag. Und als ich an ihnen vorüberging, glotzten sie mich dumm und blöde an wie zwei neugeborne Kälber, und der eine, der es meinem Rock wohl ansehen mochte, daß ein Pastor in ihm steckte, schrie mir mit heiserer Stimme zu: ›Ja, Herr Pastor, ich bin auch einmal zur Kirche gegangen und war ein braver Bursch, und meine Mutter war eine herzensgute Frau, die mich zu Kirchgang und Schulbesuch anhielt, und was bin ich jetzt? Ein versoffener Kerl!‹ Aber unmittelbar darauf flüsterte er mir zu: ›Pastor, gib uns einen Groschen, wir haben Durst!‹ – Ich hatte nicht übel Lust, ihnen eine Predigt zu halten, kurz und verständlich; aber ich wußte, ebensogut könnte ich eine Herde dummeriger Schafe mit harten Worten zur Besserung ihres Wandels ermahnen, und darum ging ich weiter, ohne ein Wort zu sagen, und sie fluchten hinter mir her.

Seht, ihr lieben Warkenthiner, das macht der Trunk aus dem Menschen: in der Jugendzeit ein braver Bursch, in späteren Jahren ein versoffener Kerl! Wohin gehört der Mensch? Der Mensch gehört ins Himmelreich. Aber die zwei, von denen ich euch erzählte, gehören in den Schweinestall. Das Trinken macht den Menschen zu einem sinnlosen und wütenden Tier, so daß er um sich schlägt und, wenn er nicht vorher im Rinnstein liegenblieb, zu Hause sein eigen Fleisch und Blut nicht verschont. Das Trinken macht es, daß die jungen Burschen sich im Dorfkrug, wenn sie des Guten zuviel getan haben, gegenseitig die Rippen eindrücken und die Köpfe blutig schlagen, und es würde noch schlimmer sein, wenn nicht unser Krüger und seine Frau vernünftige Leute wären und beizeiten sagten: ›Nun macht, daß ihr nach Hause kommt! Unser Haus ist kein Saufhaus!‹ Duldet keine Schnapsflasche in eurem Haus! In der Flasche steckt ein böser Geist, und er fließt aus der Flasche in das Glas und aus dem Glas in eure Kehle und aus der Kehle in den Kopf, und da richtet er nur Unheil an, daß ihr nicht mehr wißt, was ihr sagt und tut und was gut und böse ist.«

Und zum andern erhob er seine Stimme und sprach vom Gehorsam gegen Eltern, Pastoren und Obrigkeit:

»Ihr jungen Mitchristen da oben auf dem Chor! Ihr wißt, daß ich euch oft ermahnt habe. Das ist zu eurem Besten geschehen. Ich habe es vor Gott gelobt, ich will kein schwacher Eli für euch sein. Seid untertan! Und wenn ihr fragt, wem ihr untertan sein sollt, so antworte ich: zunächst unserm Herrgott! Das hat er im ersten und zweiten Gebot gesagt, denn die beiden Gebote handeln von ihm. Darauf komme ich, euer Prediger und Seelsorger, im dritten Gebot, das da handelt von der Predigt und vom Wort Gottes. Das Predigen ist meine Sache, und eure Sache ist es, daß ihr das Wort Gottes und Predigt und Prediger nicht verachtet, sondern in Ehren haltet. Was geschehen wird, wenn ihr Gottes Wort verachtet, das könnt ihr fast auf jeder Seite eurer Bibel lesen. Aber ihr sollt auch Gottes Diener nicht verachten. Wir alle sollen Gottes Diener sein; aber euer Prediger ist es in besonderer Weise, und wenn ihr ihn verachtet und nicht einmal die Mütze vor ihm herunterziehen mögt, oder euch versteckt, wenn er des Weges kommt, damit ihr ihn nicht zu grüßen braucht, so ist das keine Ehre für euch. – Seid untertan den Eltern, damit die Verheißung des vierten Gebots auf euch ruhe: ›daß dir's wohl gehe und du lange lebest auf Erden!‹ Und wenn ihr Großeltern im Hause habt, die vielleicht den Rest ihres Lebens hilflos in der Ofenecke zubringen müssen, so ehrt und achtet sie doppelt, denn wenn ihr sie verachtet und ihnen nicht einmal ein Glas Wasser bringen oder den Fußschemel zurechtrücken mögt, so hat der Teufel ein Wohlgefallen an euch, aber an den ehrwürdigen Alten macht ihr euch schuldig, und vor Gott ist euer Wesen ein Greuel.«

Die jungen Mitchristen auf dem Chor duckten sich und wagten erst wieder aufzustehen, als er sich mit starken Worten an die Alten wandte:

»Ihr Eltern sollt euren Kindern ein Vorbild geben, wie man vor Gott recht leben soll. Aber wandelt ihr alle Gottes Wege, und erzieht ihr eure Kinder nach Gottes Wort und Willen? Euren Acker bestellt ihr recht und gut, und euer Vieh pflegt ihr, wie es sich gehört; aber achtet ihr auch darauf, daß in den Herzen eurer Kinder kein Unkraut hochkommt? Ihr gebt euren Kindern Brot, soviel sie verlangen, und ihr tut wohl daran, denn das Brot ist eine gute Leibesnahrung für sie; aber wißt ihr denn nicht, daß der Mensch nicht vom Brot allein lebt, sondern von einem jeglichen Wort, das durch den Mund Gottes geht? Wie geht ihr mit Gottes Wort um? Brot eßt ihr jeden Tag; aber gebraucht ihr auch Gottes Wort jeden Tag für euch selbst? Haltet ihr eure Kinder an, es in kindlicher Einfalt zu hören und zu lesen? Habt ihr vergessen, was in eurem Gesangbuch steht: ›Dein göttlich Wort, das helle Licht, laß ja bei uns auslöschen nicht?‹

Seid untertan eurer Obrigkeit, ihr Alten, und zahlt eure Abgaben, die sie von Gottes und Rechts wegen von euch fordern kann, weil sie euch schützt vor Gefahr und Unrecht! Seid untertan der Obrigkeit, ihr Jungen, und muckt nicht gleich auf, wenn sie euch die zweite Tanzmusik versagt zu eurem eigenen Besten! Vergeßt nicht: die Obrigkeit ist Gottes Dienerin!«

Pastor Brümmerstädt warf den Seinen kraftvolle Ermahnungen ins Gewissen, schlug ihnen ihre bösen Geister nachdrücklich und mit allem Ernst um den Kopf und klopfte ihrem inwendigen Menschen mit dem Stab Wehe die Hosen aus, daß dem Alten Adam der Staub um die Ohren flog, wobei er die Hoffart und Zuchtlosigkeit in besonderer Weise geißelte. Seine Worte waren kernig und lebensvoll, seine Gleichnisse stark und handlich, und von den plattdeutschen Kernworten, die er einstreute, fiel keines auf die Erde. – Und er unterließ es nicht, ihnen mit gewaltiger Stimme und gewaltigen Worten den Weltuntergang und das Jüngste Gericht vor Augen zu stellen, den Tag, von dem keiner weiß, wann er kommen mag, und an dem ein jeglicher Rechenschaft von seinem Haushalten geben muß, sei es Herr oder Knecht, Frau oder Magd, alt oder jung.

Und manch Weiblein unten im Kirchenstuhl ließ den Kopf auf die Brust sinken und flehte inbrünstig: »Leiw Gott, blot morgen noch nich; ick wull doch morgen waschen!«

Und dann stand auf einmal ein ganz anderer Pastor Brümmerstädt auf der Kanzel. Das war nicht mehr der gebietende, mahnende, strafende Mann, dessen Stimme dem Gerichtsdonner glich. Von seiner Stirn waren die dräuenden Wolken gewichen, das Gewitter hatte sich verzogen, und nun kam der sanfte, stille Regen hinterher. Es lag ein rührend warmer Ton in seiner Stimme, und es ging eine große Freudigkeit und Freundlichkeit von dem Manne aus, als er nun begann, in beweglichen Worten vom Lobe Gottes zu sprechen:

»Ihr Männer und Frauen, ihr Jünglinge und Jungfrauen, ihr Kinder allzumal: Lobet den Herrn, und vergeßt nicht, was er euch Gutes getan hat! Wenn ihr des Morgens zur Arbeit aufs Feld zieht oder bei offenen Fenstern und Türen in Haus und Scheune schafft oder euch auf den Schulweg begebt – hört ihr da nicht die Vöglein, wie sie ein Loblied nach dem andern anstimmen, wie sie von früh bis spät lobsingen in eigener Melodie und nimmer müde werden des Lobens? Und wen loben sie? Den, der sie und uns erschaffen hat und noch erhält; den, der ihnen und uns unzählig viel zugut und noch jetzund getan. Und seid ihr nicht viel mehr denn sie? Tut Gott nicht viel mehr für euch als für sie? Darum: Lobet Gott mit lautem Schall! Und wenn eure Stimme auch vielleicht rauh klingt wie mißtöniges Rabengekrächze und heiseres Hundegebell – schadt nicht! Unsern Herrgott beleidigt das nicht, und wenn er aus allem Gebrumm und Geknurr den reinen, vollen Herzenston heraushört, dann ist er zufrieden und nickt mit dem Kopf und sagt: ›So hab' ich's gern!‹

Und seht ihr nicht, wo ihr geht und steht, wo ihr arbeitet und ruht, die lieblichen Blumen in Feld und Wald, in Wiese und Garten? Wer hat sie so schön gemacht? Du nicht, ich auch nicht. Das ist Gott in seiner Kraft, der die lieben Blumen schafft. Und so schön hat er sie gemacht, daß auch Salomo in seiner Herrlichkeit nicht gewesen ist wie derselben eins. Darum loben sie ihn auch und wenden ihr Antlitz nach oben und schicken ihr stummes Dankgebet hinauf zu ihrem und unserm Schöpfer. Ihr wollt doch nicht undankbarer sein als die unvernünftige Kreatur? Ihr habt doch nicht nur Kleidung und Nahrung von Gott empfangen, sondern auch ein Herz, wovon ihr in der Schule gelernt habt: ›Und wißt ihr, wo ich das Herz hab' her? Das hat mir der liebe Gott gegeben, das Herz, die Liebe und auch das Leben!‹

Wohin ihr auch seht, da seht ihr Gottes Segen, in Feld und Garten, in Haus und Scheune, in Küche und Keller, im Stall und auf dem Herd – nichts als Segen und wiederum Segen! Darum: Lobet Gott mit vollem Ton, so wird es wohl im Hause stohn! Dazu verhelfe Gott uns allen in Gnaden! Amen!«

Nach dem Gottesdienst standen die Bauern vor der Kirchentür und besprachen die Predigt, und Diekhoff meinte: »Nahwer, wenn dat mit den Weltünnergang so ielig is, denn möt ick man maken, dat ick minen letzten Roggen noch in de Ierd bring.«

Darauf der andere: »Wat nützt dat, wenn de Welt morgen odder äwermorgen ünnergeiht! De Hauptsak is woll, dat nich wedder so'n grot Water kümmt; ick bün nich för Water. Äwer glöwst du würklich, dat dat so ielig is?«

Diekhoff schüttelte den Kopf. »Ick weit dat ok nich. Ick weit blot, dat hei uns hüt mal wedder düchtig de Leviten lest hett.«

»Ja, Nahwer, doran hett einer bet Wihnacht naug. Äwer wat meint hei mit dem Teufel der Freßsucht?«

»Dat is Jochen Bohnsack. Dei hett vör acht Dag irst en gaud Pund gekochten Schinken tau Abend eten un nahst noch teihn hartgekochte Eier. Äwer in de Nacht is hei dodkrank worden un hett den Preister halen laten. Dei hett em en scharp Middel ingeben, äwer hulpen hett dat bannig; hei hett de ganze Nacht lopen müßt.«

»So, so, also Bohnsack! Un der Teufel der Hoffart, dat ward woll Möller sin. Dei hadd sick en Kinnbort wassen laten, un denn het de Preister em sick vörnahmen un em seggt, de Kinnbort paßt sick blot för de Zegen.«

»Ja, hei höllt bannig up Ordnung, un dat is gaud. So einen giwwt dat in't ganze Land nich wedder!«

»Dat mein ick äwer ok«, sagte die alte Witwe Stolt, die nichts auf ihren Pastor kommen ließ, »is wohr, hüt hett hei schullen, äwer hei is ja nu in sin Epistеljohr, un dat is ümmer en hart Johr. Noch drei Wochen, denn is de irst Advent, un denn fangt dat Evangelienjohr an, un dat is wedder sin weich Johr, un wi Frugenslüd freu'n uns all dortau. Hei is en ganzen Mann von Kopp bet tau Fäuten, un mihr Achtung würd de Großherzog ok nich hebben, wenn hei up de Kanzel stünn un de Predigt ded.«

Dann gingen sie alle nach Hause, die einen nachdenklich betrübt, die andern nachdenklich froh, aber keiner gedankenlos. Und alle lobten ihren Pastor, und alle lebten wie zuvor. –

Nur einmal, vor vielen Jahren, hatte Pastor Brümmerstädt einen Fehler gemacht, an den er nicht gern von anderen erinnert werden mochte, an den er aber bis hin zu seiner letzten Predigt sich selber erinnerte wie an ein Schreckgespenst. In der Kirche war eine Uhr angebracht, der Kanzel gerade gegenüber. Der Pastor hielt nichts von zu langen Predigten und predigte darum nur eine und eine halbe Stunde. Er hatte es sich zur Regel gemacht, in demselben Augenblick, da die Uhr elf schlug, seine Predigt zu schließen mit den Worten: »Dazu verhelfe Gott uns allen in Gnaden!« Nun hatte er einmal wieder gewaltig gewettert über die Sündhaftigkeit der Menschen im allgemeinen und die der Warkenthiner im besonderen, und er hatte guten Grund dazu; denn in seiner Gemeinde war allerlei vorgekommen, was nicht lieblich war und nicht wohl lautete. Am Ende seiner Predigt hatte er noch ein besonders ernstes Wort zu sagen: »Wir können Gott dem Herrn und seinen Geboten nicht widerstreben, und wenn wir's doch immer und immer wieder versuchen, so werden wir wie die Spreu vor dem Wind und enden in Verderben und Verdammnis!« – Da schlug die Uhr elf, und Pastor Brümmerstädt klappte die große Kanzleibibel zu und schloß mit gewohnter Gewissenhaftigkeit, ohne sich Gutes oder Ungutes dabei zu denken: »Dazu verhelfe Gott uns allen in Gnaden! Amen!« –

Herr Anton Iserloth zog den Schlüssel zur Turmtür ab und ging zur Pforte, wo seine beiden Kollegen aus den Nachbardörfern auf ihn warteten. »Was hast du mit dem Alten gehabt?«

»Ach, ich hatte die Unterrichtspause etwas verlängert, und die Knaben trugen mein Holz vom Hof in den Stall, und die Mädchen halfen ein wenig in der Küche. Da kam der Pastor und fragte, ob das in der Ordnung sei. Ich wies hin auf die Holzhauer und Wasserträger am Heiligtum, von denen Josua im 9. Kapitel erzählt. Aber davon wollte er nichts wissen. ›Ihr alter Schulkaten ist gerade kein Heiligtum, wie Josua es meint, sondern eine Schande fürs ganze Dorf. Auch haben Sie hier Schulkinder vor sich und keine betrügerischen Gibeoniter oder die da wohnen zu Kiriath-Jearim.‹ – Na, das ging noch gnädig ab. Aber einige Tage später hatte ich Lesen in der Schule und wollte gerade ein paar Züge aus der langen Pfeife tun; beim Lesen schadet es ja nicht. Da kam er wieder. Ich hatte noch eben Zeit, die Pfeife hinter den Ofen zu stellen. Aber sie war lange nicht gereinigt, und so hatte er es bald herausgeschnüffelt. – ›Sie haben geraucht, Herr Iserloth!‹ – ›Nein, Herr Pastor, ich habe nicht geraucht. Ich habe die Pfeife im Munde gehabt, aber geraucht habe ich darum doch nicht. Fassen Sie die Pfeife an: der Kopf ist kalt.‹ – Da war er geschlagen und mußte abziehen. Aber beim Hinausgehen sagte er: ›Die lange Pfeife gehört nicht zu den Lehrmitteln, auch wenn sie nicht angezündet ist.‹ Und den Ton, in dem er das sagte, kenne ich; das bedeutet immer für den nächsten Sonntag Nr. 340 im Gesangbuch: ›Mein Salomo, dein freundliches Regieren.‹«

Auf den Feldern und über den Wiesen lag sonnenklare Herbstesruh' und flimmerndes Leuchten; der Altweibersommer zog seine seidenweichen Fäden geruhsam über die Breiten. Unsere Dichter haben die Gewohnheit, zu dieser Jahreszeit einige wehmütige Reime an die bleichen Fäden zu knüpfen. Aber von dieser angenehmen und mitunter auch sehr nützlichen Sorte Menschen war just keiner da, und Pastor Brümmerstädt, der eben des Weges kam, war mehr für handfeste Verse als für blasse, hatte sich heute auch mit andern Dingen zu tragen als mit gereimten Betrachtungen über die Vergänglichkeit von Blumenduft und Vogelsang oder sonstige Sachen mit geringem Nährwert.

Seine schwarze Umhängetasche war einzig in ihrer Art, und schon zu seinen Lebzeiten ging die Sage, einst habe er in ihr einen Schinken von 25 Pfund, sechs Mettwürste, sechs Leberwürste, einen ungefügen Preßkopf und ein gewichtiges Schwarzbrot nach Ludwigslust getragen. Wobei jedoch zu bemerken ist, daß das Gewicht des Schinkens und die Zahl der Würste beim Erzählen von Jahr zu Jahr wuchsen, und Brot und Preßkopf waren überhaupt erst nachträglich hinzugedichtet worden. Aber noch zwanzig Jahre nach seinem Tode suchten Warkenthiner Mütter ihre schreienden Kinder mit der Drohung zu beruhigen: »Na, täuw man, bet de Preister kümmt, dei steckt di in sin grot Tasch un bringt di nah Ludwigslust un verköfft di dor an'n Juden!« –

Heute hing ihm das Schreckgespenst friedlich und schwer zur Seite. Dazu schlugen die Taschen des langen Rockes nachdrücklich gegen die hohen Stiefelschäfte, in denen die Hosen steckten. Die hochgeschlossene Weste, das weiße Halstuch als Kragen, die dunkelblaue Tuchmütze mit dem weit vorspringenden, glänzendschwarzen Lederschirm: das war die ungeschriebene Warkenthiner Kleiderordnung, und zu seiner Zeit wagte sich im ganzen Dorf kein Vorhemd hervor. Ein rundliches Flöckchen Bart unter jedem Ohr: das war die Warkenthiner Bartordnung. Ein Mehr am Kinn oder sogar unter der Nase war nicht erlaubt, und darum gab es an jedem Sonnabend, Haus bei Haus, ein säuberlich-schmerzhaftes Kratzen und Schaben. So trug sich der Pastor. So ordnete er es an. Und also geschah es. Er trug die Mütze gern etwas zurückgeschoben. Die starken Stirnwülste über den Brauen, die stahlblauen Augen, die schmale, lange Nase, das feste, vorspringende Kinn: alles kündete Herrschernatur und Gewohnheit des Herrschens. So kam er, in der Hand den schweren Eichenstock, das Haupt leicht zurückgeworfen, groß, breit und wuchtig, mit riesigen Schritten daher: Josias Brümmerstädt, der Mann Gottes, der Hirt seiner Herde, der gebietende Herr von Warkenthin.

Und heute hatte er wie ungefähr alle zwei Wochen seinen Botengang für Warkenthin getan. – »Gu'n Dag, Fru Dreyer!« – »Gu'n Dag, Herr Pastuhr! Na, Sei bringen mi woll de Semmel!« – Sie wischte den Brettstuhl ab und nötigte ihn zum Sitzen. Aber er wies lächelnd abwehrend auf die volle Tasche und holte die vier Semmeln hervor, die sie bestellt hatte. – »Ick bedank mi ok, Herr Pastuhr, dat Sei doran dacht hebben.« – Sie suchte in der Tischlade und gab ihm zwei Schilling. Darauf, mit etwas unsicherer Stimme: »Ach, Herr Pastuhr, uns' Jochen mag so girn Bodderpluzen; wenn Sei dat nächst Mal ...« – Er warf den Kopf in den Nacken und wurde hochdeutsch: »Bodderpluzen? Nein! – Semmeln? Ja! – Streichen Sie ihm meinetwegen etwas Butter darauf. Das ist mehr wert, als was der Bäcker daraufwischt.« Da gab sich die Frau zufrieden. »Dat segg ick den Jungen ja ok ümmer, Herr Pastuhr. Äwer nu will ick em seggen, dat Sei dat ok meinen; denn ward hei dat woll glöwen. Un denn dat nächst Mal wedder vier Semmeln, nich wohr?« –

Er bog hinüber zu Bauer Döscher. Der Alte lachte über das ganze Gesicht, und alle die zahllosen Falten und Fältchen lachten mit, als der Pastor ihm ein Pfund Tabak und seine Semmeln auf den Tisch legte. »Dat is man schön, Herr Pastuhr; ick heff de letzten Dag' all de drögen Bläder von unsen Kastanienboom smökt. Äwer min Fru schellt denn ümmer un kriegt dat Hausten un makt da Finster up.« Und nach einer Pause: »Woans wir dat (wie wär's), Herr Pastuhr, wenn Sei mi dat nächst Mal 'nen lütten Priem mitbringen müchten, blot 'nen ganz lütten!« – »Nein, Sie haben einmal in der Kirche gepriemt, und ich habe Sie von der Kanzel herab vermahnen müssen. Wie kann ein Christenmensch seinem Gott in der Kirche was vorpriemen!« – Döscher suchte zu retten, was zu retten war: »Dat wir de oll Adam, von den Sei ümmer so schön predigen, Herr Pastuhr!« – »Ach was, bleiben Sie mir mit Ihrem alten Adam vom Leibe! Das war nicht der alte Adam, der da priemte; das war der alte Döscher!« – Wenn der Pastor hochdeutsch wurde, dann war nichts mehr zu machen. – »Na, denn nehmen Sei mi dat man nich für ungaud, Herr Pastuhr. De Rippentabak von Saniter un Weber in Rostock ist würklich schön, dei steiht ok gaud in de Piep!« Er zahlte vier Schilling, zwei für den Tabak und zwei für die Semmeln.

Der Pastor verteilte weiter seine Gaben. Mutter Rathsack freute sich über ihren Gast, weil sie morgen zum Besuch ihrer jüngsten Schwiegertochter backen wollte, und ihre Nachbarin, die alte Düffert, hatte schon das Geld auf den Tisch gelegt für die Schuhbänder und die Rolle Garn, weiß, Nr. 60, die ihr der Stadtbote im schwarzen Rock brachte.

Hier holte er ein Stück Seife hervor, dort eine große Tüte mit Zucker; auch eine Kruke mit Essig tauchte aus der unergründlichen Tasche auf. Der Pastor heimste vielen Dank und viel Kleingeld ein, und allmählich ward seine Tasche leichter.

Jetzt ging er hinüber nach Rehms Tagelöhnerkate, wo die gichtisch verkrümmte Witwe Holtz hinter dem Ofen saß. Auch für sie fanden sich noch einige Semmeln, und sie hatte doch keine bestellt, dazu ein Fläschchen mit grünen Tropfen zum Einreiben, und sie konnte sie doch ebensowenig bezahlen wie das Päckchen Tee gegen den Husten, das er daneben legte. Und noch etwas legte er dazu: manch freundliches und tröstliches Wort, und jedes seiner Worte war ihr mehr wert als grüne Tropfen und Hustentee. – Es gab nichts Gröberes als Pastor Brümmerstädts Hand; sie war rot und haarig, hart und breit. Es gab nichts Schöneres als Pastor Brümmerstädts Hand; es war, als ob von ihr ein Strom von Kraft und Genesung überginge auf die verkrümmten Finger des armen Weibleins. Des Pastors Hand lag wie ein Gottessegen auf ihren gichtischen Händen, und als er ging, blieb viel Sonnenschein im dürftigen Stüblein, und der blieb dort und war Trost und Zehrung für die langen Tage und die noch längeren Nächte der Einsamen.

Nur kurze Zeit hielt er sich bei Vielanck auf. Dem war beim Stämmeroden die Axt abgeglitten und ins Bein gefahren. Die Wunde eiterte, und Vielanck mußte ins große Krankenhaus Stift Bethlehem in Ludwigslust. Als der Arzt sich an die Arbeit machen wollte, faltete Vielanck die Hände: »Na, denn mit Gott!« – Der Doktor sah auf: »Sie gehören wohl zur Geistlichkeit?« – »Ja, ick haug immer dat Holt för unsen Pastuhr.« – Vor acht Tagen war er dort entlassen worden.

Brümmerstädt sah die Wunde, erneuerte den Verband und nickte der Frau zu: »Sei hebben Ehr Sak gaud makt.« Dann stand er auf und legte beim Hinausgehen ein Stück Speck und eine Wurst auf den Tisch. – »Oh, Herr Pastuhr, wo sälen wi dat wedder gaudmaken!« – »Dorüm sorgen Sei sick man nich. Äwer ümmer de Wunn' hübsch waschen mit warm Water un denn en Arnika-Lappen up.« Dankbar sahen ihm die beiden nach.

Hinter der zweiten Tür des langen Katens lag Suhrbier an Lungenentzündung. »Was ist das hier wieder für eine Luft!« Er stieß das Fenster auf, setzte sich dann ans Bett und befühlte den Puls. »Bringen Sie mir mal zwei reine Tassen mit Wasser!« – Die Frau brachte das Gewünschte. – »Sind das *reine* Tassen?« Es lag starker Unwille in seiner Stimme, und die Frau wurde rot. »Ach, ick heff de verkihrten Tassen nahmen.« Sprach's und brachte nun endlich reines Wasser in reinen Tassen. Er holte zwei Fläschchen mit weißen Kügelchen aus der Westentasche. »Nun passen Sie gut auf! Hier steht Aconit drauf und hier Pulsatilla.« Er schüttete aus jedem Glas zwanzig weiße Kügelchen in die Tassen, rührte um und gab dem Kranken Aconit. »Nach zwei Stunden geben Sie Ihrem Mann aus der anderen Tasse einen Schluck zu trinken, und so immer im Wechsel. Aber immer gut umrühren und die Tasse gut zudecken. Den Teelöffel legen Sie immer auf die Tasse, die an der Reihe ist. Die Fläschchen lasse ich hier. Was es kostet? Nichts kostet es. Daß ihr es aber nicht wieder weggießt wie vor vier Wochen und dann für teures Geld eine große Pottflasche voll stinkiger Medizin von Schäfer Hinrichs holt!« Mit verhaltenem Drohen in Wort und Blick verließ er die Stube.

So regierte Pastor Brümmerstädt mit fester Hand alle Bewegungen und Regungen des Warkenthiner Lebens bei Gesunden und Kranken. So suchte er allen zu helfen, Gesunden und Kranken. So fanden die einen Gnade vor seinen Augen, und so ging er an den andern vorüber im Unwetter.

Dann saß der Pastor noch eine kleine Weile beim Lehrer und sprach mit ihm über Schul- und Dorfangelegenheiten, und für sein Patenkind, die kleine Anna, holte er ein rotes Haarband, säuberlich in Seidenpapier gewickelt, hervor. Darauf erhob er sich. »Ich muß gehen, die Kleinen warten schon auf mich.«

Die Kinder standen wie gewöhnlich in zwei Reihen auf dem Spielplatz, hinten die großen, vorn die kleinen. Die Mützen der Buben flogen von den Köpfen, die Mädchen machten einen Knicks. »Gun'n Abend, Herr Pastuhr!« – »Gun'n Abend, Kinder!« Ein Leuchten, das den ganzen Mann verschönte, ging über sein Gesicht.

»Na, Siken, du hest ja woll orndlich 'ne nie Schört vör!« – »Ne, Herr Pastuhr, dat is min oll, dei hett uns' Mudder mi wascht un plätt't. De nie liggt in de Lad', dei krieg ick blot Sünndags.« – »Is recht so, min Döchting!«

»Fritz, du hest dinen lütten Brauder de Näs' nich orndlich putzt!« – »Ja, Herr Pastuhr, hei fangt denn ümmer gliek an tau bölken.« – »So en groten Jung un denn weinen?« – Fritz griff in die Tasche und holte einen nicht ganz einwandfreien Lappen hervor, mit dem er in praktischer Anwendung an der kleinen Stumpfnase seines Brüderchens anfing zu arbeiten. »Na, sühst du woll, dat deiht doch gor nich weih!« Liebevoll strich er dem Kleinen über den Struwwelkopf.

»Unkel«, platzte der Kleinste der ganzen Gesellschaft heraus, »ick kann all mit'n Diffel up de Dafel schieben (schreiben)!« Seine Augen leuchteten. – »Wat du seggst! Na, denn möst du ok woll en Appel hebben?« Er griff in die Rocktasche, und da war's aus mit der geordneten Aufstellung; alle umdrängten ihn, und er teilte aus, bis die Taschen leer waren. – »Ick bedank mi ok, Herr Pastuhr!« – »Ick ok!« – »Ick ok!« – Fröhlich klapperten sie in ihren Holzpantoffeln nach Hause und riefen schon in den Haustüren: »Ick heff en groten Appel kregen!« – »Mi hett hei 'ne Beer geben!« – »Etsch! Ick heff drei Plumen!« – Der Pastor aber ging mit weitausgreifenden Schritten hinüber nach Immenkath.

4. Lehrmeister und Lehrling

Schmied Markow hatte Bauer Diehns Braunem ein neues Eisen aufgelegt und war eben mit dem Vernieten fertig geworden. Mit fester Hand hielt Möne das Bein. Da trat der Pastor in die Schmiede und warf einen prüfenden Blick auf die Arbeit. »Was nun noch zu tun ist, kann Möne wohl allein besorgen«, meinte er, und Markow nickte, und Möne nickte auch.

Die beiden Männer betraten das Haus, und der Pastor ging geradeswegs auf sein Ziel los: »In Möne steckt ein tüchtiger Schmied, aber es steckt mehr in ihm als ein Schmied. Er hat einen guten Kopf und ein gutes Gedächtnis; meine letzte Predigt hat er mir in der Kinderlehre beinahe Satz für Satz wiedererzählt. Und vor allem: es ist Verlaß auf ihn. Auch in der Schule ist er immer der Beste gewesen. Sie sind noch rüstig. Lassen Sie mir Möne. Ich unterrichte ihn mit meinen Söhnen, und dafür hilft er in seiner freien Zeit in der Wirtschaft, besonders im ersten Jahr. Denn es taugt nicht für ihn, nun sofort den ganzen Tag über den Büchern zu sitzen. Meinen vier Jungs ist es auch gut, wenn sie einen zuverlässigen Kameraden haben, der ihnen bei den Schularbeiten ein Vorbild ist. Ich will, wenn möglich, einen tüchtigen Lehrer aus ihm machen. Meine Frau ist einverstanden. Im ersten Jahr kann er jeden Abend zu Ihnen zurücklaufen, morgens stellt er sich wieder ein bei mir. Bei schlechtem Wetter bleibt er im Pfarrhaus. Im zweiten Jahr kommt er nur noch sonnabends über Sonntag zu Ihnen. Nächsten Montag kann er bei mir antreten.«

Es entstand eine geraume Pause. Der Schmied sah lange vor sich nieder. Dann machte er sich gerade und ging einen Schritt auf den Pastor zu. Sein Entschluß war gefaßt. »Herr Pastor, meine Frau und ich, wir haben schon oft über den Jungen gesprochen. Wir haben uns immer gefragt, ob das wohl recht wär', ihn für Lebenszeit an den Amboß zu schmieden. Nicht daß wir denken, er ist zu gut für einen Schmied, aber wenn der liebe Gott ihm so schöne Gaben gegeben hat, dann ist es doch gewiß sein Wille, daß er die Gaben auch anwendet. Wir sind einverstanden, Herr Pastor. Machen Sie aus dem Jungen, was Sie für richtig halten, aber machen Sie was Gutes aus ihm. Wir halten viel von unserm

Möne, Herr Pastor!« – Die beiden Männer gaben einander die Hand und blickten sich fest an.

Also zog Möne am nächsten Montag ins Pfarrhaus ein. Am ersten Abend fragte die Pastorin ihre zwölfjährige Tochter: »Wie gefällt dir denn unser neuer Hausgenosse?« – »So ziemlich!« lautete die Anwort. Es lag weder Lob noch Tadel in dem Bescheid. – Seinen ersten Aufsatz brachte der Pastor eines Abends zu seiner Frau und las ihn vor:

»Des Sängers Fluch

Die Sänger waren meist arme Ritter. Eine eigene Burg hatten sie nicht, nicht einmal eine Häuslerei mit hundert Ruten Gartenland für Roggen und Kartoffeln. Der älteste Bruder mußte sie durchfüttern, und wenn sie zu frech wurden, schmiß er sie hinaus. Darum zogen sie lieber mit Gesang umher, und dafür kriegten sie bezahlt. Oft waren es alte, ehrbare Gestalten mit langem Bart. Oben schmückte schneeweißes Haar ihr Haupt. Der alte Sänger trug gewöhnlich eine Harfe über die Schulter gehängt, der junge eine frische Stimme in der Brust. Dazu kam ein Pferd und eine notdürftige Kleidung. Das war ihre ganze Ausrüstung. Sie suchten gern die Burgen der Ritter auf, denn da gab es Braten zu essen und Wein zu trinken. Dafür sangen sie schöne Lieder, z. B.: Wer will unter die Soldaten. Damit machten sie die jungen Ritter begeistert, und wenn sie begeistert waren, zogen sie in den Krieg und schlugen viele tot oder wurden selber totgeschlagen. Wie's trifft!

Machmal kamen die Sänger auch zu einem König. Wenn sie in den Saal traten, nahmen sie die Mütze ab und machten einen tiefen Diener. Denn der König saß auf seinem goldenen Thron und machte ein wütendes Gesicht, so wie Bauer Erdmann sein Hund, wenn der Briefträger kommt, und eine goldene Krone trug er auf seinem finsteren Haupt. Aber neben ihm saß die Königin, die sah schön aus wie ein Vollmond, und an den Wänden standen die Ritter entlang. Der Alte wollte sich erst verwundern über die Pracht im Saal. Aber der König rief mit schrecklicher Stimme: Nu man los! Da klimperte der Alte auf seiner Harfe rum, und der Junge sang von den Taten des Königs und seiner Ritter. Das hörte der König gern, und die Ritter rollten mit ihren Augen wild umher. Aber sie sangen auch, was die Damen gern hören mochten, nämlich von Liebe. Für ihren Gesang erhielten sie goldene Ketten und einen Schluck Wein. Meist kamen die Sänger dem König gut zupaß, denn sie brachten Leben in die Bude. Der König ließ ein Faß Wein vom Kaufmann holen und trank, und die Ritter tranken auch, und wenn sie abends nach Hause gingen, dann hakten sie sich unter, und einer sagte zum andern: Das war wieder mal ein gemütlicher Abend!

Manchmal kam es aber auch vor, daß der Sänger falsch verstanden wurde, und dann schlug der König ihn tot, und dann war es gar nicht gemütlich. Als der Jüngling seinen Geist bei Uhland aufgegeben hatte, band der alte Sänger ihn auf sein Pferd und ritt davon. Dabei verfluchte er den König und sein Schloß. Als nach hundert Jahren ein Mann daherkam, da war von dem Schloß nur noch eine hohe Säule zu sehen; die wackelte aber auch schon. Und als er die Leute nach dem König fragte, sagten sie: ›Nein, wir können uns nicht besinnen, daß so einer hier herum gewohnt hat. Da mußt du mal beim Herrn Pastor anfragen, daß er im Kirchenbuch nachschlägt.‹

Das ist das Leben der Sänger in der alten Zeit. Heute ist das alles anders geworden. Mir gefallen die alten Sänger nicht besonders. Nicht jeder Mensch kann eine Ritterburg haben. Aber dann sollten sie lieber ein ordentliches Handwerk lernen und nicht so im Lande herumzigeunern. Oder sie konnten sich für die goldenen Ketten eine Bauernstelle kaufen. Mir gefällt Siegfried besser. Der lernte zuerst schmieden, und als er ausgelernt hatte und Gesell geworden war, da zog er mit Gesang auf die Wanderschaft: Nun hab' ich geschmiedet ein gutes Schwert! Das gefällt mir an Siegfried, denn ein guter Schmied findet überall sein Brot. Wenn ich nicht auf Möne getauft wäre, wollte ich wohl Siegfried heißen. Aber das geht nun nicht mehr.«

»Ehrliche Grobschmiedsarbeit!« meinte der Pastor mit behaglichem Schmunzeln, legte das Heft nieder und hielt den Fidibus in die Kerzenflamme. Die Pastorin hatte den durchlöcherten Strumpf ihres Jüngsten schon lange in den Schoß sinken lassen. »Aber was hat der Grobschmied bloß aus dem schönen Gedicht gemacht!« seufzte sie. »Die Königin mit einem Vollmond zu vergleichen! Ich habe sie mir immer jung und schlank gedacht. Das ist ja ein unglaublicher Aufsatz!« Unwillig nahm sie den Strumpf wieder vor.

»Ja«, entgegnete der Pastor mit breitem Lachen, »ungelenk und tapsig springt er mit den Gedichten um. Eigentlich müßte man den Aufsatz an Fritz Reuter nach Eisenach schicken. Für den wäre das etwas.«

»Ob aus dem Jungen überhaupt etwas zu machen ist?«

»Ich glaube doch«, versetzte der Pastor mit Überzeugung. »Hauptsache ist, daß er eigene Gedanken und Anschauungen hat, wenn er auch verdreht damit zu Platz kommt. Wir dürfen nicht vergessen, daß er Schüler einer einklassigen Dorfschule war und am Amboß stand. Er ist durchaus nüchtern und sieht die Dinge mit hellen, wachen Augen von heute. Vom Schimmer der alten Zeit und ihres Sängertums sieht er nichts. Daß er zu Siegfried hält und das Handwerk ehrt, das ehrt auch ihn. Er geht seinen eigenen Weg; eigentlich ist er schon heute innerlich fertig, und uns bleibt nichts übrig, als seitwärts zu stehen und zu versuchen, hie und da seine Schritte zu lenken. Ich möchte nur, daß unser Georg diesen Aufsatz geschrieben hätte; aber bei dem kehrt es ermüdend und eintönig immer wieder: Mutigkeit, Wütigkeit, Prächtigkeit, Großheit, Schönheit etc. ... Nur die Dummheit fehlt, aber die ist in jeder Zeile zu lesen. Er schreibt hölzernes, papierenes Deutsch, und der andere mündliches Deutsch. Das ist der große Vorzug derer, die vom Felde oder aus der Werkstatt kommen.«

»Georg wird auch noch. Er ist langsam, ja; aber was er einmal in sich aufgenommen hat, das ist und bleibt sein Eigentum für Lebenszeit. Übrigens, um wieder auf Möne zu kommen: bei Tisch gewöhnt er sich allmählich andere Manieren an. Zu Anfang war das ja kein Essen, sondern ein Stopfen. Und was mir gefällt, ist, daß er nicht nach uns schielt. Nein, er sagte mir in seiner ruhigen Gewissenhaftigkeit: ›Ich will auch so essen lernen!‹ Ja, das gefällt mir an ihm. Am schlimmsten ist es mit ihm und Grete. Sie treibt es manchmal etwas arg mit ihm. In seiner Bärenhaftigkeit tut es ihm aber gut, wenn sie ihn ein wenig poliert.« Sie lachte still vor sich hin. »Er hat ja noch immer seinen schweren, schiebenden Gang. Das ist, als ob er noch sein steifes, ledernes Schurzfell trüge. Das hatte Grete ihm nachgemacht, und da beobachtete ich den Jungen gestern, wie er hinter der Scheune wahrhaftig einen leichteren Gang übte. Es war, wie wenn ein junger Elefant einen Walzer versuchte. Und dabei immer die gleiche todernste Miene. Aber ich glaube, für heute abend machen wir Schluß. Nur gut, daß Grete nichts weiß von diesem Aufsatz.«

Der Pastor erhob sich. »Nein, die darf natürlich nichts davon wissen. Ich glaube übrigens, daß sie bei all ihrem Necken im Grunde doch etwas Respekt vor seinem geraden und ehrlichen Wesen hat. Aber den Aufsatz darf sie nicht lesen. Das Kind schläft ja auch längst.«

Das Kind lag unterdes im Nebenzimmer mit aufgestütztem Arm im Bett und hatte den Zipfel des Deckbettes in den Mund gesteckt, um nicht loszuplatzen. Das Kind hatte den Aufsatz Wort für Wort mit angehört und bewahrte ihn in seinem Gedächtnis. Am nächsten Tage, als sie Möne beim Herausziehen der Erbsensträucher half, deklamierte sie »Des Sängers Fluch« mit großer Inbrunst, und Möne nickte sachverständigen Beifall. Als sie aber an die Stelle kam: »Nur eine hohe Säule zeugt von verschwundener Pracht«, brach sie plötzlich ab und fuhr in trockenem, lehrhaftem Ton fort: »Die wackelt aber auch schon.«

Über des Jungen Gesicht flog jähe Röte, und seine Mundwinkel senkten sich in gröblicher Weise. Aber nur für einen Augenblick. Dann sprach er mit singender Stimme: »In der Schlacht bei Leipzig flogen die Kugeln so dicht, daß Tausende den Atem anhalten mußten. Auch sah man in der Schlacht einen Mann und einen Bräutigam zu Boden fallen. Hinter der Schlacht aber standen die Bräute und Mütter. Sie wollten sehen, ob ihr Bräutigam oder ihr Sohn noch lebte. Wenn er fiel, schrien sie laut auf und wurden ohnmächtig, und dann kamen die Krankenträger und gaben ihnen Hoffmannstropfen und trugen dieselben nach Hause. Wenn er nicht fiel, freuten sie sich. Oh, es war ganz gräßlich! Unterdessen aber tobte die Schlacht immer doller, bis sie zu Ende war. Als sie zu Ende war, sangen die Deutschen: So leben wir, so leben wir, so leben wir alle Tage! – Die Franzosen aber schrieben das Panier des Hasen auf ihre Fahne, und dann trabten sie der lieben Heimat entgegen und sagten zu ihren Müttern: Hier bei euch lebt es sich doch angenehmer als bei Leipzig. – Daraus schließen wir, daß sie die Schlacht verloren hatten.«

»Pfui! Wie kann man nur so in den Aufsätzen anderer Leute herumschnuckern! Du bist ein gräßlicher Junge!« Sie stampfte mit dem Fuß auf, und zur Bekräftigung ihres Abscheus streckte sie die Zunge heraus, und die Herbstsonne sah dem züngelnden Spiel mit behaglichem Schmunzeln zu.

Möne aber fuhr mit todernstem Gesicht fort: »Daraus schließen wir weiter, daß Grete Brümmerstädt diesen Aufsatz gemacht hat.«

»Pöh! Bitte, das war schon vor einem Jahr, damals war ich noch klein. Deswegen bleibe ich doch immer eine Dame, du Grobschmied, du!« Die Zunge kam noch einmal zum Vorschein. Grete reckte sich in ihrer zierlichen Schlankheit auf, und heller Zorn sprühte aus ihren Augen, als sie rief: »Hebe dich weg von mir, du Ungeheuer!«

Er faßte aber seine Seele in beide Hände und antwortete und sprach: »Der Gerechte muß viel leiden!«

Dann fuhr es ihm plötzlich durch den Sinn, daß er es sei, der das Spiel gewonnen habe. Darum nickte er zufrieden vor sich hin und sagte in der Stimmung des versöhnlichen Siegers: »Nicht jeder Grobschmied und nicht jede kleine Dame kann gleich einen Aufsatz ohne Fehler schreiben. Hammer und Besen sind leichter zu handhaben als die Feder. Ohne Fehler geht es nicht ab. Wenn sie nicht gemacht werden, dann hat der Herr Pastor seinen großen Bleistift umsonst gekauft, und das wäre doch auch man schade. Nein, Fehler müssen sein. Das geht da nicht ohne. Aber bleiben müssen sie nicht. Nachher geht das auch immer besser mit der Feder; das ist dann ebenso wie mit dem Hammer und dem Besen. Und«, fügte er vorsichtig hinzu, »wenn du meine Ritter in Ruhe läßt, dann sollst du auch nichts mehr von der Leipziger Schlacht hören.«

Sie warf ihm eine Handvoll reifer Erbsen an den Kopf, strich das plusige Haar ein wenig zurück und sprang durch den Garten ins Haus. Er nahm's als Zeichen der Zustimmung und sammelte die Erbsen bedachtsam auf.

Möne aber nahm zu an Wissen und Erkenntnis und freudiger Kraft und fand Wohlgefallen bei seinem geistlichen Lehrherrn. Ein verständiger Mann, Raphael Kühner geheißen, hatte die lateinischen Vokabeln und Übersetzungsaufgaben mundgerecht zugeschnitten, damit auch eine kleine Kraft sie ohne sonderliche Beschwer aufnehmen und verdauen könne. Aber für Mönes Hunger waren die täglichen Aufgaben wie dürftige Brosamen von des reichen Mannes Tisch. Er begehrte, am vollen Tisch des Lebens und des Lernens zu sitzen und zu schmausen. Was anderen für eine Woche reichte, schlang er an einem Tage in sich hinein, wischte den Mund und sah sich um nach mehr.

Er geriet über den ersten Band von Immanuel Schullers großem Wörterbuch der lateinischen Sprache. »Dat is en anständigen Happen!« brummte er beifällig nach den ersten 49 Seiten und fraß dann auch gleich die weiteren Seiten bis auf den letzten Buchstaben. Als er unten auf Seite 390 bei »devoro – ich verschlucke, verschlinge« angelangt war, kam der Pastor dahinter und machte dem Greuel des Verschlingens ein Ende. Worauf Möne sich den ledernen Eutrop einverleibte, als wäre er eine der süßesten Früchte am Baum der Erkenntnis. Er nahm den braven Cornelius Nepos und seine 25 Vitae zu sich, wie wenn man ein Dutzend Pflaumen im Vorbeigehen abstreift und verspeist.

Ohne Säumen kam er zu Cäsars Kommentaren über den Gallischen Krieg, und hier las er zum erstenmal langsam und mit Bedacht. Die klare Einfachheit der Darstellung, die unmittelbare Kraft des Ausdrucks, die gedrungene Sachlichkeit ließ ihn den Gallischen Krieg gleich zweimal lesen, einmal vor der Roggenernte, einmal nachher. Das lange, ernste Gesicht rötete sich, und ein Ahnen von der Größe des Römers ging durch die Seele des jungen Niedersachsen. Als die Zeit des Dreschens kam, griff er zu Ovids »Verwandlungen«. Aber als der das Buch zuklappte, rief er ganz respektlos-nüchtern: »Verdreihte Gesellschaft!« Das respektlose Wort ging auf des Dichters Götter und Menschen; nur einigermaßen söhnte er sich mit ihnen aus, als er den Virgil vornahm und die Schicksale und Irrfahrten des Äneas las. In allem schlug er ein Tempo an, in dem ihm keiner seiner Mitschüler zu folgen vermochte. – »Der reine Moloch!« meinte der Pastor zu seiner Frau, und es lag viel ehrliche Anerkennung in dem Wort. So pflegt der Wärter im Zoologischen Garten seinem jungen Elefanten einen freundlichen Schlag mit der Hand zu versetzen, wenn er ihn fressen sieht.

Daneben arbeitete Möne gleich gewalttätig mit Säge, Axt und Beil an des Pastors 60 Raummetern buchen Kluftholz. War es schieres Blankholz, dann labte er sich während der ruhigen Arbeit mit Tacitus und Cäsar oder mit langen Reihen von Vokabeln, daß ihrer keine entrann. Kam er an einen schweren Knorren, dann rief er ihm ein machtvolles »Quos ego« zu und zerschmetterte den Widerspenstigen mit wuchtigem Hieb.

Es geschah, daß etliche junge Warkenthiner Burschen sich des Abends an ihm zu reiben versuchten. Er aber rief seinen

Schlachtruf »Quos ego!«, und ohne weitere Bemerkung flog einer von ihnen in den Wassergraben zur Rechten, und bevor der Ruf zum zweitenmal ertönte, sprangen die andern über den Zaun zur Linken und entwichen der Eisenfaust. »Jungedi, wat flucht de Kirl!« erzählten sie hernach im Dorf, als sie sich beruhigt hatten.

»Möne, mein Sohn«, nahm Herr Iserloth ihn einige Tage später vor, »das ist nicht ein gutes Geschrei, das ich von dir höre. Du hast dir das Fluchen angewöhnt! Und lebst im Pastorhaus!«

»Woso, Herr Iserloth?«

»Was hast du neulich abends dem Fritz Drefahl zugerufen, als er in den Wassergraben flog?«

Über das ernste Gesicht des Jungen glitt ein heller Schein. »Oh, bloß: Quos ego! Herr Iserloth«, versetzte er treuherzig, »und das ist kein Fluch. Das heißt bloß: Na, täuw man; jug will ick woll kriegen!«

»Na, dann ist es gut. Fritz Drefahl schadet das Wasser nicht. Schon in der Schule mochte er sich nicht waschen, und seine Mutter hat mir mal erzählt, daß er sich die Füße zum Sonntag lieber mit Sandpapier abrieb. Am besten aber ist, wenn du dich mit der Gesellschaft gar nicht abgibst. Ehre hast du nicht davon.«

»Ich gebe mich auch nicht mit ihnen ab; aber sie geben sich manchmal mit mir ab und passen mir abends auf, und wenn sie dann aus Versehen gegen meine Faust laufen, dann wische ich sie bloß vom Wege runter. Fluchen ist dabei gar nicht nötig. Ich halte auch wenig davon. Nur als vor drei Wochen mal so ein halb Dutzend solcher Lausbuben mit mir anbinden wollten, da lief mir auch eine Laus über die Leber, und ich rief: Dunner un de Kamerdör! Aber den Fluch habe ich von meinem Vater her, und der hat ihn vom Großvater geerbt. So auf diese Weise kann ich doch wohl mal fluchen?«

»Na, dagegen läßt sich ja gerade nicht viel sagen«, schloß Herr Iserloth die Unterredung und ging befriedigt von dannen.

Möne kam hernach auch nur selten in Versuchung auf deutsch oder lateinisch zu fluchen. Nach etlichen Abkühlungen im Wassergraben und wiederholtem Wischen vom Wege runter ließen ihn seine Widersacher in Ruhe, und wenn er am Sonnabendabend seine Wäsche nach Immenkath zur Mutter trug, konnte er ohne Störung die Balladen abtreten. Er zählte dabei nur die Hebungen. Mit »Des Sängers Fluch« kam er bis zum großen steinernen Wegweiser. Die »Bürgschaft« hielt etwas länger vor, denn zwischendurch mußte er sich immer wieder wundern über den dämlichen Damon, der eben noch so just dem Tode des Ertrinkens entronnen war und in der zweitnächsten Strophe schon wieder vor Durst umkommen wollte. Zu den Balladen tat er ein Dutzend der Psalmen und auch eine Reihe von Kirchenliedern, die er in der Schule gelernt hatte, und so war sein Bedarf für die Gänge zwischen Warkenthin und Immenkath völlig gedeckt.

Hernach hob ihn der »Tell« zu weitem und klarem Ausblick. Die Greueltaten der Landvögte begleitete er mit einem nachdrücklichen: »So'n Schinnerknecht, so'n Aas!«, und als Grete Brümmerstädt ihn nach seiner Ansicht über Tells Tat befragte, meinte er: »En Flitzbagen – ne, dat wir nicks för me. Ick hadd em mit'n Hammer einen vör'n Bregen geben.«

»Ja, das sieht dir Grobschmied ähnlich! Aber Rudenz gefällt mir. Rudenz ist ein Herrensohn.«

»Un'n Waschlappen«, fügte er gleichmütig bei.

»Ruhm und Liebe treiben ihn«, gab sie entrüstet zurück, »aber was versteht so ein Grobschmied davon!«

»En groten Waschlappen!« bestätigte er noch einmal, holte den abgegriffenen Atlas hervor, schlug auf und nahm sich die Karte von Amerika vor. Amerika! In seinem Geist war es wie Landhunger und Landnot aus alter Zeit. Ein Mensch der Erde stand in ihm auf, unverbildet und von starkem Verlangen.

Dazu wuchs er und ward wie Saul, der Sohn Kis, eines Hauptes länger denn alles Volk. Seine Haltung straffte sich. Aber der schiebende Gang blieb ihm eigen; es war der Gang der langen Reihe seiner Vorfahren, die – den Lederschurz vor sich – durch die Erbschmiede gegangen waren. –

Pastor Hagen aus Krenzlin lenkte seine beiden klapperdürren Dunkelbraunen aus dem mahlenden Sand der Dorfstraße auf Brümmerstädts Hof. Möne sah aus ruhigen Augen zu ihm auf. Aber der hagere Mann stieg von dem alten Kastenwagen, warf dem Jungen ohne ein Wort die Zügel zu und ging ins Haus. ›De Tied hadd hei einen ok woll beiden (die Tageszeit bieten) künnt; in sin Jungensjohren hett hei ok de Käuh hött‹, dachte Möne. Als er Pferde und Wagen über den schmalen Steindamm leitete, der vom Wohnhaus zur Scheune führte, war es, als klapperten den beiden Braunen sämtliche Rippen im Leibe. Der Wallach lehnte sich lebensmüde gegen die Wand; die Stute brütete hoffnungslos vor sich hin und wackelte nur dann und wann wehmütig mit den Ohren, wenn die Fliegen ihr zu dreist wurden. In solchem Zustand mußten nach Mönes Meinung die sieben mageren Kühe in Pharaos Traum gewesen sein, die nach Herrn Iserloths Schilderung so dünn waren, daß sie selbst in der Nachmittagssonne von Ägyptenland keinen Schatten warfen.

Pastor Brümmerstädt und sein Amtsbruder standen vor dem Fenster, von wo aus sie in die geöffnete Scheune sehen konnten. »Du mußt deinen Pferden mehr Hafer geben, lieber Bruder«, sagte Brümmerstädt, »der Wallach fällt ja beinahe um in der Scheune. Zwölf Pfund pro Tag, dann verkriechen sich die Rippen.«

»Wir sind nicht zum Wohlleben auf der Welt, meine Tiere auch nicht.« Und dann, als drüben im Pferdestall einer der spiegelblanken Füchse wieherte, mit einem mißbilligenden Blick: »Noch immer die Füchse? Die Farbe paßt nicht zu unserem Stande. Wir tragen dunkle Kleidung, die dem Ernst unserer Aufgabe angemessen ist, und –«

»Und darum müssen wir auch dunkle Pferde haben?« Brümmerstädts lautes und herzliches Lachen füllte die Stube. »Nein, lieber Bruder, wenn wir Schwarzröcke sind, das genügt. Unsere Pferde brauchen's darum doch nicht zu sein. Ich will aber hoffen, daß der liebe Bruder Hagen, wenn seine Braunen das Zeitliche gesegnet haben, zwei Schwarze findet, zwei gnittergnattergnagenswarte und extra mit weißen Bäffchen.«

Dem lieben Amtsbruder behagte diese derb-zufassende Art nicht, und als Möne mit dem Gemenge von Wasser, Häcksel und Hafer über den Hof nach der Scheune ging, brach er ein anderes Kapitel an: »In der ganzen Gegend regt man sich darüber auf, daß der Schmiedesohn sich hier im Pfarrhause das Fluchen angewöhnt hat.« Er sprach's mit amtsbrüderlichem Vorwurf.

Und wieder lachte Pastor Brümmerstädt. Sein Lachen war wie eine Gabe Gottes: laut, gesund und köstlich wie alles Lachen, das aus der Tiefe des Herzens kommt. Pastor Brümmerstädt lachte heute mit Getöse. Die Krenzliner Braunen spitzten verwundert die Ohren, und Möne hinten im Hof nickte stillvergnügt vor sich hin. Dann aber erzählte Brümmerstädt die Geschichte von Mönes Fluchen und schloß seine Erzählung mit den Worten: »Die ganze Gegend soll davon den Mund halten. Gegen das, was auf manchen Dörfern zusammengeflucht wird, ist Mönes Fluchen der reine Lobgesang.«

Der andere hatte mit steinernem Ernst zugehört. »Was willst du aus ihm machen?«

»Ich? Nichts! Er soll sich den Weg selbst suchen, und er wird ihn finden. Aber ich habe daran gedacht, daß er mal ein tüchtiger Lehrer werden könnte.«

»Dazu ist kein Latein nötig.«

»Nötig nicht, aber es schadet ihm auch nicht, wenn er's lernt; und er lernt es nicht nur, er hat auch innerlich etwas davon. Aber es mag sein, daß er über den Lehrer hinauswächst. Er hat eine Vorliebe für Amerika, weil vor langen Jahren Verwandte von ihm hinübergezogen sind. Vielleicht hat er Lust, später in einer der Lutherischen Freikirchen in den Vereinigten Staaten Pastor zu werden. Es fehlt dort an deutschen Pastoren!«

»Es taugt nicht«, ereiferte sich der andere, »wenn man über seinen Stand hinausstrebt. Gott hat in seiner Weisheit die einzelnen Stände gesetzt, und es ist am besten, wenn jeder in seinem Stande bleibt. Die erschreckende Unzufriedenheit der unteren Stände, die wachsende Gärung unter den Arbeitern, das Verlangen nach mehr Lohn, das Hinaufstreben in höhere Stände, das gottfeindliche Aufbegehren gegen Thron und Altar – das sind bedenkliche Zeichen der Zeit. Wir sind die berufenen Hüter der Ordnung und der festgefügten Stände, und es scheint mir, lieber Bruder, daß du in dem, was du mit dem Schmiedesohn vorhast, die feste Ordnung der Natur und der Geschichte durchbrichst. Ist das nicht gefährlich? Wäre es nicht besser, wenn du ihn zu seinem Amboß zurückschicktest?«

Er hätte klüger getan, seine Ansichten diesmal für sich zu behalten; denn Brümmerstädt konnte, wenn er eine verschrobene oder überhebliche Äußerung hörte, unangenehm rücksichtslos sein.

»War dein lieber Vater nicht Flickschuster in Hagenow?« fragte er. Weiter nichts.

»Der Herr führt die Seinen wunderbar«, entgegnete der

Krenzliner scheinbar ruhig; aber er hätte lieber eine Büchse mit Pfeffer verschluckt als diese Erinnerung.

Da erschien die Pastorin mit einer Flasche Johannisbeerwein, Grete folgte ihr mit einer Schale voll Gebäck, und das Gespräch nahm eine andere Wendung. Aber die rechte Stimmung wollte nicht mehr aufkommen. Pastor Hagen brach denn auch bald auf; Brümmerstädt nötigte zum Bleiben, aber er nötigte mit Maßen.

Als der Besucher abgefahren war, meinte Brümmerstädt zu seiner Frau: »Der alttestamentliche Krenzliner hätte meinetwegen heute auch fortbleiben können. Er ist ebenso freudlos wie seine beiden Braunen.«

»Dem Hause fehlen die Kinder. Kinder sind Sonnenschein«, sagte sie.

»Und davon haben wir einen ganzen Posten; fünf Sonnenstrahlen! Aber neulich mußte ich mich trotzdem schämen. Ich kam durch Laupin, und auf dem einen Büdnerhof wimmelte es von Kindern, und die Mutter trug das jüngste auf dem Arm und stand am Heck. ›Wovel Kinner hebben Sei denn eigentlich?‹ fragte ich. – ›Oh, so as de meisten Lüd', teihn Stück. Un Sei, Herr Pastuhr?‹ – ›Man fief!‹ mußte ich beschämt zugeben.« Und damit war der Krenzliner Schatten von ihnen gewichen.

Möne saß in der Laube vor seinem alten Schulatlas. Heute schweifte sein Auge weit über den Atlantischen Ozean hinaus. Er besuchte für einen Augenblick seinen Landsmann, den wohlhabend gewordenen Färber Rehmer in Chicago. In Milwaukee sagte er dem jungen Stallbohm guten Tag und guten Weg. Die fünf Farmer in Wisconsin hatten noch mit der Frühjahrsbestellung zu tun; darum hielt er sich allda nicht lange auf, sondern fuhr von dannen und gelangte mit gutem Wind über den Oberen See. Seine Schritte wurden länger, und bald stand er an der Hudsonbai. Aber die ganze obere Hälfte der Bai war nicht mehr vorhanden. Dazu fehlte alles Land, das von Gottes und Rechts wegen nördlich davon liegen sollte. Die Katze hatte sich als Bilderstürmer betätigt und ein großes Loch in Amerika gerissen.

Mit kühnem Satz übersprang Möne die Lücke. Es war ein gewagtes Unternehmen. Erst im Nordwesten von Grönland fand er wieder festen Boden unter seinen Füßen. Dann machte er eine Pause in der Beobachtung vom Land Amerika und ließ den Blick über die Tischkante, die Buchsbaumeinfassung und die kleine Stechpalme zur Lücke im Fliedergebüsch wandern, durch die er über den Dorfteich hinübersehen konnte. Dort spielten die Kinder am großen Stein. Die hellen Stimmen klangen klar zu ihm herüber: »Ick seih, ick seih, wat du nich sühst.«

Da trat Pastor Brümmerstädt in die Laube und setzte sich zu dem Jungen auf die Gartenbank. »Warum schlägst du niemals einen anderen Erdteil auf? Asien ist so groß und gewaltig und Afrika so heiß und geheimnisvoll.«

»Da habe ich nichts zu suchen, Herr Pastor.«

»Was suchst du denn in den Vereinigten Staaten?«

»Meine Verwandten und alle die andern, die in den letzten fünfzehn bis zwanzig Jahren aus unserer Gegend hinübergewandert sind.«

»Die findest du nicht im Atlas, mein Junge.«

»Herr Pastor, ich habe sie schon alle gefunden, hier in Iowa und dort in Wisconsin.« Er tippte mit dem Bleistift auf einige Punkte der Staaten. »Und ich sehe sie alle, wie sie leben und arbeiten, und daß sie hart schaffen müssen. Ich habe mir schon lange ein Bild von ihnen gemacht – schon als ich noch klein war«, setzte er zögernd hinzu, und sein Blick glitt wieder durch die Lücke im Fliederbusch hinüber zu den spielenden Kindern.

»Ein Bild? Und als du klein warst? Aber das kannst du mir draußen erzählen. Wir wollen die Maulwurfshaufen auf dem Dreesch auseinanderwerfen.«

Beide gingen, den Spaten auf der Schulter, nach dem unfern gelegenen Ackerstück. »Also was war es mit dem Bild?«

»Wir haben das da« – sein Auge deutete über den Teich hinüber – »früher auch oft gespielt, so gegen Abend.«

Der Pastor nickte. »Ich kenne es von meiner Kindheit her. Wir spielten es in der Stube, wenn wir sonst nichts anzufangen wußten. Weiter!«

»Ich stand dann auf dem Brink am Spritzenhaus, und die andern Kinder standen vor mir, und ich sagte: Ick seih, ick seih, wat du nich sühst. – Wat sühst du denn? – Ick seih en Dack! – Dat ist Holten sin Dack. – Kolt, kolt, du verfrierst jo. – Dat is Buckenthin sin Dack. – Nu ward't warmer. – Dat Kirchendack! – Dat brennt! – Weiter kamen sie nicht, und ich mußte ein wenig nachhelfen, um sie dahin zu bringen, wo ich sie haben wollte. Darum fing ich wieder an:

Dat is Sündag, un de Köster singt. – Wat singt hei? – Ji möt still wesen, dat ick orndlich tauhören kann. So! Hei singt: Eins ist not, ach Herr, dies Eine! Un nu stiggt de Pastor up de Kanzel un predigt. – Woräwer predigt hei? – Ji möt nich so'n Larm maken; ick kann dat süß nich hüren. Man larmt buten nich, wenn binnen predigt ward. Nu kann ick't hören, hei predigt äwer Lukas, Kapitel sößteihn: Der reiche Mann und der arme Lazarus. Un de Buren hüren andächtig tau, un am andächtigsten sünd dei, dei drei odder vier Stunnen wiet führt sünd. Sei hebben dor wenig Pasturen. – Oh, nu büst du all wedder in Amerika! – Ja, äwer dat Dack, wat ick mein, dat hefft ji doch nich rad't. Dat is dat Dack äwer de Kanzel. – Und dann spielten wir etwas anderes.«

»Habt ihr nie Erbschmied von Immenkath gespielt?«

Der Junge sah ihn an mit Verwunderung. »Nein, davon brauchten wir uns doch kein Bild zu machen; das hatten wir ja alle Tage.«

»Oder Schule halten?«

»Nein, das spielten bloß die ganz Kleinen. Wir andern hatten das auch jeden Tag, und dazu kam noch, daß keiner ein Schüler sein wollte, sondern jeder der Lehrer – mit dem Stock in der Hand.«

»Und dein Bild vom Sonntag drüben – weißt du, ob es richtig ist?«

»Ja, Herr Pastor, ich weiß es. Die Briefe von drüben reden davon und die Bücher über Amerika, die Sie mir gegeben haben, und in dem Lesebuch, das wir in der Schule gebrauchten, steht ein feines Stück darüber, wie die deutschen Auswanderer ihren Sonntag in Amerika feiern.«

»Aber warum bist du so oft beim Bilde von deutschen Pastoren und Kirchen in Amerika?«

Der Junge sah ihn aus seinen hellen Augen ruhig an und zögerte ein wenig mit der Antwort. Dann zog ein leichtes Rot über seine Stirn. »Ich male mir immer aus, wie es sein wird, wenn ich drüben bei unsern Leuten auf der Kanzel stehe und was ich ihnen dann predigen werde.«

Der Pastor schwieg eine Weile. Dann fragte er: »Wie ist es mit dem Lehrerwerden?«

»Daran denke ich nicht mehr.«

»Aber der Weg auf die Kanzel in Amerika ist weit und wird nicht leicht für dich sein. Wirst du die Kraft haben, ihn zu gehen?«

»Ja!« antwortete Möne und zog den Atem tief aus der Brust.

»Wirst du die Ausdauer haben, ihn bis ans Ende zu gehen, und Mut genug, Enttäuschungen zu überwinden? Es ist da drüben auch nicht alles Gold, was glänzt.«

»Nach Geld und Gold frag' ich nichts.«

»Und deine Eltern?«

»Vater sagt, die Fremde müsse mich zurechthämmern und polieren; die Hauptsache sei, daß innen alles sauber bleibe und daß man sich immer den Staub und Ruß aus den Augen wasche, damit man einen klaren Blick behalte. Mutter will noch nicht recht, weil es so weit dahin ist und weil der Weg über das tiefe Wasser geht. Aber Vater sagt ihr dann, daß sie mich doch nicht immer am Schürzenband halten kann. Zuletzt wird sie sich auch wohl zufrieden geben.«

Mit dem Auseinanderwerfen der Maulwurfshaufen war es wenig vorwärts gegangen. Jetzt flogen die schwarzen Häuflein von Mönes Spaten über das Feld. Der Junge hatte ausgesprochen, was ihn schon lange bewegte. Er sah seinen Weg vor sich. Der Pastor blickte ihn fest an und sagte mit großem Ernst: »Ein bis zwei Jahre bleibst du noch hier; dann können wir weiter sehen.«

Worauf Möne klar und bestimmt antwortete: »Ich schaffe es in einem Jahr, und dann gehe ich.«

Am späten Abend desselben Tages, als sich der Pastor zur Ruhe begeben hatte, faltete er noch einmal seine großen Hände und betete in herzlicher Liebe für seinen Möne-Jungen: »Der Wolken, Luft und Winden gibt Wege, Lauf und Bahn, der wird auch Wege finden, da dein Fuß gehen kann.« Zwei Minuten darauf tat Pastor Josias Brümmerstädt zu Warkenthin seinen ersten Schnarcher.

5. Und Möne ging den Weg, den sein Fuß gehen konnte

Und Möne ging seinen Weg. Mit den Söhnen des Pastors hatte es von Anfang an ein gutes Vertragen gegeben. Unbewußt halfen sie ihm, allerhand Ungeschliffenheit abzulegen, und bewußt half er ihnen bei ihren Schulnöten, von denen der älteste der Pastorensprößlinge behauptete, daß Luther in der Erklärung zur siebenten Bitte vergessen habe, sie den vier angeführten Übeln als fünftes hinzuzufügen. – Mönes Verhältnis zu Grete war langsam und stetig besser geworden, und nur noch selten fanden kleine Scharmützel statt, nur noch selten wurden ehrenrührige Bezeichnungen wie »Grobschmied« und »kleine Dame« gewechselt, und nur in besonderen Ausnahmefällen wurde Möne an »Des Sängers Fluch« und Grete an die »Leipziger Schlacht« erinnert. Die kleine Dame hatte Respekt vor dem Grobschmied bekommen und der Grobschmied vor der kleinen Dame.

Nun lagen Mönes Lehrjahre, mit Pastor Brümmerstädt als Lehrmeister, hinter ihm. Ein schriftliches Abgangszeugnis gab der Pastor ihm nicht, und Möne verlangte auch keins. Aber nach der letzten Unterrichtsstunde legte Brümmerstädt seine Hand auf Mönes Schulter, sah ihm fest ins Auge und sagte: »Ich bin mit dir zufrieden, mein Junge!« Wenn Pastor Brümmerstädt das sagte, so konnte der Empfänger dieses mündlichen Zeugnisses zufrieden sein, und das war er auch, denn er antwortete prompt: »Ich war auch immer zufrieden mit Ihnen, Herr Pastor.« Worauf der Pastor mit einem kaum merkbaren Lächeln meinte: »Dafür danke ich dir, Möne.« Aber Möne wollte absolut das letzte Wort in dieser letzten Stunde haben; auch meinte er, dem Pastor an Höflichkeit nichts nachgeben zu dürfen, und deshalb lautete seine Antwort: »Ich Ihnen auch, Herr Pastor.«

Als Pastor Brümmerstädt am Abend desselben Tages nach getaner Arbeit bei seiner Frau in der Wohnstube saß und dicke Rauchwolken aus seiner langen Pfeife in mächtigen Schwaden über die niedrige Tischlampe zogen, gab er Möne noch ein zweites und ausführlicheres Zeugnis: »Es ist selten, daß sich soviel Begabung bei einem Menschen findet wie bei Möne, und es ist noch seltener, soviel andauernden und ungehemmten Fleiß zum Studieren bei einem Burschen zu finden, der frisch vom Amboß kommt, ganz abgesehen davon, daß seine Begabung und sein Fleiß einander nicht stören, sondern Hand in Hand gehen. Das beste aber ist, daß Möne gar nicht weiß, wie fleißig und strebsam er ist und wie herrliche Gaben ihm zu eigen gegeben sind. Ich werde ihn vermissen, den Jungen.«

»Ich auch«, sagte die Frau Pastorin, deren anfängliche heimliche Abneigung gegen Möne längst in mütterliches

Wohlwollen umgeschlagen war. »Bei aller Steifheit und Ungelenkigkeit, die hin und wieder noch zum Vorschein kommt und mitunter zu recht groben Verstößen gegen die gute Sitte führt, kann ich ihm doch nicht ernstlich böse sein, wenn er dann so ehrbar vor mir steht und sagt: ›Entschuldigen Sie, Frau Pastorin; der alte Adam – Gott strafe ihn – ist noch nicht ganz ersäuft und erstorben!‹ Und immer ist er willig zu helfen und immer ehrlich in Wort und Tat. Und weißt du, Josias, zuweilen habe ich den Eindruck, daß er den ehemaligen Grobschmied mit Fleiß zeigt, als wolle er sagen: Ich schäme mich meiner Herkunft nicht, und ich habe keine Ursache, mich ihrer zu schämen; Talar und Schurzfell sind beide ehrenwert. – Sieh, das gefällt mir an ihm.« –

Und dann kam der Tag, an dem Möne Abschied nahm von Warkenthin und Immenkath, um in einer größeren Stadt ein weiteres Feld der Wissenschaft abzugrasen und die Vergangenheit im Licht der Gegenwart und die Gegenwart im Licht der Vergangenheit zu betrachten. Der Abschied war kurz und gut. Im Pfarrhause steckte er neben mehreren guten Büchern aus der Bibliothek des Pastors einige nicht weniger gute Ermahnungen für Leben und Studium ein, und Herr Iserloth warnte ihn vor dem Fluchen. Großvater Markow sagte gegen seine Gewohnheit gar nicht viel, sondern brummte nur leise und unverständlich vor sich hin wie einer, der untätig etwas Verkehrtes geschehen lassen muß. Nur als Möne ihm die Rechte reichte, ergriff der Alte sie mit beiden Händen, die schon etwas zitterten, ließ darauf drei harte Taler in die Westentasche des Jungen gleiten und sagte: »Help Gott!« Dann aber wandte er sich schnell ab, als hätte er etwas Unrechtes getan, und humpelte der Stubentür zu: »Dunner un de Kamerdör! Ick heff de Häuhner ganz vergeten; sei raupen all!« – Vater und Sohn wechselten einen Händedruck, bei dem jeder andere ach und weh geschrien hätte, und der Vater sagte: »Büst ümmer en gauden Jung west, Möne! Nu bliew ok gaud!« – »Ja, Vadder, ick will!« war die Antwort des Jungen. – Und zuletzt kam die Mutter an die Reihe. Sie weinte nicht. Die Leute der griesen Gegend weinen selten. Aber sie tat etwas, was sie in vielen Jahren nicht mehr getan hatte. Sie strich ihm mit der Hand über das Haar und sagte: »Min leiw Jung!« Mehr sagte sie nicht. Aber als Möne dann gegangen war, stand sie, die Hände unter der Schürze, an der Hofmauer, die das Grundstück von der

Landstraße trennte, und sah ihm nach, solange von ihm etwas zu sehen war, und in ihrem Blick lag etwas, was deutsche Frauen zeigen, wenn sie ihr Liebstes hergeben müssen.

Möne war nun in der Fremde, zuerst auf dem Gymnasium und dann auf dem Predigerseminar. Die Zeit verging ihm wie im Fluge. Aber mitten im schnellen Vergehen der Wochen und Monate saß Möne bedachtsam am Tisch der Wissenschaft und tat sich gütlich an dem, was er für wahrhaft gut hielt, und ließ daneben ohne Bedenken alles auf die Erde fallen, was sein scharfes Auge als schädlich und irreführend erkannte.

Zu Anfang kam still und heimlich das Heimweh über ihn. Dann ging ihm ein Verslein durch den Sinn, das er früher gelernt hatte, weil es ihm besonders gefiel:

»Und meine Seele spannte
Weit ihre Flügel aus,
Flog durch die stillen Lande,
Als flöge sie nach Haus!«

Dann sah er die weite Rögnitz-Niederung vor sich und die stille einsame Immenkath und das Dorf in seiner behäbigen Beschaulichkeit. Er sah den Vater am Amboß stehen und die Mutter in Haus und Garten wirtschaften und den Großvater die Gänse und Hühner füttern. Er sah auch wohl den Pastor Brümmerstädt von seinem Botengang für das Dorf zurückkehren und hörte die Stimme der Pastorin, wie sie halb vorwurfsvoll und halb scherzhaft sagte: »Aber, Möne, was hast du nun wieder angestellt?« Meistens überkam ihn die Sehnsucht nach dem stillen Frieden der Heimat, wenn er sich am späten Abend, nach fleißig ausgenutzten Tagesstunden, müde an Leib und Seele, zur Ruhe begab. Dann konnte es geschehen, daß er ins Träumen geriet wie vor Jahren auf der Bleiche in Warkenthin. Aber seine träumerischen Anfälle und Einfälle waren selten und von kurzer Dauer. Mit einem Ruck warf er sich auf die andere Seite und hielt Möne Markow, gebürtig in Warkenthin, eine kurze Standrede: »Wat föllt di in, Möne! Büst du nu ganz rappelig worden? Wist du hier anfangen tau hulen as'n jungen Hund, dei tau'm irsten Mal allein is? Dat helpt di nich un din Mudder irst recht nich!« Einige Minuten später – und er schlief den festen Schlaf der Jugend.

Die jungen Mädchen hielt er sich mit Absicht und gutem Erfolg drei Schritt vom Leib. »Ich mag die Serie nicht«, schrieb er einmal an Herrn Iserloth, »entweder sind sie hübsch und dumm; oder sie sind klug und häßlich.« Die Anzahl seiner Freunde war gering. Die meisten der jungen Studenten nahmen Anstoß an seinem linkischen Wesen, hielten seinen Fleiß für Strebertum und fühlten sich durch seine lautere und ehrliche Gesinnung, die Schwarz Schwarz und Weiß Weiß nannte, unangenehm berührt. Nur wenige erkannten den inneren Wert des jungen Schmiedesohnes und wußten seine aufrechte und sichere Haltung in zweifelhaften Fragen zu schätzen. Sie waren und blieben seine Freunde bis lange über die Studienzeit hinaus.

Wie mit den jungen Leuten, so erging es Möne auch mit seinen Professoren. Es war keiner unter ihnen, der jemals gewagt hätte, an seinem gewissenhaften Wesen, seinem eisernen Fleiß und seiner ungewöhnlichen Begabung zu zweifeln. Aber seine Unbeholfenheit, seine reckenhafte Gestalt und seine unbestechliche Wahrheitsliebe forderten doch zuweilen die Spottlust einzelner dieser Herren heraus. Es geschah, daß Professor Eichbohm, ungewöhnlich klein von Person und dabei dürr wie eine Bohnenstange, eines guten Tages während seines Vortrages im Hörsaal vor seinen Zuhörern auf und ab ging und dabei beinahe gestolpert wäre über Mönes polizeiwidrig große Füße, die er, in der ersten Reihe sitzend, seiner Gewohnheit nach weit vorgestreckt hatte.

Verwundert schaute der gelehrte Herr seinen Studenten an. »Herr Markow, ich höre, daß Sie nach Amerika gehen wollen, um dort als Pastor angestellt zu werden.« – »Ja, Herr Professor, das ist meine Absicht.« – »Aber, Herr Markow, das geht doch nicht. Was werden die Amerikaner sagen, wenn sie Ihre großen Füße sehen! Es heißt doch in der Heiligen Schrift: Wie lieblich sind auf den Bergen die Füße der Boten, die den Frieden verkünden, Gutes predigen, Heil verkündigen.« – Spöttisch und voller Bewunderung über seinen eigenen Witz stand der Herr Professor, geschniegelt und gebügelt, vor dem jungen Mann, der unverschämt genug gewesen war, sich so große Füße wachsen zu lassen. Möne erhob sich von seinem Sitz. Das war für ihn eine umständliche Sache, denn die Sitze waren eng. Aber nach und nach gelang es ihm, sich in seiner ganzen Länge aufzurichten, und als er dann von oben herabsah auf das kümmerliche Gewächs zu seinen Füßen, fragte er ganz bescheiden: »Herr Professor, darf ich einmal Shakespeare zitieren?« – »Aber gewiß, lieber Freund; zitieren Sie Shakespeare!« – Und Möne zitierte: »The devil can quote Scripture to his purpose.« (Selbst der Teufel kann die Heilige Schrift für seinen Zweck anführen.) – Ein leises Gekicher lief durch die Reihen der Sitze im Hörsaal. Der Herr Professor machte eine Kopfbewegung, als wolle er eine lästige Fliege abschütteln, und setzte seinen Vortrag mit verdoppelter Würde fort. Nach der Vorlesung drängten sich die jungen Leute um Möne. Einer klopfte ihm zustimmend auf die Schulter, ein anderer drückte ihm beifällig die Hand, und ein Sachsenbürschlein krähte mit heller Stimme dazwischen: »Na, das hamm Se'm awwer gut gegäm!« – Aber Möne antwortete in gewohnter Ruhe: »Nein, ich habe nur eine Quittung ausgeschrieben.«

Andere Professoren sahen Möne, wie er in Wirklichkeit war: eckig und scharfkantig, aufrichtig und ehrlich gegen sich und andere, langsam im Reden und langsam im Zorn, hart gegen sich und weich gegen seine Mitmenschen, heißhungrig nach immer tieferer Erkenntnis und begierig, seinen Durst zu löschen an den rechten Quellen des Wissens.

Wenn es sich um einen harmlosen Jugendstreich handelte, dann war Möne ein williger und gern gesehener Teilhaber und konnte für eine Stunde oder noch länger Hörsaal und Studium vergessen und war nichts weniger als ein Spielverderber.

Zwei Studenten hatten sich ihm in besonderer Freundschaft angeschlossen. Sie hörten auf die nicht ganz ungewöhnlichen Namen Schulze und Schmidt. Schulze war ein reicher Jüngling. Schmidt arm wie Möne. Schulze war nicht immer reich gewesen; er war es erst seit gestern geworden, als der Briefträger ihm eine Postanweisung über zehn Mark von seinem Vater brachte. Zehn Mark! Jungedi! Gar nicht auszudenken! Aber Schulze war nicht nur reich. Obgleich er kein »von« vor seinen Namen setzen durfte, war er doch ein Edelmann im wahrsten Sinne des Wortes. Ob man ihn vom Kopf bis zu den Füßen musterte oder von den Füßen bis zum Kopf – ganz gleich, immer sah man den Edelmann vor sich. Was sollte er mit seinem Reichtum anfangen? Es mußte etwas Ungewöhnliches getan werden, und es wurde getan.

Als er am Tage darauf mit seinen beiden Freunden einen

Spaziergang durch die Stadt machte, teilte er ihnen als erste und größte Tagesneuigkeit den Empfang der Postanweisung mit und fügte dann hinzu: »Nun will ich euch einen Vorschlag machen. Wir wollen etwas tun, was wir bisher noch nie getan haben. Wir wollen zusammen ein Lotterielos kaufen, das heißt: wir drei kaufen das Los, und ich bezahle es. Gewinnen wir – und selbstverständlich gewinnen wir – so teilen wir uns den Gewinn. Verlieren wir, so trage ich den Verlust allein. Einverstanden?« – Ja, sie waren sofort und ohne Bedenken einverstanden. – »Aber«, fuhr Schulze fort, »ihr wißt, wenn die Gewinnliste in den Zeitungen veröffentlicht wird, dürfen unsere Namen unter keinen Umständen genannt werden, denn das würde keinen guten Eindruck bei den Professoren machen. Deshalb ist es nötig, daß wir andere Namen angeben und andere Adressen dazu. Einverstanden?« – Ohne Zittern und Zagen und Zaudern ging es nach der alten Regel: vorgeschlagen, unterstützt, angenommen! Sie kehrten auf der Stelle um und gingen in die nächste Lotterie-Agentur.

Dort saß an einem großen Schreibtisch ein älterer Herr, der zu allen Tagesstunden über ein gönnerhaftes Wohlwollen in seinen Zügen verfügte: »Womit kann ich Ihnen dienen, meine Herren?«

Schulze übernahm die Führung: »Wir möchten ein Los kaufen, aber natürlich eins, das mit einem Gewinn herauskommen wird.«

»Sehr gut!« Und nach einigem Nachdenken: »Ich empfehle Ihnen Nr. 72154.«

»Warum empfehlen Sie gerade diese Nummer?«

»Weil ich denke, daß sie einen Gewinn bringen wird.«

»Warum denken Sie das?«

»Ja, mein lieber Herr, über die Möglichkeit des Gewinns kann ich selbstverständlich keine Berechnung anstellen, aber ich habe es im Gefühl, daß –«

»Also gut, wir nehmen Nr. 72154.«

»Sehr wohl! Darf ich um Ihren Namen bitten?«

»Bim«, sagte Schulze.

Der Herr am Schreibtisch guckte über die Brille hinweg auf den jungen Mann. »Bim?«

»Ja, Bim! B – i – m! Adresse: Ulmenstraße 72.« (Die Ulmenstraße lag am anderen Ende der Stadt mit drei Häusern an der einen und vier an der anderen Seite.)

»Und Ihr Name, bitte?« wandte der Agent sich an Schmidt.

»Ich heiße Bam.«

»Bam, sagten Sie?« Der wohlwollende Herr drückte seine Brille noch ein wenig tiefer herunter auf die Nase, und sein Wohlwollen mischte sich mit Erstaunen, 50 Prozent Wohlwollen und 50 Prozent Erstaunen.

»Ja, Bam! B – a – m! Ich wohne Sackgasse 34, Hinterhaus, vier Treppen hoch, links.«

Der Herr schrieb: vier Treppen hoch, links. Aber er wurde nur langsam damit fertig. Dann, nach einigem Überlegen und Räuspern, sah er Möne fragend an. »Und Sie?«

Ja, was sollte Möne anderes tun, als in die Fußstapfen seiner Vorgänger treten. »Bum!« entfuhr es ihm wie ein Kanonenschuß. »B – u – m! Dunkelsteig 4, Kellerwohnung, mit weiter Aussicht.«

Da legte der Herr am Schreibtisch seine Feder nieder und brach in ein schallendes Gelächter aus. »Sehr gut, meine Herren, ich verstehe!«

Er gab Schulze das Los, Schulze zahlte, und das Kleeblatt verließ das Lokal. – Vier Wochen später kam die Gewinnliste heraus. Nr. 72154 war nicht darin zu finden. Schulze war schwer enttäuscht, fand sich aber bald in den Verlust, und Möne zitierte Spr. Salomos, Kapitel 13: »Reichtum wird wenig, wo man es vergeudet; was man aber zusammenhält, das wird groß!«

Die Ferien verbrachte Möne immer daheim und stand in der Warkenthiner Schmiede und schwang den Hammer und sang sein Lieblingslied: Jung Siegfried war ein stolzer Knab'. Manchmal fiel das verkehrte Wort auf den richtigen Ton und manchmal der verkehrte Ton auf das richtige Wort. Aber das bekümmerte ihn nicht und die Spatzen auch nicht, die sich gern um die Schmiede her zu tun machten. Er sang sein Lied vom ersten bis zum letzten Vers, und er sang es so laut, daß es durch das ganze Dorf schallte, nicht immer zum Ergötzen der Warkenthiner; denn seine Stimme paßte zu seinem Gehör, und beides war minderwertig. Das hatte Herr Iserloth ihm schon in der Schule gesagt. Sein Singsang schallte sogar hinein in die Studierstube von Pastor Brümmerstädt. Der ließ sich nicht dadurch stören, sondern nickte dazu und sagte vor sich hin: »Sing' du nur, mein lieber Möne! Bist ja selber ein stolzer Knab' und weißt es nicht einmal!«

Zweiter Teil

1. Auswanderung und Einwanderung

Ein Herzenswunsch war in Erfüllung gegangen. Der Traum, den ein junges Menschenkind immer wieder geträumt hatte, war zur Wirklichkeit geworden. Möne sollte Pastor in Amerika werden. Eine deutsche Landgemeinde zu Springdale im Staat Iowa hatte ihn gerufen: »Komm herüber, und predige uns! Wir geben dir, was du wert bist.« Das war klares Deutsch und verriet zugleich den praktischen Amerikaner, und das gefiel Möne. Dazu kam, daß sie sich in ihrem Berufungsschreiben mit Recht seine Landsleute nannten. Ihre Eltern oder Großeltern hatten fast ausnahmslos als Dienstknechte und Dienstmägde oder als Tagelöhner für die Bauern in der »griesen Gegend« hart gearbeitet bei kargem Tagelohn und dünnen Speckseiten. Hin und wieder war magere Kunde in das einsame Warkenthin gelangt von den Reichtümern Amerikas und von weiten, unbebauten Landstrekken, die nach Pflug und Egge und nach Saat und Ernte schrien. Zuweilen war auch ein Brief ins Dorf gekommen von einem Freund oder Verwandten, der schon jahrelang drüben war und nun von eigenem Grund und Boden und von einem eigenen Haus schrieb. Jede Kunde und jedes geschriebene Wort wurde zehnmal auf die Waagschale gelegt und mit niederdeutscher Gründlichkeit bedacht und erwogen, und endlich hatte es festgestanden für manchen stämmigen Burschen und für manches arbeitsfähige und arbeitsfrohe Mädchen: ich gehe! – Und sie gingen, einzeln, gruppenweise, familienweise, zu verschiedenen Jahren und Jahreszeiten. Sie gingen nicht leichten Herzens. Der Mensch hat es nicht gern, aus seinem Vaterlande und von seiner Freundschaft und aus seines Vaters Hause zu gehen, und für einen deutschen Menschen ist es zwiefach schwer, seine Heimaterde zu verlassen; denn er hängt mit ganzem Herzen daran, und sie ist seine Mutter.

Es kostete manches gute Wort und manchen Silbertaler, bis sie ihr Ziel im Mittelwesten der Vereinigten Staaten erreichten. Dieser und jener bröckelte ab unterwegs. Der Schlamm der Großstadt verschlang ihn, oder er fiel einem menschlichen Geier zum Opfer, einem Seelenverkäufer, der den naiven Neuling irgendwohin verschleppte und ihn durch Drohungen oder durch leere Versprechungen, durch

Lug und Betrug und oft genug auch durch brutale Gewalt auf Lebenszeit zu seinem willenlosen Sklaven machte. Mancher ehrliche deutsche Junge ist auf diese Weise in der Fremde untergegangen. Geld bekam er nie in die Hände, schreiben durfte er nicht, aber schuften durfte er am Werktag und am Sonntag vom frühen Morgen bis zum späten Abend, und wenn er endlich nach langen Elendsjahren zusammenbrach, wurde er wie ein Tier verscharrt. Verdorben – gestorben! Niemals hat die Kunde seines Schicksals diejenigen erreicht, die ihm einst lieb waren in der Heimat. Über sein Grab ist Gras gewachsen, niemand kennt seine Stätte, und Gras ist auch gewachsen über die alten Geschichten von wunden und wehen Menschenherzen.

Glücklichere Reisekameraden aber erreichten ihren Bestimmungsort und wurden von den früher ausgewanderten Landsleuten mit großer Freude, mit Lachen und Zuruf und festem Handschlag begrüßt und willkommen geheißen, und dabei ließen sie es nicht bewenden, sondern halfen den Neulingen mit Rat und Tat über die erste schwere Zeit hinweg. Für ein Billiges, für ein »Butterbrot« erwarben sie einen weiten Landstreifen, und damit hatten sie das erreicht, wozu sie in der Heimat nie gekommen wären – nämlich eigenen Grund und Boden unter den Füßen.

Ein Paradies war es nun gerade nicht, was sie jetzt mit Fug und Recht ihr Eigentum nennen konnten, sondern ein Stück Land, voll vom einen Ende bis zum andern mit Gestein und Bäumen und Busch und Dorn. Bedenklich kratzten sie sich hinterm Ohr und schoben die Mütze von einer Seite auf die andere; aber nicht lange. Dann griffen sie mit arbeitsgewohnten Händen zu, und es war eine Lust zu sehen, mit welchem Wohlbehagen sie nach dem Müßiggang der langen Reisewochen mit Säge und Axt und Spaten hantierten, um die Wildnis in Ackerland zu verwandeln. Es kostete viel Schweiß und nahm viel Zeit in Anspruch, aber sie ließen nicht nach, und endlich stand das erste Haus da.

Ein Haus? Eine elende Blockhütte war es, aus rohen Baumstämmen aufgeführt, mit einer Tür und einem Fenster, wie die Arche zur Zeit der Sündflut. Dagegen war die jämmerlichste Tagelöhnerkate in Warkenthin ein wahrer Palast gewesen. Aber was und wem schadete das! Karl Fründt, der glückliche Besitzer des Neubaues, nickte seiner jungen Frau zu, die beim Anblick ihrer zukünftigen Wohnung nicht wußte, ob sie lachen oder weinen sollte, und rief: »Lat man sin, min Deern! Eigen wat, wo gaud is dat!« Wohl ein dutzendmal des Tages ging er um sein Haus herum und prüfte es mit Auge und Hand, und immer wieder fand er Wohlgefallen an dem Werk seiner Hände, und was er dachte, konnte man ihm an den Augen ablesen: ›Lütt, äwer nüdlich!‹ –

Allmählich, ganz allmählich legte sich neben den ersten gerodeten Landstreifen ein zweiter, ein dritter und viele andere. Nach und nach wurden einige Kühe in den Schuppen gestellt, und mit der Zeit fanden sich auch Absatzgebiete für den Überfluß in Ackerbau und Viehwirtschaft. Es kamen Zeiten, da es auf den vergrößerten Farmen so viel Arbeit gab, daß die Farmersleute sie nicht allein bewältigen konnten. Sie sahen sich nach Hilfe um, und mitunter kam auch ein Helfer, ein »Bruder von der Landstraße«, mit wochenaltem Stoppelbart und mit Kleidungsstücken, die oben und unten, links und rechts, hinten und vorn dem Wind reichlich Gelegenheit zur Durchfahrt boten. Diese Landfahrer brachten weiter nichts mit als einen gewaltigen Hunger und allerlei Getier in Haut und Haar und Kleidung, so daß es keiner wagte, ihnen zu nahe zu kommen. Meistens blieben sie nicht lange. Die einen blieben nicht, weil sie bei allem guten Willen, ehrliches Geld durch ehrliche Arbeit zu verdienen, von der Farmarbeit so wenig verstanden wie der Regenwurm vom Klavizimbel. Die andern zogen bald weiter, weil sie von Jugend an eine unüberwindliche Abneigung gegen jede dauernde Beschäftigung hatten und die Arbeit haßten wie den Teufel.

Es kamen noch andere, die an die Tür des Farmers klopften, junge Leute und Männer von mittlerem Alter; sie waren recht gut gekleidet, und ihre Hände sahen aus, als ob niemals Schwielen daran Platz gefunden hätten. Sie waren nach Amerika gekommen in der Meinung, daß sie hier mit Spazierengehen ihren Lebensunterhalt verdienen könnten. Weil es sich dann aber gezeigt hatte, daß so ein ständiger Spaziergang weder mit Brot noch mit Butter oder gar mit einem saftigen Stück Speck belohnt wurde, ließen sie sich von Zeit zu Zeit dazu herab, nach »Anstellung« zu fragen. Wenn aber der Farmer ihnen Spaten oder Axt in die Hand gab und eine entsprechende Gebrauchsanweisung dazu, dann sahen sie in Stolz und Empörung zu ihm auf, und in ihrem Blick war zu lesen: Was denkst du dummer Farmer eigentlich von uns?

Denkst du, unsere Mutter hat uns zur Welt gebracht, um für dich zu arbeiten? Meinst du, daß wir die schönen Bügelfalten in unserm Anzug ruinieren wollen, bloß um für dich einen Klafter Holz zu spalten? Wenn du das glaubst, dann hast du eben einen Mißglauben. Fürs Arbeiten sind wir nicht dumm genug. Arbeit ist das Laster des Sklaven; sich amüsieren ist die Tugend des freien Menschen.

Jedenfalls waren diese hohen Herrschaften der Ansicht, daß die Gebote, so sich in Bibel und Katechismus finden, zu zahlreich und zu veraltet seien und außerdem zu hohe Forderungen stellten. Deshalb hatten sie mit größter Rücksicht auf sich und auf ihre Abneigung gegen alle körperliche Arbeit ein neues Gesetzbuch geschaffen, das nur acht Gebote enthielt und mehr dem neuzeitlichen Leben entsprach. Es ist nie im Druck erschienen; aber sie bewahrten es in einem der Neuzeit angepaßten Herzen, und sie – das mußte man ihnen lassen – richteten ihren ganzen Lebenswandel mit bewundernswerter Gewissenhaftigkeit danach ein.

Die neuen Gebote aber lauteten folgendermaßen:

1. Du sollst nie heute eine Arbeit tun, die sich bis morgen aufschieben läßt.

2. Du sollst während der Sommerzeit die Betrachtung des Sonnenaufgangs vermeiden.

3. Du sollst den Sonntag feiern durch gründliches Ausschlafen und ungestörtes Nichtstun vom Aufgang der Sonne bis zu ihrem Untergang.

4. Du sollst deines Leibes pflegen durch eifrige Betätigung an reichen Mahlzeiten.

5. Du sollst den Farmer an jedem Sonnabend an Erhöhung des »Gehalts« erinnern und an jedem Monatsende an verminderte Arbeitszeit.

6. Du sollst dich sorgfältig vor Schweiß hüten, denn der Schweiß ist eine Einrichtung für die Dummen.

7. Du sollst deinen Nächsten lieben und ihm dienen, indem du ihm zeigst, mit wie wenig Arbeit ein Mensch auskommen kann.

8. Du sollst fleißig Ausschau halten nach dem Erfinder der Arbeit, und wenn du ihm begegnest, sollst du ihn strafen nach Gebühr; denn er ist ein Feind der Menschheit.

Leider hatte der Farmer für solche Lebensanschauung absolut kein Verständnis und ließ den Stellungsuchenden bald und leichten Herzens seines Weges ziehen. Es war wenig

Unterschied zwischen dem »Bruder von der Landstraße« und dem Bügelfalten-Mann. Das Ende ihres irdischen Daseins war meistens dasselbe – in einem Graben an der Landstraße, hinter einer Scheune, unter einem hohen Baum, und kein Kirchenbuch gab die Zahl der Jahre ihres Lebens an.

Nach zehn Jahren baute als erster Jochen Hinrichs aus Ließow, eine Stunde von Warkenthin entfernt, an Stelle der Blockhütte ein ansehnliches Wohnhaus mit drei geräumigen Stuben und einer richtigen Küche, so daß seine Frau Lieschen voll Freude und Erstaunen ausrief: »Nu hebben wi so vel Platz, dat wi dorin verbiestern (verirren) känen!« Für das Vieh wurde ein großer Stall gebaut, und wenn Jochen im Sommer frühmorgens um vier Uhr mit beiden Beinen zugleich aus dem Bett sprang, weil ihn das Brüllen und Grunzen und Schnattern und Gackern geweckt hatte, so ließ er sich keine Zeit für Augenreiben und lautes Gähnen, sondern dachte zufrieden und glücklich: ›Wenn Lieschen sick ok in uns' Hus verbiestert, ick kann mi in'n Stall nich verbiestern, denn ick weit doch, dat de Käuh nich in'n Häuhnerstall up'n Wiemen sitten un dat de Häuhner nich mit'n lang un dick Käd' üm den dünnen Hals in'n Kauhstall stahn.‹ –

Wiederum zehn Jahre später konnte man daran denken, modernes Ackergerät anzuschaffen. – Kinder kamen und wuchsen heran in sommerlichem Sonnenbrand und winterlicher Eiseskälte, ein gesundes und starkes Geschlecht, unverweichlicht durch großstädtische Bequemlichkeiten, aber von klein auf darin unterwiesen, das Leben in die eigne Hand zu nehmen und feste und sichere Schritte zu tun. Es dauerte nicht lange, bis sie den Eltern eine große und zuverlässige Hilfe geworden waren in Haus und Hof, im Viehhaus und auf dem Ackerfeld.

So wuchs die Familie, und so wuchs der Wohlstand, und es geschah nicht selten, daß dieselben Leute, die nichts anderes als einen eisernen Willen und ein Paar derbe Fäuste und einige Dollars in der Hosentasche mit ins Land gebracht hatten, am Abend ihres Lebens eine Großfarm vor sich liegen sahen mit wogenden Kornfeldern und reichem Viehbestand. Das machte sie nicht stolz und steifnackig; aber wenn Mann und Frau, grauhaarig und etwas gebückt, am Sonntagnachmittag über das Land gingen, über *ihr* Land, und sahen den Gottessegen in reicher Fülle um sich her ausgebreitet und konnten sich erinnern, wie ein Stück ihres Besitzes nach dem andern entstanden war, dann ging ein stillzufriedenes Lächeln über ihre Züge. »Ja, Vadder«, sagte die Frau und stand still, »du hest hart arbeit't.« – »Ja, Mudder, dat heff ick«, erwiderte er und legte ihr die Hand auf die Schulter, »äwer du hest mi düchtig hulpen«, und in den Herzen der beiden Alten hieß es gleichstimmig: »Hart is dat west, äwer wi hebben't schafft. Gott sei Dank!« – Männer und Frauen aus der griesen Gegend lieben es nicht, ihren Dank gegen Gott mit vielen Worten auszuklingeln. Was sie zutiefst im Herzen empfinden, das sagen sie kurz und knapp, und sie meinen, was sie sagen.

2. Heiligabend in Warkenthin und Heiligabend in Springdale

So waren die Jahre vergangen. Für Festlichkeiten ließ die tägliche Arbeit wenig Raum, und wenn man sechzehn Stunden schwer gewerkt hatte, stand einem der Sinn nicht mehr nach Vergnügungen und Lustbarkeit, sondern nur nach gesundem und festem Schlaf, der sich auch regelmäßg einstellte, ohne erst eine Einladung abzuwarten. Nur einmal jedes Jahr wurde eine Ausnahme gemacht, und das war der Abend vor Weihnachten, Heiligabend. –

Der Vorgänger von Lehrer Iserloth in Warkenthin, F. Fohllig, war ein Mann wie Hiob gewesen, von dem geschrieben steht: »Derselbe war schlecht und recht, gottesfürchtig, und mied das Böse.« Das ganze Dorf hatte zu seinen Füßen gesessen und sich wohl befunden unter seiner Leitung. Zu seinen Lebzeiten wurde kein Prozeß im Dorf geführt. An den Krankenbetten ward er gern gesehen, und keiner starb, ohne daß er ihm das rechte Wort mit auf die letzte Reise gab. Die Jugend regierte er mit großer Gewissenhaftigkeit. In der Schule verlangte er viel und gab viel. Und sein Bestes gab er im Religionsunterricht, von dem die Leute noch nach Jahrzehnten behaupteten, es sei ihnen dabei immer gewesen, als ob ein Engel mit ausgebreiteten Segenshänden durch die Schulstube ginge.

Am allerschönsten in der Schule aber war doch immer der Heiligabend gewesen mit dem Tannenbaum, mit Gesang, mit einer Ansprache des Lehrers und mit Aufsagen von Liederversen und Bibelsprüchen. Eingeleitet wurde die Feier dadurch, daß die Konfirmanden vollzählig in der Wohnstube des Lehrers erschienen und ihre kleinen Geschenke brachten, für ihn eine Pfeife oder Zigarren, für seine Frau eine Zuckerdose oder ein paar Tassen, für den jüngsten Sprößling ein Spielzeug. Bevor aber diese Herrlichkeiten auf den Tisch gelegt wurden, trat eine der Konfirmandinnen einen Schritt vor und sagte ihren Weihnachtswunsch: »Wir wünschen euch Friede und Freude für lange Zeit und hernach die ewige Seligkeit!« Es war jedes Jahr derselbe Wunsch, und jedes Jahr kam er aus treuen Herzen, und jedes Jahr ging es dem Lehrer warm durch die Seele, wenn er sah, wie die Kinder mit unbedingtem Vertrauen zu ihm aufblickten, als wollten sie sagen: Du und wir, wir gehören zusammen! – Und dann gingen Lehrer und Konfirmanden zur eigentlichen Feier in die Schulstube.

Das ganze Dorf freute sich wochenlang auf diese Feier, und das ganze Dorf erschien dazu. Die Alten füllten die freien Schulbänke, und die jungen Leute standen in den Gängen und im Vorraum und bei gutem Wetter im Garten vor der offenen Haustür, und jeder lauschte, und keiner störte. Über der ganzen Feier lag neben herzwarmer Weihnachtsfreude ein heiliger Ernst, der Alten und Jungen guttat. –

Es darf aber auch nicht vergessen werden, daß Warkenthin seine Weihnachtsausstellung hatte, die für die Jugend genau von derselben Anziehungskraft war wie jedes große Schaufenster in der Großstadt.

Allerdings gab es nur ein einziges Kaufmannsgeschäft in Warkenthin, aber es genügte für den Bedarf des Dorfes. Kaufmann Schneider hatte einen großen Vorrat von Holzpantoffeln für jung und alt und einen noch größeren von Streichhölzern für Lampen und Laternen in Stube und Küche und Stall, gar nicht zu reden von Mehl und Zucker und Salz, womit die weiten und tiefen Schiebladen bis an den Rand gefüllt waren. Peitschenstiele hingen an der Wand, und in der Ecke am Ladentisch standen Spazierstöcke, derbe und zierliche, und beides, Stiele und Stöcke, lud ein zum Beschauen und Prüfen und Kaufen. Stahlfedern, Schreibpapier und Tinte wurden selten angefordert. Fürs Schreiben war man in Warkenthin im allgemeinen nicht begeistert. Tinte macht das schöne weiße Papier schwarz, und die meiste Tinte bleibt ja doch an den Fingern sitzen.

Zur Weihnachtszeit aber waren im Kaufmannsladen beide Fenster, nicht größer als andere Fenster in anderen Häusern, märchenhaft dekoriert. In jedem Fenster hing ein Puppenmann, den man nach Belieben für einen Bajazzo oder für einen Stierkämpfer halten konnte. Seine Gewandung oder Rüstung, oder was es nun sein mochte, war von reinstem Silberpapier, und seine Gesichtszüge strahlten von Wohlwollen für die übrige Menschheit. In jeder Hand hielt er einen blitzblanken Blechteller, und wenn ein Kind etwas gekauft hatte und der Kaufmann bei besonders guter Laune war, so durfte es diesem Wundermann im Fenster einmal auf den Magen drücken, aber nur einmal wegen der Abnutzung, und dann – ja, dann quiekte der Mann und schlug die beiden Blechteller mit großem Getöse zusammen, daß es nur so schallte. Es war großartig! – Und hatte man nicht den Auftrag, etwas zu kaufen, so konnte man doch draußen vor dem mit Eisblumen bedeckten Fenster stehen und die Nase dagegenpressen, bis das Eis geschmolzen war und das Näslein beinahe einem kleinen Pfannkuchen glich; aber dafür konnte man dann auch wenigstens einen Zipfel der schimmernden Rüstung sehen, und das allein war schon Goldes wert. – So gestaltete sich die Weihnachtsausstellung zu Warkenthin.

Den Warkenthiner Heiligabend vergaßen die Ansiedler in Springdale nicht, solange sie lebten, und sie erzählten davon ihren Kindern und Kindeskindern, die mit blanken Augen dastanden und immer wieder die Geschichte hören wollten von dem einsamen Dorf da drüben mit den tief herabhängenden Strohdächern, von dem Schulhaus mitten im Dorf, von den Tannenbaumkerzen, die einen so hellen Schein gaben wie keine anderen Kerzen in der ganzen Welt, von dem alten Lehrer mit dem strengen Gesicht und dem weichen Herzen, der es wie kein anderer verstand, zu den Alten und den Jungen zu reden von dem großen Weihnachtswunder, geschehen im Stall zu Bethlehem. – Es wird den Leuten aus der griesen Gegend schwer, etwas zu vergessen. Ein Unglück oder ein schweres Gewitter vergessen sie jahrelang nicht; aber etwas Gutes und Schönes, das einmal ein helles Licht in ihr arbeitsreiches Leben geworfen hat, vergessen sie nie.

Und weil sie nicht vergessen wollten und konnten, kamen die Leute in Springdale am Heiligabend zusammen, um den Auftakt des Weihnachtsfestes nach Warkenthiner Weise zu feiern. Sie wählten dazu das größte und geräumigste Farmhaus, und sie kamen alle, klein und groß, auch wenn es so kalt war, »dat einen de Seel in'n Liew piept«. Der Tannenbaum stand mitten in der Stube, und langsam und feierlich wie in einer Kirche zündete die Hausmutter die Kerzen an, und keiner brachte es über sich, sie in ihrer stillen Weihnachtsfeierlichkeit zu stören. Es war, als ginge der Warkenthiner Engel durch den Raum. Und dann nahm der Älteste unter ihnen, Farmer Jürnjakob Swehn, mit großem Bedacht und großem Ernst die alte Hausbibel zur Hand, die die Hausmutter draußen im »Alten Land« zu ihrer Konfirmation geschenkt bekommen hatte, schob die Brille um ein Weniges nach Norden und las das Weihnachtsevangelium, diesen einzig schönen Liebesbrief des himmlischen Vaters an seine Kinder in der Fremde: »Es begab sich aber ...« Jürnjakobs Stimme zitterte ein wenig dabei; aber er war ja auch ein alter Mann.

Es folgte ein tiefes Schweigen, bis endlich die Kinder mahnten: »Singen, singen!« Und dann erklangen die alten Weihnachtslieder: O du fröhliche, Es ist ein Ros entsprungen, Ihr Kinderlein kommet, und wie sie alle heißen. War es nicht merkwürdig, wie diese Farmersleute nach jahrzehntelanger Abwesenheit von der Heimat Vers nach Vers ohne Fehler und ohne Stocken sagen und singen konnten? Nein, gar nicht merkwürdig! Was der Mensch in seiner Jugend in sich aufgenommen hat, das behält und bewahrt er bis an seinen Sterbetag.

Je mehr sie sangen, desto blanker wurden die Augen und desto eilfertiger wanderten die Gedanken zurück in die alte Schulstube in Warkenthin mit ihren ungefügen Bänken und ihrem Christbaum in seinem märchenhaften Glanz. Ja, wie ein Märchen stand die gottgesegnete Weihnachtsfeier daheim vor ihren Augen da. Und wie ein Märchen war es, daß sie, durch Land und Meer von der Heimat getrennt, hier in Springdale dieselben Lieder sangen wie einst in Warkenthin. Beide, Lieder und Menschen, waren echte Kinder der Heimat.

Bei allem frohen Singen der frohen Lieder wurden die Gesichter der Männer immer ernster, und dieser und jener

Frau rann trotz der frohen Stunde ein Tränlein über die Wange. Woher kam das? War es stilles Heimweh, das selbst bei den frohesten Liedern, die die Christenheit kennt, ungestillt bleiben mußte? Oder war es das Weihnachtsevangelium, das die Herzen in Warkenthin sowohl wie in Springdale weich und warm machte? Oder war es der Gedanke an diesen und jenen daheim, der ihnen lieb und wert gewesen war und von dem sie während des letzten Jahres Kunde erhalten hatten, daß er nicht mehr im Lande der Lebendigen weilte und daß man ihn unter den grünen Rasen gebettet hatte? Was war es? Es war schwer zu sagen. Wahrscheinlich war es dies, daß alle Erdengedanken und Ewigkeitsgedanken in ihnen in dieser Feierstunde zusammenklangen zu einem großen Halleluja, das wohl mit Heimwehtränen begann, aber doch wie ein Lied im höhern Chor nach oben stieg nach der Melodie: »Dann wird unser Mund voll Lachens und unsere Zunge voll Rühmens sein.«

Dann aber wischte die alte und doch noch immer rüstige Hausmutter das letzte Tränlein weg, gab ihren Töchtern einen Wink, und bald standen dickbauchige Kaffeekannen selbstbewußt und selbstzufrieden auf dem langgestreckten Tisch, zwischen ganzen Bergen von richtigen Warkenthiner Streuselkuchen. Es wurde eine erfolgreiche Schlacht geschlagen, und an munteren Reden fehlte es nicht. Dann aber nahm Jürnjakob noch einmal das Wort: »Wi bedanken uns ok, Mudder Busacker, dat du uns hüt abend wedder in din Hus upnahmen hest. Din Kaffee is gaud, un din Kauken is noch beter. Un dat Best is, dat wi von de gries' Gegend tausammenhollen un nich blot an uns' Furtkamen un an uns' Taukunft denken; wi denken ok an dat, wat hinner uns liggt, un dat is Warkenthin un de Warkenthiner Heiligabend in de Schaulstuw. Weiten ji noch, wat uns' oll Lihrer jeden Heiligabend ganz tauletzt beden ded?« Jürnjakob faltete still die alten müden Hände und sprach es seinem Lehrer nach:

»Ach, wenn ich doch erst droben ständ'
Und könnt' den Heiland sehn!
Im Morgenlichte des Advent,
Da laßt uns vorwärts gehn!
Ja, vorwärts, bis wir droben sind,
Hier unten weht oft kalt der Wind.

Doch uns wird warm von Lust und Loben.
Hinauf! Hinauf! Bald singen wir oben! – Amen!«

Und wieder war es still geworden, während der Alte sprach. Die flachsköpfigen Buben und Mädel sahen scheu und verstohlen auf den Alten, der so merkwürdig bewegt schien, und ein heimlich Ahnen ging durch ihr Kindergemüt, daß noch manch andere Dinge Herz und Sinn bewegen könnten als Samen und Ernte, Frost und Hitze, Sommer und Winter, Tag und Nacht.

Aber Mutter Busacker war eine gesprächige Frau und behielt gern das letzte Wort, und sie behielt es auch an diesem Abend. »Ja, un weit ji ok, wat uns' oll Lihrer tau mi un minen Mann seggen ded, as wi em tau'n letzten Mal Adjüß säden? Dunn säd hei: Wir vergessen euch nicht, und ihr dürft uns nicht vergessen, und Gott der Herr wird euch und uns nicht vergessen. Das ist gewißlich wahr!«

So wurde der Warkenthiner Heiligabend in der großen Stube von Mutter Busacker in Springdale gefeiert. Und ein Gottessegen ging aus von dieser Feier und geleitete alt und jung durchs ganze Jahr und reichte bis zum nächsten Heiligabend; nur daß der alte Jürnjakob da nicht mehr mitfeiern konnte, weil ihm sein Wunsch erfüllt worden war: Bald singen wir oben!

3. Mönes Antrittspredigt in Springdale

Pastor Möne Markow trat auf die Kanzel. Mit schnellem Blick musterte er die Schäflein, die nun in »seinen Stall« gehörten. Zum weitaus größten Teil waren es Farmer, denen man ihre Herkunft aus der Norddeutschen Tiefebene ohne weiteres vom Gesicht ablesen konnte; aber auch einige Handwerker und Krämer mischten sich unter die Farmersleute. Fast alle waren sie erschienen, Männer und Frauen und Kinder, um den »Neuen« von Angesicht zu Angesicht zu sehen; außerdem wollten sie ihm mit einem kräftigen Handschlag sagen: Sei nicht bange, wir tun dir nichts! Und vor allen Dingen wollten sie auf seine Predigtweise achten, um aus ihr herauszuhören, ob er wirklich Fleisch von ihrem

Fleisch und Blut von ihrem Blut sei, ein echter Sohn der »griesen« Gegend.

Sie alle sollten zu ihrem Recht kommen. Zunächst aber zeigten sich auf ihren Gesichtern allerlei Bedenken: ›Der Mann da vor uns ist wenigstens sechs Zoll größer als der größte Mann von uns und ragt gefährlich weit über die Kanzel hinaus. Wenn er zu ungestüm in seiner Predigt und in seinen Bewegungen ist, stürzt er eines guten Tages herunter – elf Fuß mindestens, und bricht das Genick. Und dann müssen wir von vorn anfangen, nach einem andern Mann zu suchen, der es besser verstanden hat, Maß in seinem Wachstum zu halten, und – die Beerdigungskosten werden auch nicht gering sein!‹ Sie hatten sich aber geirrt in ihrer Befürchtung; der »Neue« verhielt sich ganz ruhig und betrachtete die Kanzel keineswegs als neumodisches Turngerät.

Pastor Markow hatte die Bibel zur Hand genommen. »Unser Predigttext steht geschrieben Psalm 115, Vers 16, und lautet also: ›Der Himmel allenthalben ist des Herrn; aber die Erde hat er den Menschenkindern gegeben.‹ Nach altem Brauch unserer Heimat teilen wir die Predigt über unsern Text in drei Teile:

1. Du deutsche Erde, du warst einst mein,
und nimmer kann ich vergessen dein.

Das gibt uns etwas zu bedenken.

2. Im fernen Westen, da steht jetzt mein Haus,
und Gottes Segen geht ein und aus.

Das gibt uns noch mehr zu bedenken.

3. Du, Vater im Himmel, erhöre mich,
laß du meine Augen sehen dich!

Das gibt uns am meisten zu bedenken.

Gott grüße euch, ihr lieben Christen und Landsleute! Wenn Gott der Herr einen Menschen grüßt, so segnet er ihn. Gott hat uns gesegnet, euch und mich. Ihr wolltet einen Landsmann für eure Kanzel haben, und er ist euch geworden. Ich hatte von Kindesbeinen an den Wunsch, einmal hier in Amerika in einer deutschen Kirche deutschen Leuten in deutscher Sprache zu predigen, und mein Wunsch ist in Erfüllung gegangen. Ihr ginget euren eigenen Weg hier im Lande, und ich ging meinen eigenen Weg im Lande unserer Geburt. Nun hat Gott es so gefügt, daß ihr und ich denselben Weg gehen. Ist das nicht ein Gruß von Gott dem Herrn, ein Segen von oben?

Gott grüßt euch! Die Heimat grüßt euch auch! Sie hat sich nicht viel verändert. Die Bauern gehen nach wie vor hinter ihrem Pflug her, und die Tagelöhner schieben mühsam ihre Schiebkarre vor sich hin. Die alten Strohdächer sind noch ein wenig schiefer geworden, und die Störche klappern noch ebenso friedlich wie zu der Zeit, da ihr als Kinder auf der breiten Dorfstraße spieltet. Ihr wißt, es ist ein karges Leben in eurer und meiner Heimat, und Sparsamkeit brauchen unsere Verwandten und Freunde nicht erst von andern Leuten zu lernen. Aber doch liegt ein Gottessegen auf der ganzen Gegend, die man mit Recht die ›griese‹ Gegend nennt und die man mit demselben Recht auch die friedliche Gegend nennen könnte. Von Zank und Streit hört man nichts, und die Advokaten haben weder Verdienst noch Wohlgefallen an den Leuten dort. Jedes Dorf ist wie eine große Familie. Ist einer in Not, so stehen die Nachbarn ihm hilfsbereit bei. Gemeinsame Freude bindet die Menschen aneinander, gemeinsame Not bindet noch fester.

Der Heiland sagt einmal in bezug auf Johannes den Täufer: ›Wollet ihr einen Menschen in weichen Kleidern sehen? Siehe, die da weiche Kleider tragen, sind in der Könige Häusern!‹ Die weichen Kleider wurden euch nicht angemessen, mir auch nicht. Ihr wart zufrieden, wenn ihr heil und rein durchs Dorf gehen konntet, und ich sah mein hartes Schurzfell an wie ein Ehrenkleid. Übermäßiger Reichtum hat euch nicht aus eurer Heimat getrieben, mich auch nicht. Es wird euren Eltern und euch ergangen sein wie meinen Eltern und mir. Für Bankbuch und Scheck hatten wir keinen Gebrauch, und in den Häusern der Könige – da hattet ihr und hatte ich wenig zu tun. Das Gehen auf blitzblankem Parkettfußboden oder auf zolldicken Teppichen waren wir nicht gewohnt, und es machte uns unbeholfen; gewohnt waren wir die harten und kalten Steinfußböden der Bauern und die festgestampften Lehmdielen in den niedrigen Räumen der Tagelöhner. Und doch: Du deutsche Erde, du warst einst mein, und nimmer kann ich vergessen dein! – Das gibt uns etwas zu bedenken.

Ja, in der griesen Gegend gab es und gibt es noch heute ein armseliges Leben. Wollen wir deswegen unsere Heimat verachten und vielleicht sogar unsere Verwandtschaft und Freundschaft dazu? Davor behüte uns Gott der Herr! In das Denken und Wünschen und Tun unserer lieben Leute im

›Alten Land‹ ist durch die Armut, in die sie hineingeboren wurden und in der sie starben, ein tiefer Ernst gekommen, und der hat ihnen Ruhe und Bedachtsamkeit und Gottvertrauen gebracht. Wir hier in Amerika sind ihre Kinder, alle miteinander. Was ihr hattet, das hatte ich auch, nämlich Armut. Was fast jeder von euch ist, das bin ich auch, ein Akkersmann, nur daß ich einen andern Acker zu bebauen habe. Ihr habt eure Felder und Weiden und Wiesen, und ihr bearbeitet die Felder mit den Pferden und jagt eure Kühe auf die Weiden und erntet von euren Wiesen das Heu für den Winter. Mein Ackerfeld ist unsere Gemeinde hier in Springdale, mein Arbeitsfeld seid ihr, Mann für Mann, Weib für Weib, Kind für Kind. Viel Gutes habt ihr von drüben mitgebracht, das von christlichen Eltern und einem treuen Lehrer und einem strengen und dabei so weichherzigen Pastor in euch gepflanzt wurde. Das soll und darf hier in der neuen Erde nicht verkrüppeln und verwelken. Laßt es neben allen andern Sorgen für Haus und Hof eure Hauptsorge sein, daß das Wurzelwerk gesund bleibe, und laßt euch dies sagen, daß ich dazu hierher gekommen bin, um diese Hauptsorge mit euch zu teilen und zu tragen.

Wißt ihr, was Pastor Brümmerstädt in Warkenthin, den die meisten von euch Erwachsenen noch kennen, einmal in der Kirche zu den jungen Leuten sagte? Er sagte: ›Ich habe es vor Gott gelobt, ich will kein schwacher Eli für euch sein!‹ Er hat sein Wort gehalten, und ich weiß, ihr dankt es ihm heute noch. Und was ist er den Älteren und den ganz Alten gewesen? Ein treuer Berater und Helfer in Freud und Leid, in Not und Tod. Gott helfe mir, zu werden, wie er ist!

Wir wohnen hier in einem neuen Land und müssen uns an mancherlei gewöhnen, das uns früher ungewohnt war, und wir werden uns leicht daran gewöhnen, wenn wir wie unsere Landsleute drüben in Frieden miteinander leben und einander dazu helfen, daß dies Land uns eine neue Heimat werde. Am besten dienen wir dem alten und dem neuen Land, wenn wir durch unsern ganzen Lebenswandel zeigen, daß wir etwas, was man nicht auf der Straße findet, aus dem Lande unserer Väter mit nach hier gebracht haben, nämlich Gottesfurcht und Fleiß und Ehrlichkeit.

In den wenigen Tagen seit unserer Ankunft hier in Springdale habe ich schon gesehen, daß ihr eure Last zu tragen habt an schwerer Arbeit mit Schwielen an den Händen und

Schweißtropfen auf der Stirn. Jede harte Schwiele ist ein Ehrenzeichen für euch und euren Fleiß, und jeder helle Schweißtropfen zeugt für euch und nicht wider euch. Und doch ist eure jetzige Arbeit nicht zu vergleichen mit dem, was ihr in den ersten Jahren hier geschafft habt in Winterfrost und Sommerhitze. Den Erdboden, der Jahrtausende hindurch nutzlos brachgelegen hat und einer wüsten Wildnis glich, mit Axt und Säge und Spaten und Hebebäumen nach und nach in fruchtbares Ackerland zu verwandeln – das ist eine Arbeit, die in ihrer Schwere und Mühseligkeit nur diejenigen ganz verstehen werden, die sie geleistet haben, eine Arbeit, die noch nach vielen Jahren Zeugnis ablegen wird von Fleiß und Ausdauer des deutschen Landarbeiters. Gott hat eure Arbeit gesegnet, nicht zwei- oder dreifach, sondern hundertfach, hat ›euch Gesundheit verliehen, euch freundlich geleitet‹. In einem Verslein unseres Gesangbuchs heißt es: ›Kein Zähr- und Tränlein ist so klein, du hebst und legst es bei‹. Gott ›hebt und legt auch bei‹ die vielen Schweißtropfen, die von euch zu eurem Segen auf euer Land gefallen sind. Es ist mit den Schweißtropfen wie mit dem Regen, von dem man nach langer Dürre sagt: Es regnet – Gott segnet!

Es ist gewißlich wahr: Die neue Erde gibt uns noch mehr als die alte zu bedenken. Aber was wir am meisten zu bedenken haben, das ist die ewige Heimat. Wie wird es nun hier in Springdale sein? Wird es auch hier Menschen geben, deren Wagenspuren nicht oder nicht immer geradeswegs nach oben führen oder vielfach auf Seitenstraßen oder gar abwärts laufen? Sollte es vielleicht auch hier Leute geben, die nur auf die Erde und die Erdengüter sehen und dabei in Gefahr geraten, sich in den Erdenstaub zu verlieren? Ist es Tagesregel für jeden von uns, die Hände zu falten zu einem stillen oder lauten Gebet für sich und für andere, oder gibt es auch unter uns solche, die das Händefalten verlernt haben und die lieber die Hand zur Faust ballen in großem Grimm gegen ihren Nächsten oder gar gegen Gott den Herrn selbst?

Ihr lieben Christen, wir wollen es uns nicht verhehlen, daß wir alle miteinander nicht gut sind vor Gott dem Herrn, solange unsere Erdentage währen. ›Gut‹ werden wir erst, wenn es von uns heißt: ›Gott im Himmel macht uns reich und seinen lieben Engeln gleich‹. Bis dahin wird der leidige Satan es nicht daran fehlen lassen, uns ›mit groß' Macht und viel List‹ einen Stein nach dem andern auf unsere Lebensstraße zu wälzen, um uns zu Fall zu bringen. Aufgepaßt, ihr lieben Springdaler Christen! Faßt eure Herzen zusammen in dem Sprüchlein, das unser alter Nachtwächter in Warkenthin an jedem Abend um elf Uhr an jeder Straßenecke sang:

Hört, ihr Leut', und laßt euch sagen,
Unsre Glock' hat elf geschlagen.
Nur elf Jünger blieben treu;
Hilf, Herr, daß kein Abfall sei!

Am zweiten Abend nach unserer Ankunft hier wurde ich zu einer alten Frau gerufen, die im Sterben lag und noch ein gutes Wort mit auf die Heimfahrt nehmen wollte. Da haben sie und ich den Vers zusammen gebetet: ›Schreib meinen Nam' aufs beste ins Buch des Lebens ein!‹ Wenige Minuten darauf ist sie gestorben. Und als ich dann nach Hause ging, da hat es mir immer in den Ohren geklungen, wie es in einem alten Soldatenlied heißt: ›Das war ein selig' End!‹ Und ich bin fröhlich meines Wegs gegangen in der Gewißheit: ein selig' Sterben als erster Gruß im fremden Land ist wie ein Segen aus Gottes Hand. Wie die Entschlafene möchte auch ich einmal sterben. Und du, Gott im Himmel, hilf, daß alle meine Gemeindeleute, jung oder alt, so wie diese alte Frau ihren Abschied nehmen von der Welt und so ihren Einzug halten in die Ewigkeit! – Gott walt's. Amen!«

4. Briefe aus Amerika

Möne schreibt an seine Eltern

Lieber Vater und liebe Mutter!
Ihr wohnt, solange ich denken kann, in Immenkath, und wir haben nun unser Zelt ein wenig weiter nach dem Westen zu aufgeschlagen. Tausende von Meilen liegen zwischen Euch und uns. Aber doch seid Ihr uns immer nahe; denn unsere Gedanken sind wie die Vögel unter dem Himmel. Jetzt sitzen sie auf der Mauer zwischen Haus und Landstraße, und schon im nächsten Augenblick fliegen sie vor die Fenster von Immenkath oder vor die offene Schmiedetür und guk-

ken hinein in Stube oder Werkstatt. Und sie sehen Dich, Vater, vor dem Amboß stehen und Dich, Mutter, wie Du in der Küche das Geschirr abwäschst und nachher nach Besen und Handeule greifst. Sieh, Mutter, das habe ich immer so gern gehabt, daß Du auf Reinlichkeit hieltest und mir vorlebtest, was Du mir oft gesagt hast: »De Minsch möt sick binnen un buten rein hollen.« – Aber ein Ding, das ich auch hin und wieder in meinen Gedanken vor mir sehe, gefällt mir nicht. Ich sehe, daß dem Vater der Hammer schon etwas schwer wird, und ich sehe auch, daß Mutter sich manchmal mitten in der Arbeit hinsetzen muß, was früher nicht ihre Gewohnheit war. Ich möchte Dir gern mal den Hammer aus der Hand nehmen, Vater, und Grete würde ihre helle Freude daran haben, Dir, Mutter, bei Deiner Arbeit in Haus und Garten zu helfen. Aber es liegt viel Land und Wasser zwischen Euch und uns; die Gedanken gehen leicht hinüber, aber die Beine reichen nicht so weit und die Arme erst recht nicht.

Ich kann Euch berichten, daß die Leute hier gut zu uns sind. Wir merken es immer wieder, daß sie Kinder der griesen Gegend sind, und darum ist es uns, als ob wir gar nicht zu fremden Menschen gekommen wären, sondern zu alten Bekannten. Sie haben viele Jahre hindurch hart gearbeitet und fangen nun an, den Lohn ihrer Arbeit zu sehen. Grete mit ihrem natürlichen Wesen versteht es gut, mit den Leuten umzugehen. Ihr ist ja auch alles neu hier, und darum muß sie die Frauen oft um Rat fragen, und sie raten ihr gern und gut. Neulich ist sogar die »weise« Frau zu ihr gekommen und hat ihr, falls es notwendig sein sollte, ihre Dienste angeboten. Es eilt aber nicht damit.

Dir, Vater, danke ich, daß ich von Dir gelernt habe, den Hammer zu führen. Das kann ich hier gut gebrauchen. Unser Schmied versteht nicht viel von seinem Handwerk, und das kommt daher, daß er keine richtige Lehrzeit durchgemacht hat, sondern nur hin und wieder andern etwas abguckte und es ihnen nun nachmacht, gut oder schlecht, meistens aber schlecht. Sieh, Vater, da helfe ich ihm zuweilen, ihm und den Farmern zuliebe, besonders beim Hufbeschlag. Das schadet mir nicht. Schmiedearbeit ist ehrliche Hantierung und macht nichts weiter schwarz als Gesicht und Hände, und dafür sind Wasser und Seife gut. Die Farmer nehmen es mir nicht übel, wenn ich ihnen helfe. Gestern hörte ich, ohne daß es für meine Ohren bestimmt war, daß unser Nachbar seinem Schwager auf der andern Seite der Straße zurief: »Is doch en bannigen Kirl, uns' nie Preister! Alldags in de Smäd un Sünndags up de Kanzel. Dat kann nich jeder.« Nein, das kann nicht jeder und paßt auch nicht für jeden und an jedem Ort. In Warkenthin würde es nicht passen; aber hier geht es, wenn es selten und nur im Notfall geschieht und nicht durch Übertreibung zur Gewohnheit wird. Es ist damit ähnlich wie mit dem Botengang von Pastor Brümmerstädt. Er kann sich diese Dienstleistung erlauben, weil er eben Pastor Brümmerstädt ist. Ein anderer an seiner Stelle würde sich wahrscheinlich dadurch lächerlich machen, und in hundert andern Gemeinden würde und dürfte selbst er es nicht tun; aber in Warkenthin gereicht es ihm zur Ehre und seinen Leuten zur Freude.

Oft wünsche ich mir, daß ich meinen Schüten hier hätte. Liebe Mutter, willst Du mir einen Gefallen tun? Aber Du mußt mich nicht auslachen. Gib Schüten ein schönes Stück Butterbrot und ein schönes Stück Leberwurst dazu, und sag ihm, daß ich es für ihn bestellt habe. – Lieber Vater, ist es nicht an der Zeit, daß Du Dir einen tüchtigen und zuverlässigen Schmiedegesellen in Deine Werkstatt nimmst, der Dir die schwerste Arbeit abnehmen kann? –

Grete ist eine Pastorenfrau, wie sie sein soll. Sie findet sich tapfer in die neuen Verhältnisse und schenkt ihrem bärentatzigen Mann so viel Liebe, daß sein Grobschmiedsherz sie kaum beherbergen kann. – Abends nach getaner Arbeit gehen wir mitunter auf die Porch. Das ist so eine Art von Veranda vor oder neben der Haustür. Da sitzen wir dann beide Hand in Hand, eine halbe Stunde oder noch länger. Das ist die Zeit, da wir von der Heimat sprechen, von Warkenthin und Immenkath, von Pfarrhaus und Schmiede, von Strohdächern und Storchnestern. Bis Grete dann plötzlich aufsteht und sich ganz zufällig einmal mit der Hand über die Augen wischt und sagt: »Nun ist's genug!« Und dann gehen wir zur Ruhe. – Gott behüte Euch und uns!

Eure Möne und Grete

Nachschrift: Mutter, vergiß nicht Schüten und sein Stück Wurst!

Brief von Grete an ihre Mutter

Liebste Mutter!
Möne ist ins Dorf gegangen, um dem Schmied zu helfen, ein junges Pferd zum erstenmal zu beschlagen. Es ist schon das zweite Mal, daß er bei solcher Gelegenheit hilft, und er ist ganz stolz darauf, daß er den Leuten zeigen kann, wie man ein junges Tier dabei behandeln muß, und die Leute sind stolz auf ihren Herrn Pastor, weil er sich nicht schämt, ihnen auch in dieser Weise zu dienen. Er hat heute auch noch andere Gänge zu tun und hat mir gesagt, um 6 Uhr könne ich ihn erwarten; das ist hier unsere Zeit zum Abendessen. Wenn er zurückkommt, muß das Essen auf dem Tisch stehen. Du weißt, Möne kann vieles, aber warten kann er nicht, und Pünktlichkeit ist seine größte Untugend. Wenn er die Mahlzeit nicht zum bestimmten Glockenschlag vorfindet, kann er ein Gesicht machen wie der Prophet Jonas, als Gott ihm den Befehl gab, der Stadt Ninive den Untergang zu verkündigen. Aber sonst ist der garstige Grobschmied schrecklich lieb und gut zu mir. Manchmal, besonders des Abends, steht er plötzlich vor mir und sieht mich ganz ängstlich an. Dann weiß ich, er denkt an Warkenthin und Immenkath. Du mußt aber nicht glauben, daß wir uns dann hinsetzen, jeder in seine Ecke, und heulen wie die Werwölfe. Gewöhnlich ist es nur ein kurzer Anfall, der meistens damit endet, daß Möne meine beiden Hände in einer seiner gewaltigen Fäuste verschwinden läßt und sagt: »Lat dat man gaud sin, min Dirn! Die Erde ist überall des Herrn!« Und dann geht jeder flugs und fröhlich wieder an seine Arbeit.

Unsere Gemeindeleute sind der größten Mehrzahl nach Mecklenburger, und einige von ihnen kommen von Warkenthin und Umgegend. Sie sprechen mit Möne und mir, wie ihnen der Schnabel gewachsen ist – unverfälschtes Mecklenburger Platt. Andere Familien, ungefähr ein Dutzend, haben ihre Heimat in Schleswig-Holstein, in Pommern und in der Lüneburger Heide, und sie halten es für ihre Pflicht, mit uns hochdeutsch zu reden. Die meisten von ihnen sind einfache Landleute wie unsere Mecklenburger und wohnen hier schon viele Jahre und mischen gern, wo es nur irgendwie angeht, englische Brocken in ihr hausbackenes Hochdeutsch, so daß eine ganz neue Sprache entsteht, die für uns Neulinge nicht immer leicht zu verstehen ist. Möne fragte vor einiger Zeit einen pommerschen Mann nach seinem Sohn und erhielt die Antwort: »My boy wohnt in Newton, drei Meilen von hier. Er ist married, und ich habe ihn vor zwei Wochen gevisited, weil er doch ein baby hat, und das ist schon gebaptized, was ich gar nicht expected hatte.« – Eine Frau, ebenfalls in Pommern gebürtig, sah mich neulich in unserm Garten arbeiten und kam herüber und klagte mir ihr Leid: »Ja, ich habe auch einen garden und freue mich über die flowers; aber dann kommen die bösen boys und jumpen über die fence usw.« – Und wenn man jemand von diesen Leuten auf der Straße oder in einem Geschäft trifft, so heißt es nach der ersten Begrüßung fast stets: »Wie geht es bei you?« Das hört sich so drollig an, daß man nur mit Mühe das Lachen unterdrücken kann; aber lachen darf man beileibe nicht darüber, denn das würden sie, die früheren Preußen, die mit einiger Geringschätzung auf die einfältigen Mecklenburger mit ihrem noch einfältigeren Plattdeutsch herabsehen, sehr übelnehmen.

Auch eine schwäbische Familie haben wir hier. Es ist ein Genuß für uns, sie in ihrem Dialekt sprechen zu hören. Die junge Frau kann es nicht verstehen, daß sehr viele amerikanische Mädchen, erwachsene und halberwachsene, so herzlich wenig von Kochen und Backen und der ganzen Hauswirtschaft verstehen, und wenn sie sich darüber äußert: »Ja, was kennet denn de amerikanische Mädle? Sie kennet danze ond schpringe ond pfeife ond 's Maul spazierelaufe lasse, ond des ischt alles, was se kenne!«, so klingt das wirklich lustig, und man darf ungeniert darüber lachen. Die Frau ist sehr fleißig, und der Mann arbeitet auch, aber mit Maßen. Für Überanstrengung ist er nicht, und als er uns versicherte: »Wenn emol d'Arbeit schtirbt, zu dere Leich' geh i au!« haben wir ihm das aufs Wort geglaubt. Es war derselbe Schwabenmann, der Möne beim Graben im Garten zurief: »Net so fescht schaffe, Herr Pfarrer; mir langt's, wenn i bloß a wen'g Arbet hab'!«

Aber auch unsere Mecklenburger kriegen zuweilen einen guten Schnack fertig. Am letzten Sonntag hatte ich beim Weggehen aus der Kirche das Taschentuch auf meinem Sitz liegenlassen. Da kam mir eine Frau – sie stammt aus der Gegend von Waren – in großer Aufregung nachgelaufen und rief mir zu: »Frau Paster, Sei hebben Ehr Taschendauk verlaten!« Worauf ich dann mein Taschentuch, das sich so verlassen fühlte, wieder an mich nahm.

Du mußt aber nicht glauben, liebe Mutter, daß ich mich lustig über unsere Leute machen will. Die meisten von ihnen, nicht alle, sind lieb und gut und so treuherzig in ihrem Wort und Wesen, daß man ihnen wieder gut sein muß, ob man will oder nicht. Es steckt viel Gutes in ihnen, und Möne sagt das auch, und darum muß es wahr sein. Weil sie aus eigener Erfahrung wissen, wie schwer es ist, sich von der Heimat zu trennen, kommen sie uns, den Neulingen, mit so viel Freundlichkeit entgegen und oft mit einem so zarten Verständnis, wie man es diesen arbeitsharten Menschen gar nicht zutrauen sollte. Hab Du keine Angst um mich, liebe Mutter! Ich bin hier nicht verlassen wie mein Taschentuch.

Möne und ich freuen uns immer wieder, daß man hier in Springdale sehr selten einen Fluch hört. In Warkenthin ist das Fluchen ja auch eine Seltenheit. Möne behauptet aber, daß es sonst in Deutschland auch Leute gibt, die ab und zu gern und kräftig fluchen. Hier in Amerika scheint es damit noch schlimmer zu sein. Schon auf unserer Reise von X. nach hier haben wir so viel Flüche schlucken müssen, daß uns ganz übel davon wurde und wir in Gefahr standen, den Fluchern zu fluchen. Mir kommt es so vor, als ob hier im Lande jeder dritte Mensch es sich zur Ehre anrechnete, in jedem dritten Satz seines Redens einen kräftigen Fluch anzubringen, und als ob man den, der nicht in fünf Minuten fünfmal derb fluchen kann, gar nicht für ein richtiges Mannsbild hielte. Man könnte auf den Gedanken kommen, daß das Wort »fluchen« aus Versehen in die Erklärung des zweiten Gebots aufgenommen wäre. Ja, was das Fluchen anbetrifft, so sind die Deutschen im Verhältnis zu andern Völkern die reinen Waisenkinder und Sonntagsschüler.

Du fragst, ob ich Heimweh hätte. Nicht immer, liebe Mutter; aber ich bitte Dich, frage nicht wieder danach. Ich weiß Gottes Sonne scheint auch hier warm und freundlich hinein in Häuser und Herzen.

Tausend Grüße, die Du und Vater Euch ehrlich teilen sollt, von Möne und seiner und Eurer Grete

Möne schreibt an Pastor Brümmerstädt und Frau

Liebe Pastorsleute in Warkenthin!
Grete und ich sind gesund in Springdale angekommen. Die Reise war man soso. Als Du, lieber Vater Brümmerstädt, in Bremerhaven von uns gegangen warst und wir zusammen auf dem Bettrand in der kleinen Kabine saßen, schlug Grete auf einmal beide Hände vors Gesicht und hob laut zu weinen an. Ich habe ihr nicht dabei geholfen, aber weit wohnte ich nicht davon ab. Dann aber sprach ich mit mir selber folgendermaßen: Sie ist nun mein mir christlich angetrautes Eheweib, und ich bin ihr rechtmäßiger Ehemann, und als solcher ist es meine Pflicht und Schuldigkeit, sie zu trösten. – Das habe ich denn auch getan, so gut ich es konnte; aber sehr gut konnte ich es nicht. Habt Ihr jemals gesehen, daß ein großer Schlachterhund ein von der Mutter verlassenes Gössel tröstete? So ungefähr war es mit Grete und mir. Aber auf einmal warf Grete den Kopf zurück, wischte sich die Tränen aus den Augen und sagte: Das ist ja doch zu dumm, daß ich hier anfange zu heulen. Das nützt mir nicht und meinem Vater auch nicht und meiner Mutter erst recht nicht, und sehen und hören tun sie es auch nicht und Wasser sehen wir auch ohne meine Tränen genug um uns her. Und außerdem, ich habe ja dich! – Ich kann Euch sagen, das tat meinem inwendigen Menschen sehr wohl.

Die Fahrt auf dem Schiff war in den ersten Tagen sehr unruhig. Manche Menschen hielten es für ihre Pflicht, den Mitreisenden drei- oder viermal jeden Tag zu zeigen, was und wieviel sie eine halbe Stunde vorher gegessen hatten. Unser Appetit wurde dadurch nicht größer. Einmal mußte ich ihrem Beispiel folgen, aber ganz im verborgenen in unserer Kabine mit keinem andern Zeugen als Grete, die neben mir stand und ein Gesicht machte wie jemand, der lachen muß und nicht lachen will. Da sprach ich: »Grete, du bist ja ein ganz herzloses Weib. Wie kannst du lachen, wenn du mich in einem solchen Jammerzustand vor dir siehst? Hast du mir nicht erst vor wenigen Tagen feierlich gelobt, daß du mir treu zur Seite stehen wolltest in guten und bösen Tagen? Und siehe, heute ist so ein böser Tag über mich gekommen, und du lachst!« – Worauf sie erwiderte: »Es ist aber auch zu komisch, daß du baumstarker Grobschmied dich von ein paar Wellen, die dir nicht einmal die Füße naß machen, umschmeißen läßt, und ich, dein schutzbedürftiges Weib, stehe fest und sicher vor dir auf meinen Füßen. Wer von uns beiden gehört nun eigentlich zum starken Geschlecht? Und außerdem, ich habe nicht gelacht!« – Ich aber antwortete und sprach: »Es ist nicht also, du hast gelacht; ich habe es in deinen Augen gelesen!« – Dann umfaßte sie mich mit großer Lieblichkeit und sagte: »Du armer Jung, womit soll ich dich trösten? Soll ich dir vielleicht eine Geschichte erzählen aus alter Zeit, von fahrenden Sängern, die die Burgen der Ritter aufsuchten und sangen: Wer will unter die Soldaten?« – Und dann lachten wir beide.

An einem Abend, als wir noch zwei Tage Schiffahrt vor uns hatten, standen fast alle Passagiere auf dem Deck, denn es war ein schöner Tag gewesen, das Wasser war ruhig, und der Mond stand hoch. Auf einmal fing Grete an zu singen: »Müde bin ich, geh' zur Ruh«, und es dauerte gar nicht lange, da ging ein vielstimmiger Chor über die Wasser hin: »Vater, laß die Augen dein über meinem Bette sein!« – Es war schön, das Singen, und das leise Rauschen des Meeres klang dazu wie feines Orgelspiel. Der Steuermann war von deutscher Herkunft, aber in Polen aufgewachsen. Das Schiff steuerte er gut, aber nicht seine Zunge, die auch in Polen großgeworden war und mit der deutschen Sprache in Feindschaft lebte. Wir verstanden ihn aber doch. Als er bei unserm Singen das Steuerrad einem andern überließ und zu uns herunterkam, sagte er: »Ick libben serr gut Gesang, aber ick muß mick staunen, daß deitsch Leit libben zu singe zu Abend!« – Da habe ich ihm geantwortet: »Wir sind daran gewöhnt, den lieben Gott am Abend um seinen Schutz für die Nacht zu bitten, und das haben wir mit unserm Lied getan.« – Da hat er mir die Hand gedrückt und ist wieder in seinen Steuerkasten geklettert. Lieber Vater Brümmerstädt, Du weißt, meine Hand ist groß, und ich kann sie einem andern Menschen so geben, daß er dabei Gesichtszucken kriegt. Als aber der Steuermann mir die Hand drückte, da hat mir nicht bloß das Gesicht gezuckt, da zuckten auch meine Beine, als ob sie tanzen wollten, und ich hätte am liebsten Auweih geschrien. Nachher, als wir zu Bett gingen, sagte ich zu Grete, sie solle doch mal meine Hand besehen, vielleicht hätten sich die Knochen etwas verschoben. Sie hat weiter nichts gefunden, die Hand war nur stark geschwollen. Der Steuermann hat es aber doch gut gemeint.

Die Eisenbahnfahrt von X. nach hier dauerte vier volle Tage, die Nächte mit eingerechnet. Es ist hier genau wie in Mecklenburg, die Sonne scheint des Tags und der Mond des Nachts. Es will mir aber vorkommen, als ob die Sonne in Warkenthin früher aufsteht und später zu Bett geht als hier. Hier gönnt sie sich mehr Nachtruhe, und deswegen fühlt sie sich am Tage kräftiger und scheint heißer als daheim bei uns. Besonders muß ich mich aber über den Mond wundern. Solange ich ihn kenne, zog er immer still und ruhig seine Straße über Warkenthin und Umgegend, und – das muß ich ihm zu seiner Ehre nachsagen – Lärm macht er hier auch gerade nicht; aber das mag ich nicht leiden, daß hier immer so ein breites Grinsen über sein volles Gesicht geht, als wolle er sich lustig machen über alle Menschen, die unter seinem Schein schlafen, über Alte und Junge.

Unterwegs machten wir Bekanntschaft mit einem Amerikaner, der ein gutes Deutsch sprach und sein Land von einem Ende zum andern zu kennen schien. Er zog mit uns dieselbe Straße, nur daß er noch einen Tag länger mit der Bahn zu fahren hatte. »Es ist ein reiches Land, das Land Amerika«, sagte er, »und die Leute darin haben den Europäern und besonders den Deutschen viel Gutes abgeguckt und es sogar nach und nach verbessert. Einzelne von meinen Landsleuten haben Großes geleistet; aber der Fehler ist, daß nun alle Amerikaner davon überzeugt sind, daß sie alle Großes leisten; wir haben die größten Erfindungen in der ganzen Welt und die größten Brücken und die größten Maschinen und die größten Banken und« – fügte er mit lautem Lachen hinzu – »die größten Prahlhänse.« – Als ich ihm erzählte, daß ich einer abseits gelegenen Landgemeinde als Pastor dienen wolle, meinte er achselzuckend: »Darin steckt kein Geld! Sie tun besser, wenn Sie umsatteln!« Und als er sich verabschiedete, gab er mir noch den Rat: »Vor allen Dingen gebrauchen Sie Ihre Ellbogen, sonst kommen Sie nicht vorwärts!« – Mit dem Vorwärtskommen meinte er: viel Geld verdienen; das konnte ich an seinem Augenzwinkern merken. Aber ich bin nicht zum Geldverdienen nach hier gekommen; ich will ein Bauernpastor sein, ein anderer Sattel paßt mir nicht.

Über die Leute hier in Springdale kann ich selbstverständlich noch kein Urteil fällen, wenigstens kein endgültiges. Aber ihre Augen sagen mir, daß sie auf uns gewartet haben, und ihr fester Händedruck bedeutet Vertrauen. Die harte Arbeit, die sie getan haben und noch tun, hat eine eiserne Entschlossenheit in ihnen zuwege gebracht, den Kampf mit der ungebändigten Natur um sie her siegreich zu Ende zu führen; aber dabei scheint ihr Herz weich und warm geblieben zu sein, und die alte Heimat steht lebendig vor ihnen wie vor Grete und mir. Sie fragen mich nach jedem Haus und Baum und Brunnen und Storchnest, nach ihren Verwandten und Freunden, und sie fragen nach Euch. Wenn ich ihnen dann erzähle, dann hängen ihre Blicke an meinen Lippen wie bei Kindern, denen ihre liebste Geschichte erzählt wird. Lieber Vater Brümmerstädt, Du hast an vielen dieser Menschen gearbeitet Jahr für Jahr und hast ihnen zu guter Letzt noch ein gutes Wort mit auf die Reise nach hier gegeben, und ich hoffe zu Gott, daß ich sie weiterführen kann auf dem Wege, den Du ihnen gewiesen hast. – Gehabt Euch wohl!

Euer Möne

5. Briefe aus Deutschland

Mönes Mutter schreibt

leiw möne un leiw grete!
nu will ick ok mal schriewen. dat is nich so licht för mi. Ick kann beter mit'n bessen ümgahn as mit de fedder. vadder un ick sünd gesund, un dat hoffen wi jo ok von jug. de gries gauß (Gans) hett säben gössel utseten, äwer dat ein is lahm, un de häuhner leggen all flietig, un de adebor is ok all hier. wenn vadder middags odder abends von de smäd' in't hus kümmt, denn kickt hei männigmal so snurrig in alle ecken, as wenn hei wat verlurn hadd, un wenn ick em denn frag, fehlt di wat, vadder, denn is dat grad so, as wenn hei ut'n slap upwakt, un denn seggt hei, ne, lat man sin, mudder, ick bün blot mal wedder dumm west. ümmer, wenn ick in de stuw kam, denk ick, dat möne hier in'ne eck odder achter den disch stahn möt, un dat is jo würklich dumm, denn ick weit jo gaud, dat hei nu in de amerikansche wildnis is. un du, grete, wo geiht di dat? ick heff mi ümmer en dochter

wünscht, un nu hett de leiw Gott mi en gewen. tauirst, as ji verspraken wiren, hadd ick en beten angst vör di. so en fin pastorendochter un de jung von en swarten smidt un sin fru, ward dat ok woll gahn? Ick heff di dat ok mal seggt, äwer denn hest du mi utlacht un hest din beiden arm üm mi leggt un hest mi en kuß gewen un seggt, dat möst du nich denken, mudder. sühst du, so wat vergett ick nich, min döchting, min ganzes lewen nich. ja, möne, ick heff schüten en stück wust gewen, en ganz grot stück. wat för en trugen hund is dat doch! as du in de frömd güngst, set hei wochenlang jeden dag up de mur an de straat un kek den weg lang, ob du nich bald wedder kamen würst. dat hett mi oft so led dahn, un denn bün ick hengahn un heff em äwer't fell strakt un heff seggt, lat dat man gaud sin, schüten, morgen nahmiddag kümmst du mit mi in de stuw, un denn sett ick mi up'n stauhl un knütt (stricke), un du sittst neben mi, un denn verteIln wi uns all de geschichten, dei wi von möne weiten. bedankt hett schüten sick nich för dat botterbrot un de wust un de knaken (Knochen), den ick dortau leggt hadd, äwer du kannst glöwen, dat hei en vergnäugt gesicht makt hett, un sin swanz güng as de perdikel von uns klock. nu is dat en langen breiw worden, un nu dauhn mi de finger so weih, as ob ick'n ganzen dag getüffel (Kartoffeln) upnahmen heff. mit de punkten un de kommas weit ick nich bescheid. wenn ick mit'n breiw farrig bün, möt vadder sei nah sin gauddünken twüschen de würd setten. hei kann dat beter as ick. ick bün mit de johren ümmer dummer worden, ick weit nich mal mihr, wecke würd (Wörter) grot schrewen warden möten, un dorüm schriew ick sei all lütt.

wenn dat water twüschen amerika un dütschland nich so wied un so deip wir, denn wull ick woll mal räwer springen un jug besäuken, un wenn ick blot fief minuten lang von buten (draußen) dörch dat finster kieken un unsen leiwen langen jungen un uns grete döchting seihn künn. äwer dat geiht nich, min bein sünd tau kort un tau stiew dortau, un de geografi von amerika kenn ick ok nich, un dorüm künn dat woll gescheihn, dat ick verbiestern ded un nich nah jug un ok nich wedder taurügg tau vadder finden künn, un dat wir doch man schad' üm jug   oll mudder markow.

Brief von Vater Markow

Liebe Kinder!
Wenn Ihr diesen Brief seht, so werdet Ihr sagen: das hat ein Mann geschrieben, der nicht oft in seinem Leben schreibt, und darin habt Ihr recht. Der Schmiedehammer ist mir lieber als die Schreibfeder. Mit dem Hammer habe ich doch etwas Festes in der Hand, mit der leichtfertigen Feder weiß ich nicht viel anzufangen. Aber nun hat es mich schon lange gejuckt, an Euch zu schreiben, nicht in den Fingern hat es mich gejuckt, sondern innen im Herzen.

Liebe Kinder, ich muß Euch sagen, daß wir Euch vermissen. Wir vermissen unsern langen Möne, und wir vermissen Dich, Grete, und Dein frohes Lachen. Aber das ist nun einmal so: Wenn die jungen Vögel flügge geworden sind, dann fliegen sie aus dem Nest. Ihr seid reichlich weit geflogen, und wir können den Rauch aus Eurem Schornstein nicht sehen. Aber das ist nun nicht zu ändern, wird wohl auch gut so sein.

Liebe Grete, Mutter hat Dir mal geschrieben, daß Du ihr zu Anfang beinahe zu fein und zu gut für uns vorgekommen bist. Ich verstehe, daß Mutter so gedacht hat. Aber ich habe anders gedacht. Als Du und Möne Eure Hände vor dem Altar in der Kirche zusammengelegt habt, da habe ich gedacht: So ist es gerade recht; Möne hat nicht bloß starke Knochen, er hat auch einen starken Sinn und ein starkes Herz, und die Grete kann sich auf ihn verlassen, und wenn Du ihm mit Deinem hellen Lachen ins Herz hineinlachst, so ist das auch gerade recht, denn manchmal ist es mir so vorgekommen, als ob er für seine Jahre zu ernst wäre.

Wenn Du zu uns ins Haus oder in die Schmiede kamst und Deine kleine Hand in meine schwarze Pfote gelegt hast, so ist mir nie der Gedanke gekommen, daß Deine Hand zu fein für uns wäre, sondern ich habe sie herzhaft gedrückt, so daß meine fünf Fingerabdrücke darauf zu sehen waren. Schwarz und weiß paßt gut zueinander, und wenn man noch das rote Blut in den Fingern dazunimmt, dann sind sie zusammen, die alten Farben der Heimat.

Dein Vater ist ein studierter Mann, und Deine Mutter ist eine gebildete Frau, und wir in Immenkath sind einfache Leute. Aber weißt Du, Grete, ich habe nie viel auf Stand und Herkunft gegeben und habe immer gedacht, wenn einer seine Pflicht und Schuldigkeit tut, dann ist alles andere Nebensache. Mein Handwerk ist immer mein Stolz gewesen und ist es noch heute. Nur einmal in der Woche kriegt mein Stolz einen starken Stoß. Das ist, wenn wir am Sonntag in der Kirche zum Schluß das heilige Vaterunser beten und an die fünfte Bitte kommen. Dann bleibt nicht viel vom Stolz übrig.

Nun bin ich beinahe ins Predigen gekommen, und das steht mir nicht zu. Das überlasse ich besser Deinem Vater, der es aus dem Grunde versteht. In einer Weise ist Pastor Brümmerstädt auch ein Schmied, nur daß ich das Eisen schmiede, und er schmiedet die Gewissen, bis sie glühheiß sind, und die Herzen, bis sie weich werden. – Unser Lehrer Iserloth ist krank. Die Leute sagen, daß er die Auszehrung hat. Das ist kein Wunder bei dem geringen Gehalt, das die Regierung ihm zahlt. Aber wir alle in Warkenthin haben auch schuld. Warum sind wir nicht eingesprungen und haben geholfen! Aber dazu waren wir zu gedankenlos, und damit bin ich wieder bei der fünften Bitte.

Vor vier Wochen habe ich einen Gesellen eingestellt. Er läßt sich gut an bei der Arbeit und scheint ein stiller und ordentlicher Mensch zu sein. Als er ankam, hatte er nichts auf dem Leibe als Flicken, und im Leibe hatte er die nicht einmal. Mutter hat ihn äußerlich und innerlich ziemlich wieder hergerichtet und ihm Deinen alten Anzug gegeben, Möne, aber der reicht ihm oben bis über die Ohren und unten bis unter die Fußsohlen. Dafür kann er nicht, denn er ist klein von Statur.

Wenn Ihr wieder schreibt, so vergeßt nicht, uns zu sagen, was für Ackerboden Ihr dort habt. Wenn es Euch an Sand fehlen sollte, so wollen wir Euch gern etwas abgeben. Wir haben reichlich davon, und Ihr sollt ihn billig haben.

Dies habe ich geschrieben mit einer Schmiedefaust am Sonntagnachmittag.

Der alte Grobschmied in Immenkath

Grete nahm Möne den Brief aus der Hand und legte ihn zu dem andern von Mutter Markow. »Was für feine Menschen sind doch deine Eltern, Möne«, sagte sie, »äußerlich hart wie Eisen und Fels, innerlich treu und echt wie Gold.« – »Ja«, meinte Möne, »wir beide sind wirklich sehr weise und vorsichtig in der Wahl unserer Eltern gewesen. Und wenn meine Mutter auch jedes Wort in ihrem Brief klein schreibt, das schadet nicht. Ich will ihr in meiner Antwort sagen, daß das Wort ›Mutterliebe‹ noch immer groß geschrieben wird.«

Brief von Pastor Brümmerstädt

Liebe Kinder!
Es ist heißer Sommer und Erntezeit. Die Schnitter schneiden mit scharfen Sensen das reife Korn. Es ist harte Arbeit für sie und die Binderinnen, und der Schweiß fließt in Strömen. Und doch sind die Ernteleute froh, und wenn ein Juchzer über das Feld hinklingt, oder wenn die Mäher von Zeit zu Zeit ihre Sensen schärfen, so liegt ein eigener Wohllaut darin. Bei Euch ist es anders, bei Euch arbeiten die Maschinen, und die sind »praktisch«. Die Amerikaner nennen sich andern Nationen gegenüber gern »praktische Leute«, und sie nennen sich so nicht mit Unrecht. Sie sind praktisch in Haus und Stall, auf dem Feld und in der Werkstatt, beim Bauen von Häusern und bei der Erziehung ihrer Kinder, und das mag gut und schön sein. Aber ich hänge eben am Alten und kann mich mit dem amerikanischen Praktischsein nicht sonderlich befreunden. Ich denke, der Mensch muß etwas mehr sein als nur praktisch und muß nicht Tag für Tag nur mit Maschinen Umgang pflegen, wobei er möglicherweise nach und nach selber zu einer Art von Maschine wird. Es muß für den Menschen noch etwas anderes dazukommen, sonst verkümmert er an Herz und Gemüt.

Ihr kennt noch die Mutter Ahrens in Warkenthin, die nun schon heimgegangen ist. Wenn sie in ihrem Altenteilstübchen vor dem Spinnrad saß und das Spinnrad und die Katze auf dem Fensterbrett um die Wette schnurrten und die alte Frau ein Lied aus alter Zeit vor sich hinsummte – ja, da war die Mutter Ahrens auch praktisch tätig, aber dabei lag etwas über dem Ganzen, selbst wenn draußen der Wind heulte und die Schneeflocken tanzten, etwas, was einem Herz und Sinn warm machte, etwas, was viele Amerikaner nicht haben. – Oder stellt Euch vor, daß an einem heißen Erntetag die Schnitter und Binderinnen am späten Abend von allen Feldern und von allen Seiten heimkehren und sich mitten auf der breiten Dorfstraße treffen und haltmachen, und die Mädchen und jungen Frauen singen »O Mecklenburg, mein

Heimatland«, und die Männer streichen zur klirrenden Begleitung noch einmal die Sensen, so hat das einen guten Klang, und ich denke, daß in diesem Klingen und Singen, den Ernteleuten vielleicht unbewußt, doch etwas liegt wie »Nun danket alle Gott«. So einen Schluß des Erntetages können uns die Amerikaner nicht nachmachen; sie leben in der Neuen Welt, und wir hier gehören zur Alten Welt. Nicht alles Alte ist gut, aber es ist viel Gutes in dem Alten. Ich will den Amerikanern keinen bösen Leumund machen. Manche von ihnen haben Herz und Gemüt und haben es oft bewiesen. Aber sie sollen vorsichtig damit umgehen, damit ihnen das Herz nicht eines guten Tages unter die Maschinenräder gerät und ihr Gemüt nicht eines andern guten Tages vom Nordwind fortgetrieben wird. –

Soeben kommt Mutter in meine Stube, um nachzusehen, ob ihr Mann auch fleißig bei seinen Büchern sitzt, und als sie den angefangenen Brief sieht, verlangt sie, daß ich ihn vorlesen soll. Immer wenn ich einen Privatbrief schreibe, verlangt sie das Vorlesen, um dann ihr Gutachten abzugeben. Diesmal war es kein Gutachten, sondern ein Mißachten, denn sie sagte: »Das hätte ich an deiner Stelle nicht geschrieben, das macht den Kindern nur Heimweh.« Vielleicht hat sie recht mit ihrem Einwand; aber nun ist das Unglück einmal geschehen, und ich habe keine Neigung, wieder von vorn anzufangen. Doch soll nun etwas anderes folgen.

Es ist wohl die Frage, ob wir uns hier auf Erden jemals wiedersehen werden. Aber daran wollen wir festhalten: es gibt ein Wiedersehen! Ihr habt meine Großeltern nicht gekannt. Sie brachten ihre letzten Lebensjahre bei meinen Eltern zu und bewohnten oben im Hause zwei Stübchen mit weiter Aussicht auf die Rögnitzniederung mit der Laukmühle und dem meilenweiten Tannenwald im Hintergrund. Mein Großvater starb zuerst. Er hatte einen Schlaganfall erlitten. Einmal, kurz vor seinem Ende, als die Großmutter und meine Eltern an seinem Bett standen, glätteten sich plötzlich seine eingefallenen Züge, und halbwegs triumphierend und halbwegs in ängstlicher Besorgnis kam es brockenweise über seine Lippen: »Wenn ich euch nur erst alle da oben hätte!« Es war sein letzter Wunsch.

Einige Tage später, unmittelbar nach der Beerdigung, folgten alle, die dem lieben Alten das letzte Geleit gegeben hatten, der ortsüblichen Einladung zum Nachmittagskaffee.

Die große Schulstube konnte kaum alle fassen, und es fiel manch gutes und ernstes Wort, und manch graubärtiger Bauersmann suchte den Platz auf, wo er als Schulkind gesessen. Die Großmutter, von innerer Unruhe getrieben, wanderte still von einer Stube in die andere; bald war sie oben, bald war sie unten, und als einer der Gäste meine Mutter darauf aufmerksam machte, war die Antwort: »Laßt sie nur, sie sucht den Großvater!« Weil die Großmutter schon alt und kümmerlich und auch ein wenig wunderlich war, durfte sie nicht allein schlafen, und deshalb wurde ein Bett für mich oben in ihrer Stube aufgeschlagen. Eigentlich war es kein Bett, sondern eine primitive und nur zur Aushilfe benutzte Lagerstatt, die tagsüber leicht fortgeräumt werden konnte und in unserer Familie schlechthin »Esel« genannt wurde. Ich war damals ein kleiner Knirps, und mein neuer Beruf als Beschützer eines alten Mütterchens ließ meinen Stolz gewaltig ins Kraut schießen; andererseits fürchtete ich den Spott meiner älteren Brüder, die, wie ich sie kannte, es nicht an losen Reden über den Esel im Esel fehlen lassen würden. Doch denke ich noch heute meiner Großmutter in dankbarer Verehrung. Ich habe von ihr das Verlangen nach einem Wiedersehen gelernt. Jeden Abend, wenn sie die alte und auch schon kümmerliche Petroleumlampe ausgeblasen und sich gelegt hatte, hielt sie mit lauter und klarer Stimme ihre Abendandacht für sich. Zuerst kam das Glaubensbekenntnis, darauf folgten Vaterunser und Abendsegen, und Abend für Abend lautete der Schluß: »Und bring' mich bald zu meinem Friedrich!« – Ich glaube, ihre Abendandacht gehörte nicht zu ihrer Wunderlichkeit. Sie brauchte nicht lange zu warten. Wenige Monate später war sie bei ihrem Friedrich. – »Sei is nu in de Wohrheit«, sagten die Leute in Warkenthin bei solcher Gelegenheit.

Warum ich Euch dies schreibe? Damit Ihr wißt, was für einen festen Grund und Boden Ihr und wir von den Urgroßeltern her unter den Füßen haben. Es tut uns gut, das zu wissen, denn es hilft uns, mit festem und sicherem Schritt durch die Welt zu wandern. Die Menschen heutzutage sind so schrecklich wankelmütig. Heute folgen sie diesem Propheten, morgen einem andern. Immer mehr falsche Lehrer kommen auf, und was sie lehren, ist Wind und eitel Irrtum. Sie säen Wind und ernten Sturm; sie bauen ein Haus und vergessen das Fundament; sie wollen Führer sein und wissen nicht, daß sie selber blind sind. Sogar in kirchlichen Blättern spricht man von einer Hintertreppe, die zu Gott führen soll. Liebe Kinder, Gott der Herr kennt keine Hintertreppen und Hintertüren. Gott kennt nur gerade Wege, und auf diesen geraden Wegen gingen unsere Voreltern. Wohl ihnen! Und wohl uns, wenn wir dieselben Wege gehen!

Gehabt Euch wohl! Vater Brümmerstädt

6. Briefe von Möne an Pastor Brümmerstädt

Lieber Vater Brümmerstädt,
Ihr wollt mehr von unsern Reiseerlebnissen hören? Wohlan denn! In X. mußten wir einige Tage warten, bis alles für die Weiterreise geordnet war. Wir wohnten in einem deutschen Vereinshaus, das man uns als christlich empfohlen hatte. Aber da gefiel es uns nicht. Der Hausvater war ein unfreundlicher und harter Mann und sah in jedem, der von drüben kam, einen Landstreicher oder gar einen Verbrecher. Eines Tages wollte er mit guten Freunden einen Ausflug machen und konnte nicht, weil es Bindfaden regnete. So stand er am Fenster und schimpfte in einem fort: »So ein Hundewetter! Vier Wochen lang hat es nicht geregnet und nun gerade heute. So ein Sauwetter!« – Ein alter Farmer aus dem Westen, der im Vereinshause auf die Abfahrt eines Dampfers wartete, der ihn nach Deutschland zum Besuch seiner Verwandten bringen sollte, ging mit Bedacht in dem Haus auf und ab, guckte bald in das Regenwetter und bald auf den christlichen Hausvater, bis er zuletzt vor ihm stehenblieb und also sprach: »Herr, bei uns im Westen sagen die Leute ganz anders, wenn nach vier trockenen Wochen wieder einmal ein tüchtiger Regen fällt. Da sagen sie: Es regnet, Gott segnet! Oder sie sagen auch: Gott sei Dank für jeden Tropfen, der auf die Erde fällt!« – Da schimpfte der Hausvater nicht mehr, sondern brummte nur ärgerlich etwas in seinen Bart. Was er aber brummte, konnte ich nicht verstehen; aber ein Segenswunsch für den Farmer und seine einfältigen Ansichten war es gewiß nicht.

Weil es uns in diesem christlichen Vereinshause nicht gefiel, ging ich aus, ein anderes Zimmer zu mieten. In der Zeitung hatte ich gelesen, daß eine Irländerin, die auch Deutsch spreche, Zimmer für einen Tag oder eine Woche oder einen Monat oder noch länger zu vermieten habe. Ich ging und fand ein furchtbar schmutziges Weib mit ungeordnetem Haar, ein in Fetzen gekleidetes Kind an der Hand. – »Was willst du?« – »Ich möchte ein Zimmer haben.« – »Hast du eine Frau?« – »Ja, ich habe eine Frau.« – »Die sollst du nicht mitbringen. Du sollst allein kommen!« – Dann führte sie mich fünf oder sechs Treppen hinauf. Die Zimmer waren kleine Verschläge, nur durch rohe Bretter voneinander getrennt. Um in das für mich zur Verfügung stehende Zimmer zu kommen, mußte ich durch ein anderes gehen, das von zwei Männern bewohnt wurde. Der eine, betrunken, saß auf der Bettkante und starrte mich mit gläsernen Augen an; der andere, nicht betrunken, sondern besoffen, lag auf einer Holzpritsche und schnarchte wie ein Kosak. Das Zimmer nebenan sollte ich für einen erstaunlich niedrigen Preis haben. Schleunigst machte ich mich leise aus dem Staub. Die holde Wirtin hatte mein Verschwinden nicht bemerkt und bemühte sich mit vielen Worten, mich auf die Vorzüge des Raumes aufmerksam zu machen; als sie dann aber das Vergebliche ihres Bemühens gewahrte, rief sie in hellem Zorn die Treppe hinunter: »Wo bist du? Wo bist du, du vermaledeiter Lump?« – Ich war aber schon fast ganz unten und rief freundlich hinauf: »Auf Wiedersehen, gnädige Frau!« Und damit verschwand ich.

Andere Bemühungen um ein besseres Unterkommen waren ebenfalls erfolglos, und so mußten wir doch noch zwei Tage im Vereinshaus bleiben. Dort war weder Freude noch Fröhlichkeit. Aber am Morgen des letzten Tages kam beides auf einen Schlag. Es war frühmorgens ein Trupp Deutsch-Russen – schon mehr Russen als Deutsche – von drüben gelandet und vom Dampfer abgeholt worden. Als sie durch die Straßen zogen, blieben die Leute stehen und lachten, und als sie ins Vereinshaus kamen, lachten dort alle, Angestellte und Gäste. Bis zuletzt einer der Angekommenen, der wohl der Führer des Trupps war und ein schweres Bündel mit Bettzeug auf dem Rücken trug, Lärm schlug und zornig ausrief: »Warum lacht ihr? Lacht ihr über mich? Ich will das wissen. Bin ich hier in ein Narrenhaus gekommen?« – Da nahm der Gehilfe des Hausvaters ihn beiseite und sagte leise:

»Nein, in ein Narrenhaus bist du nicht gekommen, und wir sind keine Narren, aber du bist einer und zwar ein doppelter. Darüber lachen die Leute, daß aus deinem Bündel an der einen Seite ein Kaffeetopf und an der andern ein anderer Topf heraushängt, den man sonst nur zur Nachtzeit in Leibesnöten gebraucht. Die Leute hier in diesem Lande sind nicht daran gewöhnt, daß diese Art von Töpfen am hellen Tag durch die Straßen spazierengeführt wird.« – »Nun«, gab der andere sich zufrieden, »wenn's weiter nicks is!« – Um die Mittagszeit ging ihre Weiterreise vor sich, und schmunzelnd flüsterte der schwarzbärtige Russe dem Gehilfen zu: »Jetzt gibt's aber nicks mehr zu lachen; ich habe den Kaffeetopf in den andern – du weißt schon – getan und beide tief im Bündel versteckt.«

Dann schlug auch für uns die Abschiedsstunde, und der Abschied wurde uns nicht schwer. Tagsüber kein freundliches Wort im christlichen Vereinshaus und nachts keine Ruhe im Bett. Ein Haus ohne Freundlichkeit ist wie ein Tag ohne Sonne. Warum ging der Hausvater ohne Freundlichkeit durchs Leben? Liebe Eltern, ich kann Euch sagen, es gibt Menschen, denen brennt die Sonne die Haut heiß und braun; aber weiter kommt sie nicht, und das Herz bleibt kalt wie ein Eisklumpen. Freundlichkeit zu geben ist ihnen unmöglich, und die Freundlichkeit anderer prallt von ihnen ab wie von einem Felsblock. – Die erste Frage in unserm Katechismus daheim ist: Was soll eines Menschen vornehmste Sorge sein? Und die Antwort lautet: Wie er hie der Gnade Gottes und künftig des ewigen Lebens möge teilhaftig werden. Im Katechismus des Hausvaters ist die erste Frage auch: Was soll eines Menschen vornehmste Sorge sein? Aber die Antwort lautet etwas anders, nämlich also: Wie er erstens für sich und zweitens für sich und drittens für niemand anders sorgen soll! – Ich sprach zu Grete: Wenn das amerikanische Christentum von dieser Art ist, dann hätte ich ebensogut den Kohlköpfen in Vater Brümmerstädts Garten predigen können. Ist es überall in Amerika wie in diesem Vereinshaus, so sind wir in ein verkehrtes Land geraten.

Und warum keine Ruhe während der Nacht? Das will ich Euch erzählen. Wenn ich in Immenkath gegen Abend die Eier aus dem Hühnerstall holte, dann sprang mir manchmal ein Floh in den Nacken oder im Sommer an die nackten Waden; unser Schüten litt ja auch nicht unter dem Mangel an

Flöhen. Es ist vom Übel, daß gerade zur Nachtzeit, wenn Menschen und Tiere, ehrlich müde von der Arbeit, schlafen wollen, die Flöhe springlebendig werden und unsern Leib als Exerzierplatz gebrauchen. »Nun ruhen alle Wälder, Vieh, Menschen, Städt' und Felder«, so haben wir oft vor dem Zubettgehen gebetet, und das ist ein schöner Vers, und die folgenden sind nicht schlecht; aber auf den Floh macht das schönste Lied und das andächtigste Gebet um ruhigen Schlaf keinen Eindruck, und wenn du gerade im Einschlafen bist, so beißt er zu, und du mußt dich auf die andere Seite werfen, und mit dem Einschlafen ist es für die nächste halbe oder ganze Stunde nichts. Nein, eine angenehme Zugabe zum täglichen Leben ist der Floh nicht, und in der Erklärung zur vierten Bitte hat Luther ihn nicht aufgezählt unter allem, was zur Leibesnotdurft gehört.

Aber was ist ein Floh gegen eine Wanze! Ihr kennt keine Wanze, und Grete und ich haben ihre Bekanntschaft auch erst im Vereinshause in Amerika gemacht. Ein Floh kann doch wenigstens spaßige Sprünge machen, aber eine Wanze schleppt sich schwerfällig und faul durchs Leben. Dem Floh kann man es anmerken, daß er sich seines Lebens freut; aber das einzige und grimmige Vergnügen der Wanze ist, sich am Menschen festzusaugen und ihm soviel Blut wie nur möglich abzuzapfen, bis ihr Leib dreimal größer als vorher geworden ist. Die Wanzen hassen die Einsamkeit; denn sowie das Licht dem Dunkel gewichen ist und der Mensch sich zur Ruhe begeben hat, kommen sie von allen Seiten, von der Zimmerdecke, aus allen Winkeln der Matratze, aus den Ritzen im Fußboden, und fallen über den Menschen her. Für sie ist es ein wahres Picknick, aber nicht für den Menschen. Und wenn deine Nase zufällig in die Nähe einer Wanze kommt, oder wenn du in gerechter Selbstverteidigung oder aus Versehen eine Wanze mit den Fingern zerdrückst, so steigt ein Gestank auf, gegen den der Geruch von allen Misthaufen in Warkenthin zusammengenommen eitel Veilchenduft ist. Und solche Wanzen gab es im Vereinshaus wie Sand am Meer. Ich wundere mich nur, daß sie nicht mit Angabe der Nummer und des Alters auf die Logisrechnung gesetzt wurden. In Summa: der Floh ist ein zutraulicher Gesell, die Wanze ein blutdürstiges Raubtier.

Die Rechnung für unsern Aufenthalt im Vereinshaus betrug sechzehn Dollar. Ich gab dem Hausvater einen Zwanzig-Dollar-Schein, und er sagte: »Danke!« und schob den Schein in seine Brusttasche. Ich wartete einen Augenblick auf das Herausgeben; aber dann fiel mir ein, was ein anderer Hausgast mir erzählt hatte: Der Mann hat es sich zur Pflicht gemacht, nie herauszugeben, den Überschuß steckt er für seinen Privatgebrauch ein. – Da kam der Zorn über mich, und ich sprach zu dem Hausvater also: »Weißt du, was du bist? Ein Erzgauner bist du, nicht wert, daß dich die Sonne des Tages bescheint oder der Mond des Nachts.« – »Machen Sie, daß Sie hinauskommen!« brüllte er, und ich antwortete: »Nichts lieber als das! Aber wehe dir, wenn du mir hilfst, nach draußen zu kommen; dann könnte es geschehen, daß du vor mir durch die Tür gehst, oder willst du lieber durchs Fenster fliegen? Ganz nach deinem Belieben! Und nun: auf Nimmerwiedersehen, du mitsamt deinem verwanzten Vereinskasten!«

Als ich draußen war, stand Grete da und weinte. »Nein«, sagte ich, »das laß man lieber sein. Der Mann da drinnen ist das nicht wert. Der ist nicht einmal wert, daß Schüten sein Bein an ihm hochhebt.« – »Pfui«, antwortete Grete, »wie kannst du so etwas sagen!« – Aber dann lachte sie doch. – Mir hat es bis heute nicht leid getan, daß ich den Hausvater so gröblich behandelt habe. Er war es wirklich wert, daß ich ihm das erzeigte.

Gehabt Euch wohl! Es grüßen Euch

Eure Kinder in Springdale

Lieber Vater und liebe Mutter Brümmerstädt!
Hin und wieder haben wir eine Pastorenkonferenz. Da unsere Gemeinden sehr weit voneinander entfernt liegen, gibt es jedesmal eine längere Reise und einen mehrtägigen Aufenthalt in unserm Versammlungsort, wo die Gemeindemitglieder uns gern und gut beherbergen und verpflegen nach dem Wort: »Seid gastfrei ohne Murren!« Auf diesen Konferenzen lernt man nach und nach eine ganze Menge von Amtsbrüdern kennen, gelehrte und ungelehrte, kurze und lange, dünne und dicke, dazu auch manche merkwürdige, und ich hoffe nur, daß ich nicht der merkwürdigste unter ihnen bin.

Den einen unter diesen Pastoren, der sich regelmäßig einstellt, müßt Ihr näher kennenlernen. Darum beschreibe ich ihn Euch. Er heißt Hauser und ist ein prächtiger alter Junggeselle. Verstellung und Heuchelei sind ihm fremd. Dazu hat er sich ein kindliches Gemüt bewahrt und ist leicht zu betrüben und zu erfreuen. Sein sonniger Humor hilft ihm über manches Schwere in seinem Amtsleben hinweg, und er versteht meisterhaft zu erzählen. In seiner Jugend besuchte er ein Gymnasium in Deutschland und fand dort unter seinen Altersgenossen manchen guten Freund. Es gab merkwürdige Leute unter den jungen Gymnasiasten, und ich denke, einer der merkwürdigsten muß der Hauser gewesen sein. Einzelne seiner Absonderlichkeiten verloren sich mit den Jahren, andere wuchsen, weil sie nie beschnitten wurden.

Einmal gingen er und ich durch die Straßen der Kleinstadt, wo unsere Konferenz stattfand, und ich war sehr eifrig dabei, ihm etwas über die Entwicklung und Verwicklung der politischen Verhältnisse in Europa zu erzählen, als ich plötzlich merkte, daß ich in den Wind sprach. Freund Hauser war verschwunden, ohne ein Wort zu sagen. Nach einigen Minuten sah ich ihn in einem Blumenladen. Ich ging hinein und fand ihn in einem äußerst lebhaften Meinungsaustausch mit einer Verkäuferin über die verschiedenen Topfpflanzen, die dort in Reih und Glied aufgestellt waren, und als das junge Mädchen, das augenscheinlich noch andere Verpflichtungen im Geschäft hatte, ihn schließlich fragte, womit sie ihm dienen könne, war seine kindlich-naive Antwort: »Entschuldigen Sie, ich wollte mich nur über den wunderschönen Blumenduft freuen. Danke vielmals! Adieu!« Das verdutzte Gesicht der Verkäuferin sehe ich noch heute vor mir.

Ein anderer Pastor, der nicht übermäßig weit von ihm entfernt wohnt, berichtete wunderbare Dinge über die großartige Unordnung in Hausers Studierstube. Er hatte dort einen mächtigen Schreibtisch stehen, der von einem Ende bis zum andern vollgepackt war mit Büchern, Heften, losen Blättern, einem halben Dutzend Aschbechern, kurzen Pfeifen, Federhaltern mit und ohne Federn, leeren und vollen Streichholzschachteln, Rasierzeug, Scheren, Messern und andern nützlichen Gebrauchsgegenständen. Setzte er sich zum Schreiben an den Tisch und konnte keinen Platz dazu finden, so schob er seelenruhig alles, was vornean lag, zurück, wobei natürlich Bücher und andere Sachen zuhinterst auf dem Tisch auf den Fußboden fielen und dort liegenblieben, um auf einen neuen Schub zu warten, der ihnen Gesellschaft leisten würde. Pastor Hauser nannte dies »systematische Unordnung«.

Später einmal, als die Pastoren ihre Versammlung in Hausers Wohnort abhielten, hatte ich Gelegenheit, ihn in seiner Wohnung aufzusuchen, und fand die »systematische Unordnung« unversehrt vor. Ich wollte dem lieben, wunderlichen Herrn eine kleine Freude machen und hatte ihm ein eingerahmtes Bild von der Lüneburger Heide mitgebracht, die ihm von jungen Jahren her bekannt und besonders lieb war. Er freute sich wie ein Kind darüber und wollte es sofort an die Wand hängen, fand nach einigem Suchen auch wirklich einen passenden Nagel und nahm, ehe ich es verhindern konnte, statt des nicht aufzufindenden Hammers seine Taschenuhr, tat damit zwei Schläge und hängte das Bild auf. »Wenn man sich nur zu helfen weiß«, sagte er treuherzig, als er sich zu mir umwandte. In diesem Augenblick hielt Pastor Hauser sich gewiß für einen sehr praktisch veranlagten Mann.

Wenige Jahre vor seinem Tode erlebte er einen großen Schmerz, den ihm seine eigenen Gemeindeglieder bereiteten. Sie waren zum größten Teil aus Galizien und der Bukowina eingewandert, und deutscher Herkunft, hatten aber im Laufe der Zeit sehr viel von ihrem ursprünglichen Wesen verloren und waren nach vielen schlimmen Erfahrungen und Enttäuschungen mißtrauisch und hinterhältig geworden. Blutarm waren sie hier ins Land gekommen, und der damals junge Pastor Hauser hatte ihnen fast über sein Vermögen geholfen, ihnen Bargeld vorgestreckt oder geschenkt, manches Haus- und Ackergerät für sie aus eigener Tasche bezahlt und nie auch nur einen roten Cent für seine Amtshandlungen von ihnen genommen. Kein Bittender kam mit leeren Händen von ihm zurück, und als Extrazugabe erhielt er noch einen warmen Wunsch und Zuspruch mit auf den Weg. Dabei war er selber ein armer Mann geworden, und wenn er sich tröstete: Reichtum macht nicht glücklich!, so konnte es wohl geschehen, daß er mit einem leisen Seufzer hinzufügte: Armut aber auch nicht! Sein Herz war nach wie vor voll von warmer Liebe für seine Leute, aber seine Taschen waren und blieben leer. Unbewußt hatten seine Gemeindeglieder dazu beigetragen, daß Gott mit ihm handelte nach der Bitte Salomos: Armut und Reichtum gib mir nicht, aber laß mich mein bescheiden Teil Speise dahin nehmen! – Es war ein sehr bescheiden Teil, das dem alten Hauser verblieb.

Nun, nach vielen Jahren, waren die Einwanderer mit ihren

Kindern fast samt und sonders zu Wohlstand gekommen, während der Pastor sich arm gegeben hatte. Jedesmal, wenn sie ihn sahen, fühlten sie sich unbehaglich in dem Gedanken: Das ist der Mann, der uns vor vierzig Jahren den Schrank in der Wohnstube geschenkt hat! – Die erste Kuh, die wir in den neuen Stall stellen konnten, hat er zur Hälfte bezahlt! – Als unser Ältester schwer krank war, hat er dem Doktor gesagt, er solle ihm die Rechnung zuschicken! – Und etwas Ähnliches konnten viele Männer und Frauen von ihrem Seelsorger sagen. Sie sagten es aber nicht, weil es ihnen in ihrem jetzigen Wohlstand peinlich war, schon durch die bloße Gegenwart ihres Pastors an ihre frühere Armut erinnert zu werden.

So war es gekommen, daß man nach langem Überlegen und eifrigem Aufhetzen eines guten Tages in der vierteljährlichen Gemeindeversammlung zu dem Beschluß kam, mit dem weiland die Kinder Israel dem alten Samuel gekommen waren: Du bist alt geworden! Darum gib Raum einem neuen und jungen Mann!

Die schweren Fehltritte des Pastors wurden laut und rücksichtslos zur allgemeinen Kenntnis gebracht. Einer erzählte: »Vor ungefähr zehn Jahren hat der Pastor meine Tochter in der Sonntagsschule fünf Minuten stehenlassen, weil sie nach seiner Meinung ungezogen gewesen war, aber sie kann gar nicht ungezogen sein, sie kann keiner Fliege etwas zuleide tun, und sie denkt heute noch mit Schrecken an die Schande, die ihr der Pastor damals vor der ganzen Sonntagsschule angetan hat.« – Ein anderer wußte zu berichten: »Es werden zu Weihnachten acht Jahre, daß der Pastor an unserm Hause vorüberging und drehte den Kopf nach der andern Seite, bloß weil er mich nicht grüßen wollte, und er konnte mich ganz gut sehen, denn ich stand nur zwei Schritt vom Fenster ab mitten in der Stube.« – Und noch ein anderer meldete: »Als mein Heiner vor einer Reihe von Jahren zur Konfirmandenstunde ging, regnete es einmal sehr stark, und gleich nach dem Unterricht sagte der Pastor zu Heiner: ›Du hast keinen Schirm bei dir, aber ich habe einen. Wir gehen beinahe denselben Weg. Komm, du kannst mit unter meinem Schirm gehen.‹ So brachte er den Heiner bis vor meine Haustür und sagte dann: ›Na, nun bist du trocken nach Hause gekommen, du kleiner Mops.‹ Und das will ich dem Pastor heute sagen: mein Heiner war damals kein Mops und ist auch heute noch keiner!«

So redeten sie, und ihrer waren viele, die da anklagten, und ihrer waren wenige, die da entschuldigten. Aber am nächsten Sonntag machte Hauser nach der Predigt bekannt: »Die Witwe Anders ist am letzten Dienstag selig entschlafen. Der Pastor hat sie während ihrer langen Krankheit oft besucht und kann in Wahrheit sagen, daß sie nach Gottes Wort hungrig war wie ein Kind nach der Muttermilch und daß sie sich freute auf den Heimgang zu ihrem und unserm Heiland. – In der Nacht von Donnerstag auf Freitag starb das neugeborene Kind des Farmers Pezzold. Gott sei Dank konnte der Pastor es noch vor seinem Tode taufen. – Am kommenden Sonntag wird Pastor Kretz von New Brunswick hier predigen, weil euer Pastor mit dem heutigen Tage sein Amt niederlegt. – Laßt uns beten: All unsre Schuld vergib uns, Herr, daß sie uns nicht betrübe mehr, wie wir auch unsern Schuldigern ihr' Schuld und Fehl vergeben gern!« – Es war ein leises Zittern in seiner Stimme. –

Noch einen andern Amtsbruder muß ich Euch vorstellen. Er ist groß und breit und stark, und das ist kein Wunder, denn wenn er sich an den Tisch setzt, so tut er eine Mahlzeit, deren sich drei Schmiedegesellen zusammen nicht zu schämen brauchten. Aber dabei ist er ein Mann der Ordnung und der Gründlichkeit. Er kann es nicht leiden, daß etwas von dem, was aufgetragen wurde, wieder hinausgebracht werden muß. Es verschwindet alles bis auf den letzten Rest. Es ist, als ob seine Zähne mit magnetischer Gewalt alles Eßbare an sich zögen. Ich konnte seine Leistungsfähigkeit mehrmals bewundern, wenn ich zur Mittagsmahlzeit bei ihm zu Gast war. Den Anfang machte ein bis an den Rand gefüller Teller mit Brei, so steif, daß ein dürrer Schneider ohne Gefahr zu ertrinken darauf tanzen konnte. Das war aber nur das Präludium. Dann kam das Hauptstück, ein vollgehäufter Teller mit Schinken, Kartoffeln und Erbsen, dem in der Regel eine zweite Portion und in Ausnahmefällen eine dritte folgte. Als Nachspeise langte er sich ein hartgekochtes Ei, das zweite ging denselben Weg, und das dritte genoß er mit besonderem Wohlbehagen. Selbstverständlich wurden die Eier von zwei oder drei Brotscheiben großen Formats begleitet. Wenn er dann noch mit zwei weitbauchigen Tassen Kaffee nachgespült hatte, so war er wirklich gesättigt und konnte sagen, was man hier in Amerika oft hört, wenn jemand nach genossener Mahlzeit zu weiterem Essen genötigt wird: »Danke, ich bin voll!« Das sagte er aber nicht, sondern er faltete die Hände und sprach das Tischgebet: »Wir danken Gott für seine Gaben, die wir von ihm empfangen haben; wir bitten unsern lieben Herrn, er wolle uns hinfort mehr bescheren.« Es ist mir nie ganz klargeworden, was Pastor Born eigentlich mit *mehr* meinte. Ich denke, er konnte zufrieden sein mit den Gaben und ihrer Anwendung.

Einmal, als ihm mein Erstaunen über seine Aufnahmefähigkeit aufgefallen sein mochte, erklärte er mir, der Speisezettel für das Abendessen sei sehr einfach, denn er halte fest an der vernünftigen Regel, man dürfe den Magen am Abend nicht zu sehr belasten, wenn man eine gute und womöglich traumlose Nachtruhe genießen wolle. Was ihn aber nicht hinderte, unmittelbar vor dem Zubettgehen ein Glas Bier und einige Scheiben Pumpernickel mit Limburger Käse zu sich zu nehmen – nur zur Beruhigung der Nerven. Späterhin habe ich zu Hause versucht, ihm das mit dem Bier und Pumpernickel und Limburger Käse nachzumachen, mußte es aber nach einigen Versuchen aufgeben, weil mein Magen sich absolut weigerte, nach den Grundsätzen von Pastor Born zu arbeiten.

Pastor Born ist trotz seiner reichlichen Mahlzeiten ein fleißiger Mann, der seiner Gemeinde und seinem Hause wohl vorsteht. Seine Leute lieben und ehren ihn, weil sie wissen, daß er sich nicht über sie stellt, sondern neben sie, und weil sie auch wissen, daß er treu und gewissenhaft im großen und kleinen ist. Darum sehen sie ihn gern als Gast in ihrem Haus und an ihrem Tisch, wenn auch die Hausfrau einen besorgten Blick auf die Vorräte in ihrer Speisekammer werfen mag.

Einen Fehler aber hat Pastor Born. Er findet sich nicht zurecht in der deutschen Sprache. Die deutsche Sprache und Pastor Born gehen selten denselben Weg. Er wurde hier im Lande geboren und erzogen. Auf College und Universität hat er fleißig studiert, und Professoren und Mitstudenten wunderten sich nicht nur über seinen erstaunlichen Appetit, sondern ebensosehr oder noch mehr über die schnelle und sichere Tätigkeit seines Gehirns. Immer waren seine Leistungen gut oder sogar sehr gut. Aber die deutsche Sprache! Die drei Artikel unseres christlichen Glaubens stehen für ihn unerschütterlich fest; aber die drei Artikel der deutschen Dingwörter sind ihm noch heute ein Greuel, und die unregelmäßigen Zeitwörter in ihren Wendungen und Zusammensetzungen sind für ihn wie eine Wüste, in der er rettungslos verloren ist. Es ist vorgekommen, daß er in einer Grabrede fortwährend über den lieben »verschlafenen« Bruder sprach. Es ist auch vorgekommen, daß er seinen Kirchgängern von Isaak und Rebekka zu sagen wußte: »Da führte Isaak sie in die Hütte seiner Mutter, und sie ward sein Frau, und er liebte ihr, und sie liebte ihm.« – Und von Salomo, der bei der Einweihung des Tempels die Hände gen Himmel erhob, berichtete er, daß er seine Arme hinauf zum Himmel schmiß.

Es ist ihm kein Geheimnis, daß er die deutsche Sprache greulich mißhandelt, aber seinen Zuhörern sind die Geheimnisse der deutschen Grammatik noch weniger als ihm bekannt, und darum nehmen sie keinen Anstoß an seiner Rede, sondern wissen nur: »Der Mann da oben auf der Kanzel ist treu bis ins innerste Herz hinein, und was er predigt, ist ohne Falsch, und wie er predigt, so lebt er. Er weiß an hellen und dunklen Tagen das rechte Wort für uns zu finden, unsere Freude ist seine Freude, und unsere Sorge ist seine Sorge, und was er nicht zu sagen vermag in Worten, das fühlen wir in seinem Händedruck und lesen wir in seinen Augen. Gott segne den Mann!« – Und wir, seine Amtsgenossen, sagen dazu ja und amen.

Viele Grüße für Euch und Immenkath und ganz Warkenthin!

Möne und Grete

7. Gemeindeversammlung

Die Versammlung der stimmberechtigten Gemeindeglieder in Springdale fand statt. Sie war gut besucht, denn es war Ende Oktober, und die Farmer hatten ihre Feldarbeit getan, und die Geschäftsleute hatten noch einige Wochen Zeit, bis der Weihnachtsmann Käufer und Verkäufer zur Eile antrieb. Für alle Teilnehmer war so eine Zusammenkunft eine angenehme Unterbrechung des alltäglichen Lebens. Man konnte neue Mitglieder aufnehmen oder nicht aufnehmen, je nachdem; man konnte Gutes oder Schlechtes über den lieben Nächsten reden, am liebsten Schlechtes; man konnte Neuigkeiten hören oder auch über einen uralten Schnack, der zum hundertsten Male aufgetischt wurde, herzlich lachen; ja, was alles konnte man nicht an einem solchen Abend tun und erleben, wenn Arme und Beine ehrlich müde geworden waren von der Arbeit, die Zunge aber bis zu später Stunde wenig Gelegenheit gefunden hatte, sich zu rühren. Dieser Oktoberabend versprach besonders interessant zu werden, denn der Pastor konnte nicht anwesend sein, weil er anderswo an einer Pastorenkonferenz teilnehmen mußte. Man war ganz unter sich und brauchte kein Blatt vor den Mund zu nehmen.

Der Vorsitzende war ein alter Mann, gerade und aufrecht in Gang und Haltung und Wesen. Darum genoß er hohes Ansehen bei alt und jung und wurde Jahr für Jahr als Vorsitzender wiedergewählt. In Schleswig geboren, war er in jungen Jahren nach Amerika ausgewandert. Es wurde von ihm gesagt, daß er sehr derb in seiner Rede sein könne, und soviel war gewiß, Honigseim war nicht auf seinen Lippen zu finden. Aber alles, was er sagte, hatte Hand und Fuß, und meistens traf er den Nagel da, wo er getroffen werden sollte. Die hochdeutsche Sprache war ihm ungewohnt und deswegen unbequem; aber im Schleswiger Platt stand er seinen Mann.

Da der Pastor abwesend war, las an seiner Statt der Alte einen Schriftabschnitt vor, wie man es gewohnt war, und wählte dazu den 104. Psalm, den Gott der Herr eigens für die Farmersleute hat aufschreiben lassen. Er las ihn mehr schlecht als recht, weil seine Zunge eben einen Widerwillen gegen das Hochdeutsche hatte und immer wieder in die Niederdeutsche Tiefebene hinabrutschte. Nach der Schriftverlesung kam die Aufforderung: »Nu will'n wi dat Vaderunser beden.« – Und sie beteten es, die einen mit Gedanken, die andern ohne Gedanken. Nach Verlesung des Protokolls von der vorigen Versammlung hörte man wieder die Stimme des Alten: »Brüder, wir haben den Protokoll gehört; wat schall' wi dorbi dauhn?« – Kaufmann Mielke: »Ich schlage vor, daß wir *das* Protokoll wie verlesen annehmen.« – Schneider Tiedtke: »Unterstützt!« – Vorsitzender: »Fürgeschlagen und underschtützt, daß wir den Protokoll annehmen tun. Wer davor ist, soll ja sagen.« – Natürlich sagten alle ja, weil sie doch »Brüder« waren. Damit waren die Eröffnungsfeierlichkeiten abgetan, und die eigentlichen Verhandlungen konnten ihren Anfang nehmen.

Bäcker Köhler stellte den Antrag, man solle über den Haupteingang der Kirche ein »Willkommen« setzen, denn das mache einen schönen und freundlichen Eindruck; aber der Antrag wurde abgelehnt mit der Begründung, es sei selbstverständlich, daß dort jedermann willkommen sei. Doch das wollte der Bäcker nicht gelten lassen. »Das ist gar nicht selbstverständlich. Vor zwei Wochen wollte Fritz Maibohm in die Kirche hinein, wurde aber nicht eingelassen. Ich frage: warum nicht?« – Prompt erfolgte die Antwort: »Das hatte seinen guten Grund. Fritz hatte in jeder Rocktasche eine Schnapsbuddel, und jede Buddel steckte Kopf und Hals lang aus der Tasche, als wolle sie ihren Widerwillen gegen die Kirche zeigen. Außerdem konnte Fritz an dem Sonntagmorgen nicht mehr gerade stehen und gehen.« Dann gab es eine lange Erörterung über den Fritz. Einige waren der Ansicht, man solle ihn in eine Heilanstalt bringen, wogegen andere meinten, eine gute Tracht Prügel würde denselben oder sogar besseren Erfolg haben und käme der Gemeinde weit billiger.

Aber Bäcker Köhler gab sich noch nicht zufrieden. Er hatte, was nicht sehr häufig vorkam, einen Gedanken gehabt und bestand nun darauf, daß dieser Gedanke in die Wirklichkeit umgesetzt werden müsse, wenn nicht auf eine Weise, so auf die andere: »Wenn ihr das ›Willkommen‹ nicht über der Kirchentür haben wollt, so setzt es doch als freundliche Einladung über den Eingang zum Kirchhof!« – Über manches Gesicht ging ein Schmunzeln bei diesen Worten. Aber der alte Vorsitzende wurde zornig, schlug mit seinem Hammer auf den Tisch und sagte: »Ick will di mal wat seggen, Bäcker Köhler; ob wi up'n Kirchhof wellkamen sünd odder nich, dat kann uns woll gliekgüllig sin. Hauptsak is, dat uns' Herrgott uns, wenn't mal so wiet is, wellkamen heit.« – Das faßte der Bäcker auf als das, was es in Wirklichkeit sein sollte – eine runde Ablehnung, und nebenbei hielt er es für das, was es nicht war – eine gröbliche Beleidigung. Er nahm seinen Hut und ging davon.

Jochen Möller meldete sich zum Wort. »Wat hest du denn?« fragte der Vorsitzende. – »Ja, ick wull man seggen«, begann Jochen, aber weil es eine ernstliche Angelegenheit war, fuhr er mit großem Ernst in ernsthaftem Hochdeutsch fort: »Seit einem Johr les' ich die Abendpost. Das is man ein klein Blatt, aber da stehn bannig gute Geschichten in, das letztemal von einen jungen Mann, der hatte gute und brave Eltern, aber der Jung war ein Dögenicht und machte den Ollen großen Kummer. Er lügte wie den Teufel seine Großmutter, und er stohl wie eine Elster, und zuletzt hat er einen Menschen um sein letztes Leben gebrungen. Aber da hat ihn der Schandarm bei's Schlafittchen gekriegt und ihn gleich ins Spritzenhaus gesteckt, bis das Gericht gekommen ist, und die Herren von's Gericht haben ihn mitgenommen und ins Gefängnis gespunnt. Und im Gefängnis hat er gejammert, sie sollten ihm das Leben schenken um seiner alten Eltern willen. Aber der Richter hat gesagt: ›Mein Sohn‹, hat er gesagt, ›an deine Eltern hättest du früher denken sollen.‹ Und dann haben sie ihm den Kopf abgehackt. Ja, das war eine schöne Geschichte!« Jochen Möller machte großen Eindruck mit seiner schönen Geschichte, und die Abendpost gewann noch an demselben Abend sieben neue Leser.

Der alte Vorsitzende machte wieder Gebrauch von seinem Hammer. »Brüder, wir wollen schließen. Lat't uns den Abendsegen beden!« Und sie beteten ihn, aber es klang ziemlich kümmerlich. Die Alten wußten ihn Wort für Wort, andere hatten ihn halb vergessen und kamen hin und wieder in den Morgensegen hinein, und den Neuen war er neu. Der Storch in Warkenthin kannte ihn besser und versprach sich nicht dabei.

8. Pastor Markows Familie

In Springdale kamen und gingen die Jahre, wie es anderswo auch üblich ist. Im Pfarrhause herrschte lustiges Leben. Vier flachsköpfige Buben und ein ebenso hellhaariges Mädchen, das Nestküken, sangen und sprangen mit blanken Augen und roten Backen drinnen und draußen umher in zwangloser Freude, die nicht durch unnötiges Verbieten beschränkt wurde. Ihre Umgangssprache war ein seltsames Gemisch, nicht unähnlich dem, das etliche Jahrtausende früher dem Turmbau zu Babel ein jähes Ende machte, und doch bestand ein großer Unterschied zwischen Babel und Springdale; denn wenn die dummen Leute zu Babel durch den Sprachenwirrwarr gezwungen wurden, den Bau von Stadt und Turm einzustellen, so hatte der Sprachenmischmasch zu Springdale nicht den geringsten Einfluß auf Spiel und Unterhaltung.

Die kleinsten Markows plapperten Hochdeutsch, wie sie es von den Eltern hörten; die älteren bevorzugten das Plattdeutsch, das die Nachbarskinder ihnen im Umsehen beibrachten, und die ältesten zogen es vor, ihr in der Schule gelerntes Englisch an den Mann zu bringen. Dabei ging es friedlich zu. Jeder verstand den andern, und keiner hatte es nötig, ein dickbäuchiges Wörterbuch oder den »Großen Duden« um nähere Auskunft zu befragen. Wenn sie bei dem zu allen Zeiten in Deutschland und Amerika beliebtesten Spiel, dem Ballspiel, draußen auf dem großen, freien Platz standen, behauptete der eine: »Nun bin ich an der Reihe zu schlagen«, und der andere protestierte: »Ne, nu bün ick an de Reig'«, während der dritte krähte: »Now don't fight all the time!«

Nicht immer spielten die Markowschen Kinder allein für sich, häufig war die junge Mannschaft der Nachbarsfamilien mit dabei, und hin und wieder kam es vor, daß auch die Buben von einem entfernteren Teil der weitläufig gebauten Ortschaft sich zum frohen Spiel einfanden. Sie kannten die älteren Kinder des Pfarrhauses von der Schule her; aber die gemeinschaftliche Betätigung dort genügte ihnen nicht, sie wollten ihre Altersgenossen noch gründlicher kennenlernen, und das war nach ihrer Meinung nur möglich im Spiel, vor allem im Ballspiel. Außer Schule und Spiel hatten sie nichts gemeinsam mit den Pfarrersbuben, denn ihre Eltern waren von wer weiß woher zugezogen, jedenfalls aber nicht von Deutschland, und mieden aus guten Gründen jede Verbindung mit Mönes Kirche und Gemeinde. Sie wurden gewöhnlich »de Butenlüd« genannt, während diejenigen, deren Wohnhäuser samt Scheunen und Stallungen sich um Kirche und Pfarrhaus lagerten, sich mit Stolz als »de Binnenlüd« bezeichneten.

Eines guten Tages fanden sich fünf oder sechs junge »Butenlüd« auf dem großen Platz neben der Kirche ein, um sich mit den Markows im Spiel zu messen. Gewöhnlich hatten die Markows bei diesem Spiel die Oberhand; aber diesmal war es umgekehrt, und das ging so zu:

Frau Grete setzte ihren Stolz darein, ihre Nachkommenschaft stets rein und heil im Anzug zu halten. Nicht immer war es möglich, Neues zu beschaffen, denn das Einkommen belief sich nicht auf Tausende, sondern nur auf Hunderte. Darum setzte sie nicht selten derbe Flicken auf die beschädigten Stellen. Und so geschah es, daß gerade an diesem Tage drei junge Markows mit handgroßen Flicken auf den schwerverwundeten Beinkleidern zu ihren Besuchern traten, um wenn möglich ihre Meisterschaft im Spiel zu beweisen. – Mit den Kleidungsstücken der jungen »Butenlüd« war es etwas anders bestellt. Ihre Jacken wiesen außer den rechtmäßigen Taschen und Ärmellöchern noch manche unrechtmäßige Öffnungen an völlig unrechtmäßigen Stellen auf, und unten an ihren Hosen fanden sich unzählige Fäden, die sich mutwillig von der Mutterhose gelöst hatten und nun hilflos und haltlos in die weite Welt strebten. Nichtsdestoweniger hatten die glücklichen Besitzer der löcherreichen Jacken und fransigen Hosen eine unüberwindliche Abneigung gegen Flicken auf jeglichem Kleidungsstück und zeigten ihre Verachtung für das geflickte Zeug ihrer Spielgenossen aus dem Pfarrhaus, indem sie mit Fingern darauf wiesen, die Flicken auf ihre Haltbarkeit hin prüften, gute und ungute Witze darüber machten und lachten und lachten wie über etwas, das noch nie im Land Amerika gesehen worden war, so daß die Markows ganz beschämt dastanden, als wäre ihr Gewissen mit einem zentnerschweren Unrecht belastet.

In diesem Augenblick kam Pastor Markow von einem Ausgang zurück, blieb bei den Kindern stehen, den lachenden und den andern, die dem Weinen nahe waren, und als er die Sachlage begriffen hatte, kam ein lautes und frohes Lachen über ihn, daß es ihn schüttelte von der Fußsohle bis zum Scheitel und die Hühner auf dem Pfarrhof sich mit ängstlichem Gegacker um ihren Schutzherrn, den hochbeinigen Hahn, drängten. Möne rief Frau Grete, erklärte ihr kurz den Sachverhalt, und dann lachten sie zweistimmig. Und als ihre Kinder sahen und hörten, daß die Eltern lachten, kam eine große Fröhlichkeit auch über sie, so daß sie die aufkommenden Tränen für eine andere und bessere Gelegenheit zurückhielten und wie von einer schweren Schuld befreit mitlachten. So kamen alle auf ihre Kosten, die Auswärtigen in ihrer Lustigkeit über die Flickerei, Möne und Grete in ihrer Verwunderung über das spaßige Gebaren der

Befransten und die Markowkinder in ihrer Freude über das frohe und befreiende Lachen der Eltern.

Ja, es fehlte nicht an Freude und Frohsinn im Pfarrhause zu Springdale. Selbst der fünfjährige Martin gab unbewußt seinen Beitrag zur allgemeinen Freude, indem er morgens den älteren Geschwistern, wenn sie ihren Weg zur Schule antraten, mit seiner piepsigen Stimme von der Haustür aus nachrief, was er die Eltern hatte sagen hören: »Und daß ihr mir schön fleißig und artig seid!«

9. Pucki – eine Hundegeschichte

Der Haushalt im Pfarrhause hatte eine Erweiterung erfahren. Es war ein großes Ereignis. Die Markows hatten jetzt einen Hund, einen sechs Wochen alten weißen Spitz. Das kleine Geschöpf tapste auf unsicheren Beinen von einem Zimmer ins andere und war immer da, wo es nicht sein sollte, und tat immer das, was es nicht tun durfte. Es riß im Eßzimmer die tief herabhängende Decke vom Tisch, und es brachte es fertig, sich mit allen vieren in seinen geräumigen Milchnapf in der Küche zu stellen, um dann gleich darauf in den Parlor zu watscheln und dort die Fransen des neuen Teppichs auf ihre Haltbarkeit hin zu prüfen. Ja, der Pucki! Er konnte noch viel mehr und noch größere Leistungen aufweisen, und er war unermüdlich tätig. Die Hausfrau war nicht immer einverstanden mit dem, was er auf seinen Entdeckungsreisen unternahm; aber die Buben hatten ihre helle Freude an dem neuen Hausgenossen, und die kleine Helene bemutterte ihn von Anfang an mit aller Treue ihres kleinen Herzens. Gleich am ersten Abend nach seiner Ankunft legte sie ihm ihre Puppe in seinen Korb, damit er nicht so allein sei in der langen dunklen Nacht.

Eines Tages – es war zwei Monate später – gab Möne seinen Buben wie jeden Tag eine Stunde Religionsunterricht. Er war beim fünften Gebot angelangt und kam dabei auch auf das Verhalten der Menschen zu den Tieren zu sprechen, wies mit Abscheu auf Mißhandlung von Tieren und auf übermäßige Anforderungen an ihre Arbeitskraft hin und schloß damit, wie grausam es sei, Hunden und Katzen die Schwänze bis auf einen Stummel abzuschneiden. Zuletzt stellte er die Frage: »Welcher Bibelspruch sagt uns, daß wir auch mit den Tieren Erbarmen haben sollen?« Er erwartete als Antwort das den Buben bekannte Wort: »Der Gerechte erbarmt sich auch seines Viehes!« Aber sein Zweitältester war anderer Meinung. Er sah in Gedanken sein Hündchen vor sich, und die Vorstellung, daß das niedliche Schwänzchen, das Pucki in kühnem Bogen stolz über seinen Rücken wehen ließ, zu einem kümmerlichen Rest verkrüppelt werden könnte, bedrückte sein Gemüt so, daß er halb ängstlich und halb zornig ausrief: »Was Gott zusammengefügt hat, das soll der Mensch nicht scheiden!« Um den Mund des Vaters ging ein heimliches Zucken, und dem Zweitgeborenen kam die jähe Vermutung, daß er wieder einmal etwas recht Dummes gesagt habe; aber der Vater nickte ihm beifällig zu: »Hast recht, mein Junge! Eigentlich ist dein Spruch für ein anderes Gebot bestimmt, aber er paßt hier auch recht gut. Und damit wollen wir für heute Schluß machen!« – Nummer zwei aber lief schleunigst in die Küche zu seinem Pucki und überzeugte sich, daß das Schwänzlein an Länge nicht abgenommen habe.

Zwei Jahre später! Pucki ist nicht mehr ein Baby, sondern ein ausgewachsener Hund mit allen Tricks und allem Schabernack seiner Rasse. Heute ist er in besonders guter Laune, denn heute hat Frau Grete einige Frauen zu Kaffee und Kuchen eingeladen. Die Frauen sind gern gekommen und lassen es sich nicht verdrießen, daß Möne, der einen Dienstgang zu tun hat, ihnen beim Weggehen im Scherz zuruft: »Wohlgeschmack bringt Bettelsack!« Sie verstehen, wie er es meint, und antworten prompt: »Neid kleidet häßlich, Herr Pastor!« Frau Grete hat die Bohnen nicht gespart, und der Kuchen hat nicht zuviel Hitze gehabt und auch nicht zuwenig und schmeckt und duftet nach Mecklenburg und Warkenthin. Darum tun die Frauen ihm auch alle Ehre an und lassen es sich trotz der Warnung des Pastors vor dem in Aussicht stehenden Bettelsack wohl schmecken, und nebenher läuft das Mundwerk wie das Schwatzen der Schwalben, wenn sie zur Herbstzeit auf dem Dach sitzen und sich die Pläne für die weite Reise nach dem Süden zurechtlegen.

Schließlich brechen die Frauen auf und gehen in die Schlafstube, um ihre Mäntel anzulegen und dabei zu danken für »die schöne Bewirtung« und zu beteuern, »es wäre doch gar nicht nötig gewesen, soviel Umstände zu machen«. Von Pucki, der die Frauen bei ihrer Ankunft mit freudigem Gebell und Schwanzwedeln begrüßt hat, ist nichts zu sehen und zu hören. Aber Frau Bleichert steht noch immer in der Schlafstube und sieht nachdenklich auf ihre garantiert Ziegenfell-Handschuhe, die sie erst kürzlich in der Stadt gekauft hat. Grete steht neben ihr und sieht ebenso nachdenklich auf fünf kleine Lederstücke, die sie auf der Bettdecke gefunden hat und die genau dieselbe Farbe haben wie die Garantierten. Plötzlich fängt Frau Bleichert laut an zu lachen. »Es stimmt ganz genau, fünf Fingerspitzen fehlen an dem einen Handschuh, und fünf Fingerspitzen liegen auf der Decke. Wenn das nicht Puckis Werk ist, will ich nicht mehr Frau Bleichert heißen.« – Frau Grete muß mitlachen, obgleich ihr die Geschichte recht peinlich ist. »Es tut mir sehr leid, daß dies passierte, Frau Bleichert«, sagt sie, »und selbstverständlich besorge ich Ihnen ein Paar neue Handschuhe.« – »Aber selbstverständlich nicht«, ist die Antwort; »der Pucki ist ein kluges Tier und hat mir eine gute Lehre gegeben, in Zukunft meine Handschuhe nicht irgendwo hinzuwerfen.«

Am Abend desselben Tages, als die ganze Familie Markow um den großen runden Tisch in der Wohnstube saß, wurde Pucki mit Verachtung gestraft. Schuldbewußt lag er unter dem hochbeinigen Sofa und folgte, ausgestoßen aus der menschlichen Gesellschaft, jeder Bewegung der Erwachsenen und der Kinder. Es herrschte ein drückendes Schweigen. Nur einmal erwähnte der älteste Sohn die schwarze Tat des weißen Hundes: »Das sollte ich nur getan haben!« – Aber durch Puckis Hundeherz ging ein tiefer Seufzer: »All Menschengunst ist ganz umsunst und nichts wie Dunst!«

Einige Monate später erschienen dieselben Frauen wieder bei Frau Grete, diesmal, um Weihnachtskarten zu kaufen oder zu bestellen, und wieder kamen sie in ihren Mänteln und Frau Bleichert mit einem Paar funkelnagelneuer Handschuhe. Sie hielt Pucki die Handschuhe vor die Nase und sagte mit erhobenem Zeigefinger: »Diesmal kriegst du sie aber nicht, du Spitzbub!« Damit ging sie in die Schlafstube, steckte die Handschuhe in die Handtasche und verbarg beides unter ihrem schweren Mantel auf dem Bett. – Die Frauen waren sehr eifrig beim Aussuchen der Karten, verwarfen diese und jene, legten andere als besonders gut beiseite und entschlossen sich schließlich natürlich für diejenigen, die sie anfangs als minderwertig zurückgelegt hatten. Plötzlich stieß Frau Grete die Frau Bleichert an und machte eine Bewegung mit dem Kopf nach dem Fußboden hin. Da stand Pucki, die beiden Handschuhe quer im Maul, ausgerechnet vor Frau Bleichert und sah sie mit einem so triumphierenden Blick an, daß man meinte, ihn sagen zu hören: »Und ich habe sie doch gekriegt; du glaubst klug zu sein, aber gegen mich kommst du nicht an.« Eine Besserung seines Betragens war immerhin zu spüren, denn die Handschuhe waren unbeschädigt. Es gab ein großes Gelächter, und Pucki war der Held des Tages.

Ja, der Pucki! Voll von dummen Streichen, war er im Grunde genommen doch ein vornehmer Charakter. Die Vorräte in der Speisekammer waren keine Versuchung für ihn. Wenn der Kanarienvogel sein Frei-Viertelstündchen dazu benutzte, einen Spaziergang auf dem Fußboden zu machen, ließ er ihn ruhig gewähren und sah ihm sogar wohlwollend zu. Die Katze durfte mit aus seinem Napf fressen, und nur wenn sie einen besonders guten Bissen mit der Pfote herausfischen wollte, wurde er unangenehm, denn das ging ihm gegen die gute Sitte.

Es darf aber nicht verschwiegen werden, daß Pucki auch seine schwachen Seiten hatte. Er, der sonst so pflichtgetreue Wächter des Pfarrhauses, erweiterte hin und wieder, ohne einen Auftrag dazu erhalten zu haben, den Bezirk seiner Wachsamkeit auf das Haus in einer benachbarten Straße, in dem seine Herzensdame wohnte. Dann kam er spät nach Hause, und es geschah sogar, daß Möne ihn holen mußte. Was war da zu tun! Weder harte Scheltworte noch freundliche Ermahnungen brachten den gewünschten Erfolg. Schließlich aber fand Möne einen Helfer zur Aufrechterhaltung guter Ordnung. Unweit des Pfarrhauses wohnte still und friedlich ein älteres Ehepaar, und still und friedlich war auch ihr Hund von unbestimmter Rasse, ein Riese unter allem Hundegetier, Peter genannt. Peter und Pucki hatten irgendwie und irgendwo Freundschaft geschlossen, die sich zunächst darin zeigte, daß Peter sich jeden Morgen im Pfarrhause einstellte, um sich sein Frühstück zu holen. Peter hatte eine gute Erziehung genossen und bewies es dadurch, daß er jedesmal bei seiner Ankunft jedem Familienmitglied seine gewaltige Pfote zum Gruß bot. Er war Puckis Freund geworden, trotz der großen Verschiedenheit in Farbe, Größe und Rasse, und es ergab sich wie selbstverständlich, daß er seinem kleinen Freund gegenüber die Rolle eines väterlichen Beschützers spielte.

Einmal hatte Pucki wieder seinem liebebedürftigen Herzen nachgegeben und hielt treue und leider auch unbeachtete Wacht vor dem Hause seiner Erwählten, und dabei war es 12 Uhr nachts geworden. Da hörte Möne neben einem leisen Gebrumm ein nicht so leises Kratzen an der Haustür. Ärgerlich sprang er aus dem Bett und öffnete. Da standen beide, Peter und Pucki. Pucki kroch schleunigst in die Küchenecke, wo er sein Nachtlager hatte, und sah weder rechts noch links. Peter aber, im Gefühl gewissenhafter Pflichterfüllung, sah froh und stolz auf zu Möne, als wolle er sagen: »Hier bringe ich ihn dir wieder, den kleinen Unhold. Aber, bitte, tue ihm nichts, er ist doch mein Freund.« Und als er das gesagt oder gedacht hatte, gab er Möne treuherzig seine Pfote, wandte sich um und verschwand. Auf dem Wege zurück in die Schlafstube blieb Möne einen Augenblick vor Pucki stehen und sagte: »Du bist mir ja ein schöner Schlingel. Bist vollständig ausgewachsen und reich an allerlei Erfahrungen und läßt dich nach Hause bringen wie ein Baby? Schäm dich!« Und Pucki schämte sich, aber nicht lange; denn fünf Minuten später schliefen alle drei; Möne – froh darüber, daß er seinen Schlingel wieder hatte; Peter – in dem Bewußtsein: ja, ein ruhiges Gewissen ist ein sanftes Ruhekissen; und Pukki – mit dem Vorsatz: ich will's auch nicht wieder tun! –

Ja, Pucki war und blieb ein Schlingel, aber ein lieber Schlingel, dem man nicht böse sein konnte. Seine mutwilligen Streiche waren so zahlreich wie die Tage seines Lebens; aber sie wurden mit Anstand und Grazie verübt und waren nie bösartig. Als sein Leben ein Ende genommen hatte, trauerte das ganze Pfarrhaus. Späterhin versuchte man es mit einem andern Hund und einem zweiten und dritten, aber keinen behielt man lange; der eine war bissig, der andere faul, der dritte unmanierlich. Keiner konnte Pucki ersetzen. In der Chronik der Familie Markow ist sein Name nicht zu finden, und ein Grabstein ist ihm auch nicht gesetzt worden; aber vergessen haben die Pfarrersleute in Springdale ihn nicht, solange sie lebten.

10. Drei Pastoren, drei Ponys, drei Wagen

In der weiteren Umgebung von Springdale fanden sich mehrere lutherische und katholische Gemeinden. Jede Gemeinde hatte ihren eigenen Pfarrer. Die »schwarzen« Herren verkehrten miteinander, so gut es sich wegen der weiten Entfernungen machen ließ, hielten guten Frieden und handelten nach dem Grundsatz: getrennt marschieren, aber vereint den Feind schlagen! Warum sie einander besuchten? Um Rat zu holen oder zu geben, um neue Wege ihres Berufs zu prüfen und halbwegs Vergessenes wieder aufzufrischen, um an der Freude eines Hauses teilzunehmen oder ein aufrichtiges Trostwort in ein Trauerhaus zu bringen, mitunter auch nur, um einmal für einige Stunden alle Amtssorgen abzuwerfen und wie andere Leute über Tagesneuigkeiten zu reden und über Wind und Wetter und Haus und Garten und was ihnen sonst noch in den Sinn kommen mochte. Es war ein gutes Ding um diesen Verkehr; er schützte gegen Einseitigkeit und Eigenbrötelei, woran manche Menschen zu leiden haben, die in Einsamkeit leben und arbeiten müssen.

Wenn nur nicht die großen Entfernungen gewesen wären! Den weiten Weg zu Fuß zu gehen, nahm viel kostbare Zeit in Anspruch und war außerdem für die jüngeren Herren kein Spaziergang und für die älteren eine Strapaze. Kein Wunder, daß endlich einer von ihnen auf den gescheiten Gedanken kam, sich ein Ponyfuhrwerk anzuschaffen. So ein Tierchen stellte geringe Ansprüche und war unschwer zu erhalten, und einen Wagen konnten Schmied und Stellmacher für Geld und gute Worte – 25 Prozent Geld und 75 Prozent gute Worte – leicht herstellen. Es brauchte ja keine Staatskarosse zu sein. Vier Räder, eine Deichsel, einige Planken als Seitenwände und ein kurzes Brett als Sitzgelegenheit – das war so ziemlich alles, was nötig war. Vielleicht konnte man sich auch mit einem Gig begnügen. Ein Gig war so leicht gebaut, daß es für ein braves Pony ein Sonntagsvergnügen sein mußte, es zu ziehen.

Das Beispiel steckte an, und es dauerte nicht lange, so waren drei Pastoren glückliche Besitzer von Pony und Wagen; einer von ihnen hieß Möne Markow. Eine merkwürdige Dreiheit: drei Pastoren, drei Ponys, drei Wagen. Und was noch merkwürdiger war: die Ponys gingen wirklich vorwärts, wenn man sie sehr darum bat und wenn sie bei sehr guter Laune waren, und die Räder drehten sich fast immer gleichzeitig.

Zu damaliger Zeit waren die Landstraßen, besonders im Westen, nicht in bestem Zustande und machten die Fahrt recht schwierig für Pastor und Pony. Wenn Pastor Arendt unterwegs war, um seinen Freund Möne zu besuchen, und der Sand wurde zu tief oder die Unebenheiten kamen zu häufig vor, so stand die Liese still und blieb stehen, bis der Pastor von seinem Sitz heruntergeklettert war und Pferd und Wagen wieder in Gang gebracht hatte. Die Anzahl dieser Fahrtunterbrechungen war sehr groß, und häufig mußte er weite Strecken neben dem Wagen hergehen.

Liese hatte aber auch ihren Ehrgeiz. Sie konnte es absolut nicht vertragen, daß ein anderes Gefährt sie überholte und rücksichtslos an ihr vorüberbrauste. Das litt ihr Stolz nicht, und dann tat sie etwas, wozu sie sonst auf keine Weise zu bewegen war, sie fing an zu laufen und lief und lief, mitunter sogar eine halbe Minute lang. Sonst aber war sie ein »sinniges« Pferd, das alle Übereilung haßte und den langsamen und ebenmäßigen Schritt jeder schnelleren Bewegung vorzog. – Schließlich aber kam Pastor Arendt nach vierstündiger Fahrt doch noch vor Abend an, und das war immerhin eine lobenswerte Leistung, obwohl ein rüstiger Fußgänger denselben Weg mit Leichtigkeit in drei Stunden zurücklegte. Für die lange Fahrt wurde der Besucher reichlich entschädigt durch Mönes freundliche Begrüßung: »Ist es nicht ein gutes Ding, so ohne Anstrengung durchs Land fahren zu können?« Worauf sein Amtsbruder beifällig mit dem Kopf nickte: »Ja, so ein Fuhrwerk ist wirklich ein wahrer Gottessegen!« –

Mönes Pony hörte auf den Namen »Lotte«. Lotte war eine Zierde ihres Geschlechts. Nicht allein daß sie ihre vier Gliedmaßen schneller und andauernder zu gebrauchen verstand, sie war auch klüger und einsichtiger als die dumme Liese und gehörte entschieden zu den Intellektuellen ihrer Rasse, und das sollte Möne bald erfahren. An einem schönen Sommermorgen fuhr er aus, um seinen weitentfernten Freund Karich zu besuchen, mit dem er allerlei, Wichtiges und Unwichtiges, besprechen wollte. Lotte setzte sich in den gewohnten Zuckeltrab, und Frau Sonne sah freundlich lächelnd auf Mann und Rößlein herunter. Nach einer guten

Stunde Fahrt war es heiß und schwül geworden, und Möne fühlte das Bedürfnis nach einem kühlen Trunk. Da er gerade durch eine Ansiedlung kam, hielt er vor dem Gasthaus an, kletterte herunter von seinem hohen und harten Sitz und bestellte ein Glas Bier, sorgte gleichzeitig aber auch dafür, daß Lotte ihren Kopf in kaltes Brunnenwasser stecken konnte. Der Gastwirt war ein freundlicher und gesprächiger Mann. Er lud Möne in ein Hinterstübchen, und da saßen nun beide und sprachen über Altes und Neues, über Welthändel und Dorfgeschichten, und darüber verging eine halbe Stunde und noch eine.

Derweil stand Lotte vor ihrem Wagen und trat von einem Fuß auf den andern und den dritten und vierten und kam schließlich ins Nachdenken. Das Denken, wenn es nicht zu häufig auftritt, kann für Menschen unter Umständen von Nutzen sein, für jedes Getier aber ist es eine gefährliche Beschäftigung und führt nur zu Missetat und Widersetzlichkeit. So auch heute. Nachdem Lotte eine volle Stunde gewartet hatte, wurde sie zuerst ungeduldig, dann unwillig, und zuletzt geriet sie in hellen Zorn: »Ja, mein lieber Herr Pastor Markow, du bist ein gelehrter Mann, und ich bin nur ein armes Pferdchen; aber ich lasse mich nicht ungestraft behandeln wie irgendein nichtsnutziges Stück Vieh. Ich habe auch meinen Stolz, und das will ich dir jetzt zeigen!« Damit setzte sie sich und den Wagen in Bewegung, wandte um und trottete zurück nach Springdale.

Als Lotte in Springdale von der Straße in den Pfarrhof einbog, ließ sie ein helles Wiehern hören, und in ihrem Wiehern lag stolze Freude über bewiesene Selbständigkeit und glückliche Rückkehr. Grete stürzte ans Fenster. Was war das? Lotte war da, der Wagen war da, und Möne war nicht da! Was war geschehen? War das kleine Pferd mit dem großen Möne durchgegangen und Möne dabei vom Wagen geschleudert worden? Lag Möne jetzt vielleicht am Straßenrand, schwerverletzt oder gar –? In größter Eile band sie die Küchenschürze ab, sagte den Kindern Bescheid, steckte für alle Fälle ein Stück Leinwand als Verbandzeug in ihre Kleidertasche und lief dann, so schnell sie konnte, dieselbe Straße entlang, auf der einige Stunden vorher ihr Möne froh und wohlgemut davongefahren war.

Inzwischen waren Möne und der Gastwirt am Ende ihrer Sprechstunde angekommen, wechselten freundschaftlich einen Händedruck und gingen hinaus. Keine Lotte, kein Wagen, nur blendender Sonnenschein! Dem Wirt, der gerade den Mund geöffnet hatte, um »Glückliche Reise« zu wünschen, blieb das Wunschwort im Halse stecken, und ein anderes Wort drängte sich mühsam hervor: »W-w-wa-was – ist denn hier geschehen? Hier muß ein Dieb an der Arbeit gewesen sein!« – Möne, zuerst ebenfalls in Aufregung geraten, beruhigte sich bald. Er wußte, daß Lotte mitunter dazu neigte, ihre demokratischen Ideen über Aufhebung aller Standesunterschiede und über Gleichstellung der Vier- und Zweifüßler in die Tat umzusetzen. Daher ahnte er, was geschehen war, ging auf die Straße, winkte den Wirt herbei und zeigte ihm auf dem sandigen Wege die Räderspuren seines Wagens, die deutlich genug kundtaten, wo Lotte mitsamt ihrer Kutsche abgeblieben sei.

Es war kein Vergnügen für Möne, den Weg nach Springdale in glühender Sonnenhitze zu Fuß zurückzulegen, und doch ging manchmal ein heimliches Lachen über sein Gesicht, wenn er an seine stolze Ausfahrt und seine demütige Heimkehr dachte. Auf halbem Wege begegnete ihm Grete. Unter Lachen und Weinen begrüßte sie ihn: »Daß du nur wieder da bist, Möne, mein lieber Möne!« Es gab viel zu fragen und zu antworten, und Grete war so glücklich, als ob sie ihren Jung-Siegfried jahrelang nicht gesehen hätte. Zu Hause angekommen, standen sie beide im Stall vor Lotte, und Grete drohte ihr mit dem Finger: »Lotte, wie konntest du nur so dumm sein!« Statt Lotte antwortete Möne: »Bist im Irrtum, Grete, der Dumme steht hier«, und dabei zeigte er auf sich. – Auf welches Bekenntnis hin die Lotte beifällig mit dem Kopf nickte und Möne mit einem verächtlichen Blick streifte, in welchem klar und deutlich zu lesen war: »Hast du nun endlich begriffen, daß du bist dumm und ich bin gescheit?« –

Der Dritte im Bunde der geistlichen Fuhrwerksbesitzer war Pastor Tiede in Clinton. Die Siedlung zu Clinton lag so einsam und weltverlassen in einem engen Tal zwischen meilenweiten Wäldern, daß die Sonne wintersüber deswegen so spät in die Höhe stieg, weil sie an den trüben und dunklen Tagen jeden Morgen eine Stunde und länger gebrauchte, um Rundschau zu halten, wo Clinton eigentlich zu finden sei. – Pastor Tiede war ein einsamer Mann, unbeweibt, ein grundgelehrter Herr, und so unpraktisch, wie nur ein Mensch sein kann. Hin und wieder geschah es, daß er des Studierens satt und müde geworden war, und dann spannte er sein Rößlein an und fuhr nach Springdale zu Möne.

Die Reise von Clinton nach Springdale war nicht ohne alle Gefahr. Es gab in der Gegend allerlei unsauberes Gesindel, das sich ernstlich und eifrig bemühte, Fußgängern und Fahrern die Taschen zu erleichtern. Meistens übten diese guten Leute ihr Handwerk aus, indem sie mit freundlichen Worten zur Auslieferung von Geld und Gut aufforderten und dabei ganz zufällig mit einer blanken Waffe in der Hand spielten. Es war auch schon geschehen, daß sie bei ungebührlichem Widerstand und trotziger Hartnäckigkeit nicht vor dem Zuschlagen oder Drauflosschießen zurückscheuten.

Angesichts solcher Gefahr und der Möglichkeit eines gewalttätigen Überfalls zeigte Tiede, daß er – allerdings äußerst selten – auch praktische Einfälle haben konnte. Eines Tages fuhr er wieder einmal zu seinem Freund Möne und nahm bei der Ankunft in Springdale ein kleines Paket vom Wagen herunter, das er mit beiden Händen sehr behutsam ins Haus trug. »Ich will dir mal etwas zeigen«, sagte er zu Möne, und Ton und Blick waren gleich geheimnisvoll. Nachdem er mit großer Umständlichkeit die Umhüllung von dem Paket entfernt hatte, kam ein blankpoliertes Kästchen zum Vorschein. Nach langem Suchen fand er den dazugehörigen Schlüssel in der Westentasche und öffnete den polierten Behälter. Darin lag, mit einem seidenen Tuch zugedeckt, ein funkelnagelneuer, blitzblanker Revolver. Tiede nahm ihn mit den Fingerspitzen heraus und ließ ihn vor Mönes Augen glitzern. »Fein, nicht wahr?« Tiede äußerte es mit sichtlichem Stolz. »Und durchaus notwendig heutzutage bei der Unsicherheit der Landstraßen!«

In Möne war inzwischen ein herzliches Lachen aufgestiegen, das er nun nicht länger zurückhalten konnte. »Aber, lieber Freund«, wandte er sich an den Revolvermann, »wie denkst du dir eigentlich so einen Überfall? Erwartest du, daß der ›Bruder von der Landstraße‹ dir eine Zigarre anbieten wird für deine Bemühungen, das Schießding aus allen Verpackungen herauszuholen? Oder glaubst du, daß er wortlos und regungslos an deinem Wagen stehenbleiben wird, bis du schußbereit bist?« – »Schußbereit? Ich?« Unwillig sah Pastor Tiede auf. »Gott bewahre mich davor, daß ich jemals auf einen Menschen schieße!«

Möne war froh über jeden Besuch seiner Amtsbrüder; er war nicht minder froh, wenn seine Gemeindeglieder zu ihm kamen, und sie kamen häufig, und zuweilen auch in tiefer Herzensnot und mit schwerer Gewissenslast, und suchten Befreiung oder wenigstens Erleichterung. Neben aller herzlichen Teilnahme für diejenigen, die »mühselig und beladen« kamen, freute er sich ebenso herzlich über das Vertrauen, das sie antrieb, alle ihre Nöte ins Pfarrhaus zu tragen.

Frau Holte kam zu ihm mit rotgeweinten Augen und bat um Rat. Ihr Mann sah das Arbeiten als ein Laster an und das Saufen beim Würfelspiel als Tugend und richtete danach seine Lebensweise ein, während die Frau in Sorge und Kummer und nicht immer mit Erfolg versuchte, für sich und die fünf Kinder das tägliche Brot zu beschaffen, das oft genug trokken heruntergewürgt werden mußte. Dabei hatte sie die Erfahrung gemacht, daß das schöne Wort »Trocken Brot macht Wangen rot« längst nicht immer schön und gut und richtig sei. Und sie war doch vor kaum zehn Jahren so froh und freudig in die Ehe getreten und hatte zu ihrem Mann aufgeschaut wie zu einem Schutzengel, der sie leicht und sicher durchs Leben führen werde. – Möne versprach ihr, zu tun, was in seinen Kräften stehe, um den Mann vor sich selbst zu retten. Was Möne versprach, das hielt er. Das wußte die Frau und ging getrost und voller Hoffnung nach Hause wie jemand, der gern hoffen will.

Holte stand im besten Mannesalter. Möne hatte ihn zu Anfang seiner Tätigkeit in Springdale konfirmiert und nannte ihn bei seinem Vornamen, Peter, und duzte ihn wie alle seine früheren Konfirmanden. Peter war ein aufgeweckter Junge gewesen, auf den Eltern, Lehrer und Pastor große Hoffnungen setzten. Zunächst war auch alles nach Wunsch gegangen; aber vor einigen Jahren war er in schlechte Gesellschaft geraten, und von da an ging es, wie es in solchen Fällen häufig geht, nicht bergauf, sondern bergab, immer weiter bergab. Möne hatte ihn mehrmals freundlich gewarnt; aber Holte hatte alle Mahnungen und Warnungen in den Wind geschlagen. Warum? Weil sie freundlicher Art waren? Wahrscheinlich! Nun wußte Möne, daß er anders als bisher verfahren müsse. Er plante ein heftiges Gewitter, das mit Sturm und Donnerschlag allen Unrat und Unflat aus Peters Seele fegen solle, damit sie in freier und frischer Luft wieder gesund werden könne, wie sie einst gewesen war.

Wie der Plan, so getan! Peter erhielt eine freundliche Einladung zu kommen, und so viel Respekt vor seinem Pastor hatte er sich doch noch von früher bewahrt, daß er einsah: hier gibt es kein Entrinnen! Er schlug seinen Hut dreimal gegen den Türpfosten in der Küche, um ihn von Staub zu reinigen, zog seinen besten Rock an, kratzte mit Bürste und Spucke den größten Dreck von seinen Stiefeln und machte sich auf den Weg, nicht ohne heimliches Seufzen und nicht ohne das Gefühl, die Luft sei heute besonders schwül.

Als er zum Pfarrhaus kam, öffnete Möne ihm die Tür, nötigte ihn freundlich zum Sitzen und bot ihm eine Zigarre an. ›Na‹, dachte Peter, ›de Anfang is jo gor nich so slimm; wenn hei wieder nicks will, as dat ick hier Zigarren smöken sall – den Gefallen kann ick em jo girn dauhn.‹ – Es kam aber doch etwas anders. Nach einigen Bemerkungen über das Wetter setzte Pastor Markow sich steil auf in seinem Stuhl und begann: »Peter, ich muß dir heute etwas sagen, was du nicht gern hören wirst.« Peter spitzte die Ohren. ›Aha, nu geiht los, nu kümmt wat!‹

Und es kam ein richtiges Gewitter. Möne hielt ihm einen kurzen und sehr verständlichen Vortrag über das Thema: ›Wodurch kann der Ehestand zum Wehestand und der Bindestrich zwischen Mann und Frau zum Trennungsstrich werden!‹ Blitz auf Blitz, Schlag auf Schlag! Und jeder Blitz traf, was er treffen sollte, das Gewissen, daß es aufglühte in brennendem Weh. Und jeder Schlag erschütterte das Gemüt, daß es aufstöhnte in heißem Schmerz über die eigene Nichtsnutzigkeit. – Aber Möne ließ nicht nach. Er wußte: hier mußte gründliche Arbeit getan werden. Und heute arbeitete er besonders gründlich.

Auf seinen Vortrag ließ er Fragen folgen, die fast noch schlimmer waren als das voraufgehende Gewitter, Fragen, die sehr unbequem für den Gefragten waren und deshalb auch samt und sonders unbeantwortet blieben, dabei aber doch nicht ihren Zweck verfehlten, den Boden locker zu machen für eine neue Saat, die da keimen und blühen und reifen sollte:

»Peter, denkst du noch manchmal an deine Eltern? Du warst einmal ihr ganzer Stolz; aber glaubst du, daß sie heute auch noch so stolz auf dich sein würden, wenn sie sehen müßten, wie du so manchen Abend mit rotem Kopf und auf unsicherem Beinwerk nach Hause torkelst? – Hast du ganz vergessen, was am Ende der Erklärung zum sechsten Gebot steht? Da steht, daß ein jeglicher sein Gemahl lieben und ehren soll. Hörst du, Peter, lieben und ehren! Hast du überhaupt noch einen Funken von Liebe für deine Frau, die dir vor zehn Jahren nicht nur ihre Hand gegeben hat, sondern auch ihr Herz, und die dir fünf Kinder geschenkt hat, wie sie besser und braver nicht im ganzen Ort zu finden sind? – Denkst du gar nicht an deine Buben? Sollen sie von dir lernen, ein Leben zu führen, wie du es jetzt führst? Sollen sie später, wenn sie erwachsen sind und vielleicht denselben Weg gehen, den du jetzt gehst, sich damit entschuldigen: ich kann nichts dafür, ich habe es von meinem Vater geerbt? – Woher kommt es, daß deine Frau und deine Kinder seit langer Zeit so trübselig einhergehen und daß man gar nicht mehr wie früher ihr frohes Lachen hört und daß sie so hohlwangig geworden sind? Weißt du, wer die Schuld daran trägt, Peter?

Und wenn du so fortfährst und stirbst nach solchem Luderleben, dann soll doch ein Stein auf deinen Grabhügel gesetzt werden, nicht wahr? Aber was soll darauf stehen? ›Hier ruhet in Gott –?‹ Das geht doch nicht. Weiß du, was dann darauf stehen sollte? ›Hier ist ein Mann begraben, der seinen Gott und seine Ehre verloren hat!‹ Oder: ›Hier ist ein Mann begraben, der Weib und Kinder hungern und frieren ließ, nur damit er sich Tag für Tag vollsaufen konnte wie ein unvernünftiges Stück Vieh!‹ – Wach auf, Peter, wach auf, und werde wieder ein Mann und ein Christ dazu!

So, Peter, nun habe ich gesagt, was ich sagen mußte. Es hat dir weh getan; mir auch, Peter! Und nun sag du, was du zu sagen hast!«

Peter saß in seinem Stuhl wie ein Klumpen Unglück und sagte nichts. Die Zigarre war ihm längst ausgegangen. Minutenlanges Schweigen. Nur einmal hatte die Kuckucksuhr, die jede volle Stunde auch zu einer Wachteluhr wurde, den Mahnruf hören lassen: »Fürchte Gott! Fürchte Gott!« – Endlich erhob Peter sich und ging auf den Pastor zu: »Ick will't versäuken, Herr Pastuhr; äwer Sei möten mi helpen!«

»Ja, das will ich«, erwiderte Möne. »Ich will dein Doktor sein, aber du mußt dich ganz streng nach meinen Vorschriften richten, und meine Vorschriften sind:

1. Jeden Sonnabend gibst du mir deinen Wochenlohn, und deine Frau erhält von mir, soviel sie für die Wirtschaft braucht.

2. Du erhältst wöchentlich 50 Cents. Damit kannst du machen, was du willst, und wenn du einmal ein Glas Bier trinken willst, so sollst du es zu Hause trinken.

3. Du kommst wieder zur Kirche, wo ich dich lange nicht gesehen habe. Das Gotteshaus ist für dich und mich und für alle Menschen ein besserer Platz als die elende Trinkbude.

4. Du tust deiner Frau zuliebe, was du nur tun kannst. Sie hat es um dich verdient.

5. Sei deinen Kindern ein Vater, den sie wieder achten können, wie du einst deinen Vater geachtet hast.

6. Hältst du dich gut und brav ein ganzes Jahr hindurch, so bist du frei von meiner Vormundschaft.

Von dieser Abmachung zwischen uns erfährt niemand etwas; nur du und deine Frau und ich wissen darum. Behüt' dich Gott, Peter!«

Peter faßte die dargebotene Hand und schüttelte sie kräftig. Er sagte kein Wort; aber in seinen Augen standen zwei große Tränen wie Perlen, wie echte Perlen.

Einen Händedruck geben, das kann jeder. Aber nicht jeder kriegt es fertig, was Peter fertigkriegte. Er hielt sein mit einem Handschlag gegebenes Versprechen, wenn es auch zu Anfang manchen Kampf kostete mit dem Widersacher, der in der großen Schnapsflasche auf dem Tisch in der Kneipe auf ein vergnügtes Wiedersehen und eine Wiederherstellung der früheren Freundschaft wartete. Der konnte lange warten.

Nach einem Jahr hätte Peters Name von Rechts wegen auf der Ehrenliste der Gemeinde stehen sollen. Möne aber schrieb in seiner Chronik, die er über jede Familie führte, neben Holtes Namen: »Patient ist genesen!« Und fügte in Klammern hinzu: »Nicht uns, Herr, nicht uns, sondern Deinem Namen gib Ehre!«

Eines Abends trat ein Mann von mittlerem Alter in Mönes Stube. Er war hochgewachsen, schlank und von ritterlichem Wesen. Man sah ihm ohne weiteres den deutschen Offizier von früher her an. Als Sohn einer alten Adelsfamilie war er wie selbstverständlich in die Armee eingetreten, und wegen seiner Herkunft und seiner militärischen Fähigkeiten sagte man ihm eine glänzende Zukunft voraus. Er hatte ein Mädchen aus altem, vornehmem und reichem Geschlecht geheiratet, und das Leben schien vor dem jungen Paar zu liegen wie eitel Sonne und Wonne. Es schien so. Aber die Sonne hatte einen dunklen Fleck. Der junge Mann war vom Spielteufel besessen. Er konnte nicht leben ohne Spiel, ohne hohes Spiel. Und in wenigen Jahren hatte er alles verspielt: sein beträchtliches Vermögen, das große Vermögen seiner Frau, seine Rennpferde, alles. Eines Tages war er verschwunden und tauchte längere Zeit danach in Amerika auf, ohne Geld, ohne Freunde, ohne Arbeit. Er biß die Zähne zusammen und suchte und fand Anstellung. Zuerst als Knecht auf einer Farm, wo er am Abend nach getanem Tagewerk mit dem Farmer, seiner Frau und einem halben Dutzend Kinder in der Küche saß und die Wäschestücke, die dort aufgehängt waren, betrachten konnte.

Die Landarbeit wurde damals schlecht bezahlt, und deshalb ging er nach einem Jahr in die Stadt und setzte sich in einer Fabrik vor die Maschine, die große Messingplatten in kleine Stücke von bestimmter Form zerschnitt. Jeden Morgen begann er seine Arbeit damit, daß er in den ersten fünfzehn Minuten die Metallstücke zählte, die fertig vor ihm lagen, um danach zu berechnen, wieviel Lohn er am Ende der Woche zu erwarten habe. Als er einige Hundert Dollars sein eigen nannte, zog er weiter ins Land hinein und erwarb in der Nähe von Springdale ein kleines Anwesen, das ihn kümmerlich ernährte.

Das alles erzählte er Möne in dieser Stunde der Abenddämmerung ohne Schonung seiner selbst, und er erzählte es wie einer, der wenigstens für eine Stunde lang eine schwere Last von sich abwälzen möchte, und als er schwieg, ging ein nervöses Zucken über sein Gesicht. – Möne kannte den Mann nur von Ansehen, hatte aber allerlei über ihn gehört. Seine Nachbarn nannten ihn, weil er anders als sie sprach und auch andere Manieren hatte, »Herr Baron«, und er ließ es sich mit einem müden Lächeln gefallen. Auch wußten sie zu erzählen, daß sich in seiner Stube nicht ein einziger Schmuckgegenstand finde außer einer Photographie, die im Stehrahmen auf einem kleinen Tisch beim Bett stand. Das Bild, das anzurühren er keinem Menschen erlaubte, zeigte eine junge und zarte Frau mit einem lieben Gesicht und zwei blühenden Mägdlein rechts und links von ihr.

Möne griff nach seiner Hand. »Kann ich irgend etwas für Sie tun?«

»Nein, Herr Pastor! Ich danke Ihnen, daß Sie mich geduldig angehört haben. Es ist mir eine große Erleichterung gewesen, daß ich mich aussprechen durfte. Sie schienen mir der rechte Mann dazu zu sein. Ich habe mich nicht geirrt. Gott vergelt's Ihnen!«

»Aber kommen Sie doch wieder und verleben Sie einen ganzen Abend oder einen ganzen Tag mit uns zusammen. Wir werden uns freuen.«

»Auch das nicht, Herr Pastor. Ich kann es nicht ertragen. Wenn ich ein frohes und glückliches Familienleben vor mir sehe, dann –« er brach kurz ab. »Gute Nacht, Herr Pastor, und vielen Dank!« Und dann hörte Möne seinen Gast schon.

Möne setzte sich wieder, stützte den Kopf auf die Hand und ließ seinen Gedanken freien Lauf. Amerika, du merkwürdiges Land, für viele ein Land voller Wunder und für ebenso viele ein seltsames und unverständliches Land! Vielen, die als Fremdlinge von draußen zu dir kamen, hast du ihr Hoffen und Wünschen erfüllt und hast ihnen ein frohes Blühen und reiches Ernten gegeben. – Vielen, die von drüben mit einem harten Sinn und einem heißen Begehren nach Geld und Gut einwanderten, ist hier der Sinn noch härter geworden durch schwere Enttäuschungen und durch Versagen der eigenen Kraft. – Bei vielen stellte sich das Heimweh schon nach der Landung ein und verließ sie nicht, solange sie lebten. Es war ihnen nicht gegeben, sich an fremdes Land und fremde Leute und fremde Sitten zu gewöhnen; sie konnten hier nicht wurzeln und siechten dahin wie Blumen, die der Mutter Erde entrissen worden sind. – Und wiederum: Viele kamen herüber, weil sie es durch Leichtsinn oder gar durch frevelhaftes Tun dahin gebracht hatten, daß sie nicht bleiben durften im Lande ihrer Väter. Die meisten von ihnen führen hier ein durchaus rechtschaffenes Leben, und manche kommen zu Wohlstand und Reichtum. Aber doch bleibt in den Herzen mancher eine offene Wunde, und sie gehen in Selbstanklage einsam und verbittert durchs Leben. – Du aber, mein lieber Herr Baron, du sollst nicht so sterben und verderben. Du willst nicht wieder zu mir kommen, aber ich werde zu dir gehen, und du sollst mein Freund werden. Und wenn ich dich zum erstenmal froh lachen höre, werde ich einen Dollar in die Armenkasse geben.

Es kamen aber auch andere Leute, Möne zu besuchen, Leute, die seine Gesellschaft schätzten und mit ihm über Ernstes und Heiteres reden wollten. Sie erschienen hauptsächlich an Winterabenden, wenn sie keine Mitspieler für eine ausgedehnte Pinocle-Sitzung finden konnten, und sie kamen nicht bloß wegen der Unterhaltung, o bewahre, sondern auch in der löblichen Meinung, sie müßten ihren Pastor, der zuviel und zu lange auf der Studierstube hinter den Büchern hockte, hin und wieder aufmuntern oder ihn doch wenigstens auf andere Gedanken bringen. Frau Grete faßte diese Besuche anders auf und nannte sie Heimsuchungen, weil sie wußte, daß die guten Leutlein ihr Kommen und Gehen nach dem menschenfreundlichen Wort »Je länger je lieber« einrichteten und daß sie ihrem Möne manche wertvolle Stunde nahmen, die er für andere Zwecke besser gebrauchen konnte. – Möne empfand bei jedem Besuch dieser Art so etwas wie ein Unwohlsein, das eben ertragen werden mußte. Was sollte er tun! Hinausweisen konnte und wollte er sie nicht. Also blieb er sitzen, rauchte sein Pfeifchen und hörte ihnen zu. Das Zuhören war seine Sache, das Reden ihre, und sie taten es gründlich und immer in der Meinung, daß sie ihm eine Extrafreude damit bereiteten.

Besonders waren es vier Männer, die ihre kostbare Zeit dem Pastor opferten, jeder für sich, und jeder, wenn es ihm passend erschien.

Einer von ihnen war ein nicht mehr ganz junger Mann. Daheim in seinem Haus sagte er wenig und seine Frau noch weniger. Es war auch gar nicht nötig, daß sie etwas sagten. Die Schwiegermutter sagte um so mehr. Sie führte das Wort, sie führte die Wirtschaft, sie führte die Rechnung. Und wenn es, selten genug, einmal geschah, daß Mann oder Frau in Unbedachtsamkeit den Mund öffneten zu einem zaghaften: »Ich möchte vorschlagen«, so wurde die Fortsetzung kurzweg abgeschnitten mit einem harten und abschließenden: »Ich bin dagegen!« Es ließ sich nicht viel dazu sagen. Mann und Frau waren eben zum Dienen und Gehorchen geboren, und die Schwiegermutter war von Geburt an eine Herrschernatur.

Kam der Mann aber einmal zu Möne, so nahm er die

Gelegenheit wahr und öffnete alle Schleusen seiner Beredsamkeit und vermied in seinem Wortschwall jegliche Pause, die sein Zuhörer hätte benutzen können, um auch etwas zu sagen. Sein Thema war stets und ständig seine große und weitläufige Verwandtschaft. Sie wurde vom Urgroßvater an bis auf den jüngsten Sprößling dem Pastor im Parademarsch vorgeführt, und keiner wurde vergessen. Die ganze Lebensgeschichte von Großeltern und Eltern und Onkeln und Tanten und Vettern und Basen und Neffen und Nichten erzählte er treu-historisch und mit anerkennenswerter Umständlichkeit. Und wenn er sich endlich zum Gehen anschickte, schüttelte er Möne treuherzig die Hand. »Nich wohr, Herr Pastuhr, dat deiht'n Minschen gaud, wenn hei sick mal Luft maken kann?« – Möne meinte das auch: »Ja, dat is woll wohr, Vadder Willführ!« Hatte der Besucher aber die Tür hinter sich zugemacht, so tat Möne einen tiefen Seufzer und dachte: ›Nun dauert es im glücklichsten Fall ein Vierteljahr, dann höre ich dieselbe Geschichte wieder, und ich kann sie doch schon auswendig.‹ –

Der zweite hatte früher mit gutem Erfolg die Landwirtschaft betrieben, war jetzt Farmer a. D. und beschäftigte sich nur noch mit der hohen Politik. Er war ein scharfer Kritiker und verfocht seine etwas veralteten Ansichten über Regierer und Regierte mit großem Eifer und noch größerer Durchschlagskraft. Wo er ging und stand, trug er sich mit Gedanken der Weltverbesserung, und er war menschenfreundlich genug, diese Gedanken nicht in sich zu verschließen, sondern teilte sie jedem mit, der sie hören oder nicht hören wollte. Am freigebigsten damit war er seiner Frau gegenüber, und wenn sie ihn auf einen andern Gedankenweg bringen wollte und einwarf: »Ach, Heinrich, was verstehst du davon«, so wurde er kratzbürstig. »Was ich davon verstehe? Na, da hört doch alles auf! Was ich meine und sage, das ist doch sonnenklar. Aber die hohen Herrschaften, die jetzt am Steuer sitzen, sind ja ohne eine Spur von Verstand. Wenn ich zu sagen hätte –« und dann kam ein Wenn nach dem andern, bis endlich die lange und sonnenklare Rede mit der vernichtenden Bemerkung über die hohen Herrschaften schloß: ohne eine Spur von Verstand!

Es war dasselbe Ding, wenn er den Pastor mit einem wohlgemeinten Besuch beehrte. Er hatte beim Eintritt ins Pfarrhaus kaum die Tür hinter sich geschlossen, so ging es schon an: »Was meinen Sie, Herr Pastor, von dem neuen Gesetz, das die Regierung erlassen hat? Ist das nicht der blanke Unsinn?« Mitunter versuchte Möne ihm zu widersprechen; aber er merkte bald, daß der Besucher dadurch nur zu erweiterter Aussprache und zu längerem Bleiben veranlaßt wurde. Darum ließ er den Schwätzer reden, und wenn dieser sich endlich zum Gehen erhob, so geschah es in dem stolzen Bewußtsein, dem Pastor wieder einmal ein daumendickes Licht aufgesteckt zu haben, und in der nicht minder stolzen Gewißheit, daß es ganz, ganz anders in der Welt aussehen würde, wenn »unsereins« auch einmal in der Regierung mitreden könnte. Noch im letzten Augenblick, wenn er schon den Fuß über die Schwelle der Haustür setzte, hörte man seine Klage und Anklage: »Ja, diese Herren da oben ohne eine Spur von Verstand!« –

Der dritte war ein harmloser Mensch, wenn man davon absah, daß er von allen Besuchern immer am längsten blieb. Man konnte bei lautem Gähnen den Mund möglichst weit aufreißen und dabei noch einen schweren Seufzer hören lassen, man konnte alle fünf Minuten nach der Uhr sehen, man konnte aufstehen und in der Stube unruhig auf und ab gehen – er blieb harmlos und hoffnungslos sitzen. Die Unterhaltung mit ihm war nicht leicht; denn es gab nicht vieles, was beide in gleicher Weise interessierte, und dabei hatte er die üble Angewohnheit, nie einen Satz zu Ende zu bringen; meistens blieb er in der Mitte stecken und überließ es dem andächtigen Zuhörer, ihn zu vollenden. In seinem naiven Wesen konnte er mit großem Ernst berichten, daß es heute den ganzen Tag geregnet habe, wobei er sein Gegenüber fest und lange ansah, als wolle er fragen: ›Was sagst du aber dazu?‹ – Möne ertrug ihn mit viel Geduld und Nachsicht, denn er war ein einsamer Gesell', er hatte sich ein warmes Herz für seine Heimat drüben bewahrt, er hielt seine alte und hilflose Mutter in hohen Ehren, und er mußte wohl auch ein guter Christ sein, da seine Nachbarn nur Gutes von ihm zu erzählen wußten und insonderheit hervorhoben, daß er jeden Abend beim Zubettgehen laut bete:

»Herr, dein Diener legt sich nieder,
Und wennst'n brauchst, dann weckst'n wieder!« –

Nummer 4! Ja, Nummer 4 war am schwersten zu ertragen, und wenn fünf- oder sechsmal im Jahr die Glocke der Haustür um 8 Uhr abends, genau um 8 Uhr, einen Besuch ankündigte, so fuhr Möne erschreckt auf. »Nummer 4! Daß Gott erbarm!« Aber warum erschrak Möne denn eigentlich? Nummer 4 war doch ein freundlicher Mann, der es sich zur Aufgabe gemacht hatte, seinen Pastor zu einem rechten Christen zu erziehen, an dem Gott und Menschen ein Wohlgefallen haben könnten. Gewöhnlich brachte er ein Buch, betitelt »Für Anfänger im Christentum«, mit sich und fragte Möne: »Darf ich Ihnen etwas daraus vorlesen?« – »Ja«, war die Antwort, »wenn es etwas Gutes ist.« – »Etwas sehr Gutes, Herr Pastor, man kann viel daraus lernen.« Und dann las er vor. Mit seinem Lesen war es nur kümmerlich bestellt; aber diesen Mangel machte er dadurch gut, daß er nach jedem kürzeren oder längeren Abschnitt dem Pastor zärtlich den Arm streichelte oder ihm tröstend auf die Schulter klopfte, wobei er ihm liebevoll in die Augen sah: »Ist das nicht herrlich? Hat der Mann, der das geschrieben hat, nicht recht?«

Zuweilen ließ Nummer 4 den »Anfänger im Christentum« nicht zu Worte kommen, und das war immer ein gewisses Zeichen, daß der »Geist« mit unwiderstehlicher Gewalt über den Besucher gekommen sei, und dann redete er mit sehr lauter Stimme und ohne jegliche Pause über seine Erfahrungen im christlichen Leben, und ihrer waren so viele wie Sand am Meer, und alle ohne Ausnahme wiesen mit unverkennbarer Deutlichkeit darauf hin, einen wie weiten Weg Möne noch vor sich habe, bis er zur rechten Selbsterkenntnis gekommen sei.

Wenn Nummer 4 sich verabschiedet hatte mit der freundlichen Zusicherung, er werde bald wiederkommen, so ging Möne hinüber zu Grete, um bei ihr Trost und Erholung zu finden. »Hat er dich heute sehr heruntergeputzt?« fragte sie ihn mitleidig. »Ach ja«, war die Antwort, »und ich fürchte, er muß noch oft kommen, bis ich in seinen Augen ein brauchbarer Mann geworden bin. Inzwischen besteht aber die Gefahr, daß er oder ich oder wir beide während einer solchen Konferenz den Verstand verlieren. Ist es wirklich nötig oder von Nutzen, daß man seine Herzens- und Gewissenssachen hinausschreit wie ein Ausrufer auf dem Jahrmarkt? Ist es gut getan, die tiefsten und innerlichsten Erfahrungen vor jedermann auszubreiten wie Wäsche im Wind?«

Einmal verstieg der Besucher sich so weit, daß er Möne

fragte: »Sind Sie wirklich bekehrt, Herr Pastor? Ich meine, so von ganzem Herzen, von ganzer Seele und von ganzem Gemüt?« – »Sind Sie es?« war die Gegenfrage. – »Ich?« Mit einem Schlage war alle Freundlichkeit aus Blick und Ton verschwunden und nichts als Erstaunen und Beleidigtsein zu sehen und zu hören. »Kennen Sie mich denn noch nicht? Na, denn – gute Nacht, Herr Pastor!« – Wieder ging Möne zu seiner Grete. »Ich kann diese Salbaderei nicht ausstehen, diese süßliche und schmierige Sirup-Frömmelei ist mir zuwider, und was steckt im Grunde genommen dahinter? Nichts als Selbstbetrug und geistlicher Hochmut!« – »Willst du ihn mir nicht überlassen?« schlug Grete vor, »ich glaube, ich werde mit ihm fertig.« – Aber davon wollte Möne nichts wissen. Für eine Unterredung mit Nummer 4 war ihm seine Grete zu gut.

Einige Wochen später ging um 8 Uhr abends die Türglokke im Pfarrhaus, und Nummer 4 war wieder da, begleitet von seinem Freund, dem »Anfänger im Christentum«. Diesmal fand Möne es an der Zeit, seinem Besucher zu sagen, was er von ihm denke, und er drückte sich dabei sehr klar und unmißverständlich aus, und die Konferenz war von kurzer Dauer. – Eine Woche darauf hatte Nummer 4 sich einer Sekte angeschlossen, die alle Menschen in brüderlicher Liebe umfaßte – mit Ausnahme von Pastor Markow in Springdale.

13. Ein Friedhof

Möne hatte Ferien gemacht, wirkliche Ferien, und zwar für eine ganze Woche. Er wollte, wie das kleine Nestküken Helene sich ausdrückte, den weiteren Westen entdecken. Möne bestand darauf, daß Grete seine Ferienzeit zusammen mit ihm verbringe. Er war mit Mutter Busacker, der altbewährten Hausfreundin und Nachbarin, übereingekommen, daß sie derweil den Haushalt führen und sich vor allen Dingen um das junge Volk kümmern sollte. Möne hatte der alten Frau sogar weitgehendes Strafrecht für schwere Fälle eingeräumt; aber davon wollte sie nichts wissen. »Wo ward ick, wo ward ick, Herr Pastor! Ne, dat kann ick nich. Wenn dat noch min eigen wirn! Ne, ick will alls dauhn, wat Sei mi seggen, äwer dat nich.« –

Nun waren sie auf der Reise und kamen eines Tages an einen wunderschönen Friedhof, ein hügeliges Gelände mit Grabsteinen und wohlgepflegten Rasenflächen, Blumen, Ziersträuchern und Bäumen. Zehn bis zwölf Arbeiter waren beschäftigt, alles in mustergültiger Ordnung zu halten. »Das muß man den Amerikanern lassen«, sagte Frau Grete, »sie ehren ihre Toten. In Deutschland habe ich selten so schöne Friedhöfe gesehen.«

»Das mag schon sein«, erwiderte Möne, »aber nicht immer ist es der Wunsch nach Ehrung der Verstorbenen, der die Hinterbliebenen antreibt, ihre Grabstätten zu schmükken. Vielfach ist es eine Art Ausstellung von Gefühlen, die in Wirklichkeit nie vorhanden waren. Oft genug verbirgt sich hinter diesem Schaustück das böse Gewissen derer, die zu Lebzeiten ihrer Verwandten nichts um sie gegeben oder sie sogar niederträchtig behandelt haben. Erinnerst du dich an die alte Frau Lehmkuhl? Wie hart hat sie bis in ihr hohes Alter hinein arbeiten müssen! Und warum? Der wohlhabende Mann wünschte es so, und die Kinder wollten hoch hinaus und waren der Meinung, daß für die Mutter die niedrigste Magdarbeit gerade recht und passend sei. Ein freundliches Wort hörte sie nie, wohl aber wurde es ihr Tag für Tag vorgehalten, daß alles, was sie tue, nichts weiter sei als ihre Pflicht und Schuldigkeit. Und wenn sie einmal glaubte, fertig zu sein mit ihrer Arbeit in Haus und Stall und Garten und Feld, so wurde sie anderswohin geschickt, um ein paar Groschen extra zu verdienen, die dann der Mann mit einem bösartigen Grunzen wegen des geringen Betrages in seinem großen Geldbeutel verschwinden ließ, gar nicht zu reden davon, daß man ihr nicht erlaubte, ein neues Kleidungsstück für sich zu beschaffen. Als Aschenbrödel ging sie durchs Leben, und als Aschenbrödel mußte sie sterben. Mitten in der Arbeit fiel sie tot um wie ein altersschwacher und in schwerer Arbeit verbrauchter Akkergaul. Aber dann gab es ein großes Lamentieren über die liebe, teure Mutter, der man soviel verdanke und die man noch gar nicht entbehren könne. Der Sarg konnte nicht kostbar genug sein, und Blumen gab es – Blumen mit großen Schleifen und goldenen Inschriften: ›Für die liebe Mutter – für die unvergeßliche Gattin!‹ Hat sich was mit der

Liebe und der Unvergeßlichkeit! – Schein – nichts als Schein und Theaterspiel!« –

Möne und Grete stehen vor dem ersten Grabstein und trauen ihren Augen nicht, als sie die Inschrift lesen. Sie gehen zum zweiten – es ist fast dasselbe, und beim dritten ist es nicht viel anders. Da wird ihnen klar, daß sie sich auf einem Begräbnisplatz für Hunde und Katzen befinden. Nun gehen sie weiter, und schließlich schreiben sie sich einige der Inschriften auf:

COLLY
12 Years
born in the
purple and a
Gentleman

Colly, 12 Jahre alt, im Purpur geboren und ein Edelmann

In Memory
of my beloved
BLUE TERRIER
born May 22, 1883
died June, 2, 1889

Zur Erinnerung an meinen geliebten Blue Terrier,
geb. 22. Mai 1883, gest. 2. Juni 1889

Our BOB at Rest 1880–1891	Little BUDDY with BOB again 1858–1897

My pets are waiting for me.
Mrs. Brown

Unser Bob ruht in Frieden – Klein Buddy wieder mit Bob vereinigt
Meine Lieblinge warten auf mich. Mrs. Brown

In Memory
of our beloved
JOHN D.
loved in life
mourned in death

Zum Andenken an unseren teuren John D., geliebt im Leben, betrauert im Tod

VANDERBILT
Habby Boy
Son of Sportie
1880–1892

Vanderbilt, glücklicher Junge, Sohn von Sportie

SILVER PRINCE
our beloved
Persian Cat
1877–1893

Silverprinz, unsere geliebte persische Katze

Dabei kommen Möne und Grete ins Lachen und können nicht aufhören damit, bis sie merken, daß die Arbeiter ihnen bitterböse Blicke zuwerfen. »Du, Grete«, sagt Möne, »nun hören wir auf mit Schreiben und Lachen und heben uns schleunigst von dannen, sonst werden wir noch hinausgeworfen und außerdem wegen Störung des Kirchhoffriedens angeklagt.«

Wie sie dann draußen auf der Landstraße weitergehen, fährt Möne in großem Ernst fort: »Weißt du, Grete, eigentlich ist die ganze Geschichte gar nicht zum Lachen. Katzen und Hunde brauchen weder Kirchhöfe noch Denkmäler. Ist das die einzige Hoffnung der Mrs. Brown, daß ihre Lieblinge auf sie warten? Ich fürchte, sie werden lange zu warten haben. Es fehlt nur noch, daß sich auch ein Pastor findet, der im Talar kommt und eine Leichenrede für Katze oder Hund hält mit warmen Trostworten für die trauernden Hinterbliebenen: ›Eure Lieblinge warten auf euch!‹ Nein es ist wirklich nicht zum Lachen, es ist ekelhaft.«

14. Brief von Pastor Brümmerstädt an Möne und Grete

Liebe Kinder!
Es ist ein richtiger Herbsttag heute. Wind und Regen sind in Zorn geraten, weil sie auf den kahlen Feldern nichts mehr finden, was sie vernichten oder erquicken könnten. Der Wind fährt mit lautem Geheul in den Schornstein hinein und schimpft über all die Schwärze, die ihm auf diesem ungewöhnlichen Wege begegnet, und der Regen klatscht gegen die Fensterscheiben in seiner Wut darüber, daß er die Menschen, die hinter den Scheiben sitzen, nicht bis auf die Haut durchnässen kann. Der Himmelsregen und der sausende Wind, den die Dichter gern das himmlische Kind nennen, haben sich in böse Geister verwandelt und spielen gemeinsam das Präludium zum wilden Winter-Konzert. Es ist ein Tag, so recht geeignet zum Stubenhocken und stillen Sinnieren.

Unsere Bauersleute sind mit dem Einernten und mit der Herbstbestellung fertig. Sie haben reiche Ernte gehalten, und keiner von ihnen hat Ursache zu klagen. – Gott der Herr hat auch Ernte gehalten in unserm Warkenthin und in den letzten Monaten drei von Euren und unsern Freunden als reife Garben auf seinen Erntewagen geladen.

Der erste war unser alter Nachtwächter Hennings. Mehr als fünfzig Jahre hat er seines Amtes als nächtlicher Wächter unseres Dorfes treu und gewissenhaft gewaltet. Zu seinem Jubiläum schenkte unsere Gemeinde ihm einen warmen Überzieher für die Winterzeit. Wir vermissen ihn sehr, den treuen Alten mit seinem treuen Blick und seinem treuen Wort. Wie oft ist er zur Sommerzeit in der Nacht gekommen und hat an unser Schlafstubenfenster geklopft und gerufen: »Herr Pastuhr, dor treckt en Gewidder up!« Und immer wenn er auf seinem Rundgang durchs Dorf ungewöhnliche Unruhe in einem Viehstall hörte, sah er nach, ob irgendwas nicht in Ordnung sei, und war etwas verkehrt, so brachte er es wieder zurecht oder weckte, wenn's nötig war, den Knecht oder den Bauern.

Als armes Tagelöhnerkind wurde er geboren, als armer Mann ging er durchs Leben, und als armer Sünder tröstete er sich mit Christi Blut und Gerechtigkeit. – Im Blasen seines Horns war er kein Meister; aber doch glaube ich, daß er, wenn er sich recht viel Mühe gibt, droben von J. S. Bach einen Platz im himmlischen Orchester erhält und hin und wieder ein Lied »zur guten Nacht« blasen darf. –

Der zweite, der abberufen wurde, war der alte Külper, auch ein Tagelöhner, wie Ihr wißt. Er arbeitete viele Jahre hindurch im Wald und wurde wegen seines Geschicks und seiner Gewissenhaftigkeit mit der Pflege des Pflanzgartens betraut. Ich habe ihn dort oft aufgesucht und mich immer gefreut, wie sauber er seinen Garten hielt und wie zart er mit den Pflänzlein umging. In seiner Jugend war er ein schmukker Mann gewesen; aber dann war es ihm ergangen nach dem Lied: Ach, wie bald schwinden Schönheit und Gestalt! Während der letzten zehn Jahre seines Lebens ging er sehr gebückt einher, und unzählige Falten wuchsen in seinem Gesicht. Gebückt ging er, nicht weil er sich das so angewöhnt hatte, und die vielen Falten waren ihm auch nicht zufällig gekommen. Sein braves Eheweib war längst gestorben, und Sohn und Schwiegertochter behandelten ihren Hund besser als den alten Vater. Dabei war er im Grunde seines Herzens doch ein froher Mensch geblieben und konnte sich wie ein Kind freuen, wenn er hin und wieder Gelegenheit fand, mit guten Freunden ein freundliches Wort zu wechseln. Dann ging ein heller Schein über sein Gesicht, und dann war der alte Külper wieder ein schmucker Mann trotz der vielen Falten und der gebückten Haltung. Er wußte in kluger Rede und mit frommem Sinn manch feines Gleichnis von Menschen und Pflanzen zu sagen, und seine Gleichnisse wurden zur Wirklichkeit, als Gott der Herr ihm eines Tages den Spaten aus der Hand nahm und ihn »ohn' ein'ge Qual und Pein« in den himmlischen Garten verpflanzte. Was er dort sein wird? Dumme Frage! Ein Knecht wird er dort sein,

ein Knecht Gottes. Das ist er hier gewesen, und das wird er auch dort sein, aber ohne Falten und ohne gebückte Haltung. –

Noch ein dritter ist von uns geschieden, der alte Holzwärter oder Waldhüter Jauert. Die Leute nannten ihn einen sonderbaren Kauz, und das war er wohl auch, aber ein Kauz von lieber Art. Überflüssige Schulbildung beschwerte ihn nicht; er sprach allerdings immer hochdeutsch, aber es kam etwas verkrüppelt über seine Lippen. Als ich ihn das erste Mal besuchte oder vielmehr besuchen wollte, fertigte er mich kurz bei der Tür ab: »Entschuldigen Sie, Herre, ich muß in den Wald, und meine Frau liegt krank ins Bette!« Damit verschwand er im Innern des Hauses, und ich hatte genug Zeit und Gelegenheit, mir die Haustür von außen anzusehen. Ein andermal, als ich ihm einen seiner früheren Bekannten zuführte, den er wenigstens zwanzig Jahre nicht gesehen hatte, musterte er diesen »Bekannten« lange und aufmerksam und sagte dann in seiner kurzen und knappen Art: »Tscha, Herre, ich kenn' Ihnen, bloß ich kann nicht auf Ihnen kommen!«

Ihr werdet Euch erinnern, daß seine Tochter vor vielen Jahren, als Ihr noch Kinder wart, einen kleinen Beamten in der Stadt heiratete. Es gab eine große Hochzeit. Aber das wißt Ihr wahrscheinlich nicht, daß der Alte am Spätnachmittag des Hochzeitstages, als er genug hatte von Essen und Trinken und Unruhe und Singsang, seine Flinte von der Wand nahm, seinem Pluto pfiff und in den Wald ging. Dort unter den Bäumen, *seinen* Bäumen, war's ihm wohler.

Er liebte seinen Wald. Seine Freunde behaupteten, er kenne jeden einzelnen Baum, doch war das vielleicht ein wenig übertrieben. Er hatte aber auch seine Feinde, und damit meinte er jeden, der ihm einen Baum aus seinem Walde stahl. Er nannte dies Stehlen ein Werk der Finsternis, und darin hatte er recht, denn diejenigen, die ihm eins seiner Waldkinder nahmen, verrichteten ihr Werk selbstverständlich zur dunklen Nachtzeit. Es kam nicht sehr häufig vor, und die Übeltäter fanden sich fast ausschließlich in dem benachbarten Dorf Venzier, wo ihnen im Winter zur Abendzeit die Hirsche und Rehe in die Fenster guckten und wo ihnen der Wald fast bis in die Häuser hineinwuchs, so daß sie meinten, ein gutes Werk zu tun, wenn sie sich gegen die Aufdringlichkeit von Wald und Wild wehrten. Mehr als einmal hat er mir geklagt: »Ich sag' Sie, Herre, von hier bis Kunstantinapel gibt's kein so elendiges Dorf wie Venzier!« Ertappte er einen Frevler bei frischer Tat, so gab es ein Ungewitter sondergleichen, und »Nichtsnutz« und »Taugenichts« sind Schmeichelnamen gegen die Ausdrücke, die er gebrauchte. Jedesmal zeigte er den Täter beim Forstamt an, und jedesmal mußte der einen oder zwei oder fünf Taler als Buße zahlen, je nach der Stärke des Baumes, und jedesmal trieb ihn sein gutes Herz, dem Bestraften bei der ersten Gelegenheit das Strafgeld aus seiner eigenen Tasche zu ersetzen mit der grimmigen Bemerkung: »Tust du's noch einmal, dann . . .!«

Einen fleißigen Kirchgänger konnte man ihn nicht nennen. Als ich ihn einst darüber befragte, gab er zur Antwort: »Es geht Sie nicht, Herre, es geht Sie wirklich nicht. Wenn die Leute in Venzier wissen, daß ich in der Kirche sitze, so kommt das halbe Dorf und sagt mir die besten Baums ab. Sie wissen, Herre, im Winter gehe ich gern zur Kirche, und besonders gern geh' ich, wenn Schnee gefallen ist, denn dann geben die Venzierleute Frieden, weil der Schnee sie leicht verraten tut. Im Sommer ist es anners. Da stehen Sie des Sonntags in der Kirche auf Ihre Kanzel und hüten und behüten Ihre alten und jungen Gemeindekinners, und zur selben Zeit bin ich in meinem Wald und hüte und behüte meine Waldkinners, daß mir keins von ihnen verlorengehen soll. Und dabei kommen mir manchmal sunderliche Gedanken, Herre. Es ist kein großer Unterschied zwischen Ihnen und meinen Kinners; sie wachsen und wachsen, aber nicht alle wachsen gerade in die Höhe, manche geraten schief und krumm oder verkrüppeln sogar. Da müssen Sie und ich helfen und stützen und aufrichten, so gut wir es können. Das ist unser Amt. Und wenn ich genug an die Waldkinners gedacht habe, dann denke ich an mich. Ich bin ja auch man so ein Baum, und ich weiß, ein knorriger Baum. Und ich weiß auch dies: wenn ich trotzdem schier und gerad' in den Himmel hineinwachsen will, so muß Gott der Herr mir dazu helfen, und das beste, was ich weiß, ist, Gott wird mir dazu helfen; einen besseren Waldhüter als den da oben gibt's nicht.«

Das war wohl die längste Rede, die der Jauert jemals gehalten hat. Ich wollte ihm eine Antwort geben, aber ich konnte nicht; ich habe ihm nur fest die Hand gedrückt.

Immer habe ich den Alten für einen recht einfältigen Mann gehalten; aber nun weiß ich, was für eine hohe Weisheit in seinem Herzen wohnte und da wohnen konnte, eben weil es ein einfältiges Herz war. –

Je älter ich werde, desto häufiger gehen meine Gedanken zurück in die Vergangenheit. Wenn ich unser Warkenthin, wie Ihr es kennt, mit dem vergleiche, wie es in meiner Jugendzeit war, so fällt der Vergleich zugunsten des älteren Geschlechts aus; es gibt in unserm Dorf auch heute noch manchen geraden und aufrechten Menschen, der in Sinn und Wort und Werk fest und stark ist wie die eichenen Balken in seinem Haus, aber mich dünkt, die Väter und Großväter waren noch fester und stärker.

Es haftete ihnen viel gesunder Erdgeruch an. Sie waren in ihrem ganzen Denken und Arbeiten und in Wort und Tat so heimatverbunden, so eins mit ihrem Grund und Boden, mit ihrer Hausung und Wirtschaft, daß man sie von alledem nicht lösen konnte, ohne ihnen bitteres Leid anzutun. Bauernbedächtigkeit, Bauernstolz, Bauerneigensinn, Festhalten am Alten und vorsichtiges Prüfen des Neuen – das war ihnen angeboren und lag ihnen im Blut. Und wenn ich dies alles zusammennehme, dann steht der niederdeutsche Bauer vor mir in seiner ganzen Urwüchsigkeit. Seine Gottesfurcht trug er nicht zu Markte. Aber wie oft habe ich als Kind, wenn mein Vater mich am Sonntagnachmittag mit irgendeinem Auftrag zu diesem oder jenem schickte, einen Bauersmann in seiner Stube am großen eichenen Tisch sitzen sehen, Bibel oder Gesangbuch aufgeschlagen vor sich. Bibel, Gesangbuch und Katechismus waren seine Bibliothek, und was er darin fand, gereichte ihm und seiner Arbeit zum Segen und genügte ihm für Leben und Sterben.

Alles in allem: Die rechte Gottesfurcht findet sich nicht immer und nicht allein auf den Kanzeln und in den Hörsälen der theologischen Fakultäten. Sie ist sehr häufig da zu finden, wo man sie am wenigsten sucht, in den Herzen ganz einfacher Leute, zumeist tief verborgen wie ein heimlicher Schatz. Die vielgerühmte menschliche Weisheit ist, wenn sie sich auf göttliches Gebiet verirrt, oft nichts als Gaukelei, ein lächerliches und zuweilen lästerliches Spiel mit dem Heiligsten, das es gibt im Himmel und auf Erden. Und so ein einfacher Warkenthiner Tagelöhner oder Waldhüter in seiner kindlichen Gottesfurcht ist mir hundertmal lieber als ein

Wissenschaftler, der von seinem selbsterbauten Weisheitsturm in den Himmel zu sehen vermeint und es für absolut nötig hält, dort allerlei Reformarbeit vorzunehmen.

»Was kein Verstand der Verständigen sieht,
Das übet in Einfalt ein kindlich Gemüt!«

Euer Vater Brümmerstädt

15. Eine Synodalkonferenz

In B. tagte die Synodalkonferenz des Distrikts. Es war eine kleinere Stadt, und sie machte einen freundlichen Eindruck, besonders wegen ihrer Sauberkeit, die sonst nicht gerade ein spezielles Kennzeichen aller amerikanischen Städte ist. Etwa hundert Pastoren und ungefähr ebenso viele Laien und Lehrer hatten sich eingefunden. Einige der Teilnehmer zogen es vor, während der ganzen Woche, die die Konferenz in Anspruch nahm, in einem Hotel zu wohnen; die große Mehrzahl fand Unterkunft bei Gemeindemitgliedern. Die Mittagsmahlzeiten wurden gemeinschaftlich in der großen Halle eingenommmen, die einen Teil des Kirchengebäudes bildete, und die Frauen der Gemeinde rechneten es sich zur Ehre an, ihren Gästen das Beste aus Küche und Keller vorzusetzen.

Zu den Hausgästen gehörte auch Möne Markow. Er hatte Unterkunft bei einer Familie in ländlicher Umgebung draußen vor der Stadt gefunden. Die Unterhaltung mit seinen Wirtsleuten wollte zuerst nicht so recht in Fluß kommen, aber das sollte sich bald ändern, denn plötzlich sagte der Mann zu seiner Frau: »Mudder, du künnst uns ok'n Buddel Bier bringen!« – »Wat«, fuhr Möne auf, »spräken Sei Plattdütsch?« – »Ja, wat süllen wi süß woll spräken, wi kamen doch beid' von Meckelborg!« – Da stand Möne auf und gab beiden zum zweitenmal die Hand. »Ick ok!« – Damit war kurz und gut eine neue Freundschaft geschlossen, und nun floß die Rede munter weiter, und es ergab sich, daß Wirt und Wirtin in Teterow geboren waren. »Teterow?« warf Möne ein, »ja, Teterow is mi gaud bekannt. Ick bün nich in Teterow west, äwer dor warden so vel spaßige Geschichten von

Teterow vertellt, dor künn einer en ganz Bauk von schriewen.« – »Dat is wohr«, schmunzelte der Wirt, »äwer ick glöw nich, dat Sei de spaßigste Geschicht von Teterow kennen. Dat is vör mihr as hunnert Johr west, dunn hadden de Teterower buten vör de Stadt en Galgen bugt för Spitzbauben un Dodsläger un anner slecht Lüd', un mennigmal leihnten sei den Galgen ok ut an anner Städ', wenn dei Bruk hadden för son'n Ding. Äwer nu wir de Galgen olt un mör worden, un dorüm bugten de Teterower en niegen, äwer den'n wullen sei nich nah utwards leihnen, un dorüm makten sei bekannt: der Galgen ist nicht für fremde Sünder, der ist für uns und unsre Kinder!« – Und als dann die Wirtin im weiteren Verlauf des Gesprächs erzählt hatte, daß sie als junges Mädchen einmal den Pastor Brümmerstädt von Warkenthin auf einem Missionsfest in Teterow gesehen habe, allerdings nur von hinten, da war in kurzer Zeit die neue Freundschaft zu einer alten geworden.

Schon am nächsten Tage hatte es sich in der ganzen Nachbarschaft herumgesprochen, daß die Familie Lange einen waschechten Mecklenburger als Einquartierung erhalten habe, und nun regnete es von allen Seiten Einladungen zum Abendessen, denn die Nachbarn waren samt und sonders ebenso waschecht in ihrer mecklenburgischen Art wie Pastor Markow. Es wurde bei diesen Mahlzeiten aufgetragen, was das Haus nur zu liefern vermochte, und wenn Möne an der Grenze seiner Leistungsfähigkeit angelangt war und die Hausfrau halbwegs vorwurfsvoll mahnte: »Äwer, Herr Pastuhr, Sei eten jo as'n Hauhn«, so antwortete er mit der Fortsetzung der alten mecklenburgischen Redensart: »Mag girn eten un nicks dauhn«, worauf es dann ein frohes Lachen in der ganzen Runde gab, weil es den Leuten zur Gewißheit wurde: Der ist echt, der ist einer von unserer Art! –

Es wurde aber nicht nur gegessen und gelacht, es wurde auch manch ernstes Wort gesprochen über einst und jetzt, über daheim und dahier. Und wenn Möne gegangen war, so sagte dieser und jener: »Er ist ein guter Mann!« und jeder bestätigte es: »Ja, er ist geradeso wie wir!«

Während der Konferenztage machte Möne neue Bekanntschaften. Besonders ein älterer Laiendelegat fühlte sich wegen Mönes ehrlichen Gesichts und einfachen Wesens zu ihm hingezogen und suchte mit ihm ins Gespräch zu kommen, wann immer sich Gelegenheit dazu bot. Sie sprachen über dies und jenes, über kirchliche Angelegenheiten und staatliche Einrichtungen, und Möne hatte es bald heraus, daß der Alte ein gesundes Urteil habe und daß er es ehrlich und aufrichtig meine, und darum ließ er sich gern mit ihm ein. Am letzten Versammlungstage faßte der alte Mann sich ein Herz und sprach sich ohne Vorbehalt aus. Es war ein Bekenntnis:

»Herr Pastor, ich muß Ihnen einmal etwas sagen. Sehen Sie, ich bin viele Jahre hindurch als gewöhnlicher Arbeiter in die Fabrik gegangen und habe dort mein täglich Brot verdient und manchmal noch etwas mehr als das. Aber dann sah ich, wie andere Leute mehr und schneller verdienten, zum Beispiel die Besitzer von Ice-Cream-Parlors. Das stach mir in die Augen, und ich dachte: was die können, das kann ich auch, und nach zehn oder zwölf Jahren kannst du dich zurückziehen und von deinem Geld leben; denn die Leute im Land Amerika sind hungrig nach Ice-Cream, und jedes kleine Kind, wenn es eben laufen kann, muß sein Teil davon haben; das gehört sich so und ist nun einmal nicht zu ändern!

So erwarb ich mir von meinem Ersparten ein passendes Lokal und versprach dem lieben Gott: Wenn du deinen Segen dazu gibst und das Geschäft geht gut, so geb' ich dir am Ende des Jahres den Zehnten vom Gewinn für Kirche und Mission! – Und Gott gab seinen Segen, und am Jahresschluß hatte ich ein über Erwarten großes Guthaben auf der Bank. Dann nahm ich meinen Bruder ins Geschäft, weil ich dachte: wo einer reichlich genug hat, da werden auch zwei keinen Mangel leiden. Immerhin hielt ich es aber doch für geraten, den lieben Gott von unserem Vorhaben in Kenntnis zu setzen und ihn um Geduld und Nachsicht zu bitten, wenn ich die Auszahlung des Zehnten einstweilen aufschieben müsse, da ich doch erst einmal sehen wolle, wie es mit dem Reingewinn des zweiten Jahres bei dem Haushalt von zwei Familien stehen werde.

Auch im zweiten Jahr fehlte es durchaus nicht an Gottes Segen, und auf den Rat meines Bruders vergrößerten wir das Geschäft und nannten es großartig: ›Ice-Cream Parlor for Ladies and Gentlemen – Newspapers and Magazines!‹ – Die Vergrößerung kostete einen Haufen Geld, mein Bankkonto schrumpfte zusammen, und am Ende des Jahres mußte ich wieder einmal eine Extra-Unterredung mit dem lieben Gott haben und ihm sagen: Lieber Gott, es tut mir furchtbar leid, daß ich wiederum mit leeren Händen zu dir komme, aber du wirst ja einsehen, daß ich mein Versprechen wirklich nicht einlösen kann. Wirst du aber fortfahren mit deinem Segen, so soll es nach Ablauf des dritten Jahres nicht an mir fehlen, und ich werde dir dann alles bezahlen, was ich dir schuldig bin! – Das dritte Jahr kam, und alles ging zunächst nach Wunsch.

Aber dann geschah etwas Unerwartetes. Gerade meinem Geschäft gegenüber wurde ein altes Gebäude niedergerissen und ein neues errichtet. Das Bauen geht in Amerika furchtbar schnell, und ehe wir's uns versahen, stand das Haus fertig da, und mit großen Buchstaben, die mich, wie es mir schien, frech angrinsten, stand auf den blanken Fensterscheiben zu lesen: ›All Kinds of Refreshments!‹ Was war da zu tun? Nichts war zu tun. Das neue Unternehmen bot seinen Besuchern nicht nur alle Arten von Erfrischungen, Ice-Cream eingeschlossen, sondern auch alle Bequemlichkeiten und Annehmlichkeiten, die man sich nur wünschen kann. Alles Volk strömte in hellen Haufen dorthin, und wir mußten zufrieden sein, wenn ab und zu ein kleines Kind kam und zwei Cents auf den Ladentisch legte und sagte: ›For two Cents Daily Newspaper!‹

Das war das Ende von unserm ›Ice-Cream Parlor for Ladies and Gentlemen‹. Nach Verlauf von zwei Monaten sahen wir ein, daß alles Warten auf eine Änderung zu unseren Gunsten nutzlos sei, suchten unsere Dinner Pails hervor und gingen wieder in die Fabrik. Der liebe Gott war nicht der Meinung, daß wir uns ihm gegenüber korrekt verhalten hätten. Es ist doch wahr: ›Versprechen und nicht halten steht übel Jung und Alten!‹« –

Möne hatte schweigend zugehört, nur dann und wann genickt. Dann legte er dem Alten die Hand auf die Schulter und sagte: »Vater Kurtz, Sie stehen nicht allein mit Ihren Erfahrungen, wir alle machen sie in dieser oder jener Weise. Und was das Versprechen anbetrifft – wer kann da aufstehen und sagen: das habe ich alles gehalten von meiner Jugend an! Der große Unterschied zwischen Gott und uns ist: Gottes Weg ist gerade, und unser Weg ist krumm, und wenn unsere Straße zu krumm und verkehrt wird, dann muß er uns wieder zurechthelfen, und das tut er auf seine Weise, meistens so, daß er uns – ganz gratis – eine Stunde Privatunterricht gibt über die dritte und vierte und vielleicht auch noch über die sechste Bitte im Vaterunser. Hauptsache für uns Menschen ist dann nur, daß wir fleißig zuhören und seinen Anweisungen folgen und wieder den geraden Weg finden. Auf Wiedersehen, Vater Kurtz!« – Damit ging Möne seines Weges, und der Alte sah ihm lange nach und dachte bei sich: ›Das ist einer, der Gott und Menschen gefallen kann!‹ –

Die Verhandlungen der Distriktskonferenz fanden in der Kirche statt. Frau Sonne hatte eine neue Ladung Kohlen aus Pennsylvanien erhalten und sehr brav eingeheizt in der löblichen Absicht, den Konferenzmitgliedern die nötige Herzenswärme für ihre Beratungen zu liefern. Drinnen und draußen war es heiß zum Ersticken, und die Sonne tat ihre Pflicht gegen alle Teilnehmer und schonte weder Laien noch Theologen, und aus mancher Brust stieg der stille Seufzer auf: »Von der Stirne heiß rinnen muß der Schweiß!« Die meisten der Teilnehmer hatten ihre Röcke über die Banklehnen gelegt, und den Taschentüchern, die für gewöhnlich dazu bestimmt sind, den dicken und schmalen, langen und kurzen, geraden und gebogenen Nasen und Näslein zu dienen, fiel heuer eine stark erweiterte Aufgabe zu. Trotz der Hitze wurde manch kluges und gutes Wort gesagt, das wie ein gutes Korn in gute Erde fiel; hin und wieder hörte man auch eine stark verbrauchte Redensart, die man geduldig hinnahm und gutmütig auf den Fußboden fallenließ, und ebenso fehlte es nicht an Bemerkungen, die man mit dem Mantel der Liebe zudeckte. Alles in allem verliefen die Konferenztage friedlich und einträchtig. Nur einmal kam es fast zu offenem Aufruhr, und es war Mönes Schuld, daß es dazu kam.

Auf der Tagesordnung stand das Thema: »Was sollen und können wir tun, um das christliche Leben in unsern Gemeinden zu fördern?« In der Debatte darüber regnete es unzählige Vorschläge. Einer meinte, man solle von Zeit zu Zeit kleine Blätter mit ernsten Ermahnungen in die Häuser schicken; ein anderer war der Ansicht, biblische Bilder mit passenden kurzen Geschichten aus dem täglichen Leben seien den Blättern vorzuziehen; ein dritter hielt es für geraten, im Gemeindehaus oder in dem mit dem Kirchengebäude verbundenen Saal christliche Theaterstücke aus der Kirchengeschichte aufzuführen, und so reihte sich ein guter oder unguter Rat an den andern, bis Möne aufstand und ums Wort bat:

»Das, was hier bisher vorgeschlagen wurde, mag an und für sich gut und schön sein, aber das sind keine Mittel, das christliche Leben in unsern Gemeinden zu bessern, das sind nur Mittelchen. Ich kenne und weiß nur *ein* Mittel: das christliche Familienleben muß wiederhergestellt werden. Das ganze öffentliche Leben, wie es sich in den letzten Jahrzehnten gestaltet hat, ist eine Gefahr für das Familienleben überhaupt, und was tun wir, um diese Gefahr abzuwenden oder wenigstens zu verringern? Nichts tun wir! Im Gegenteil, wir stellen uns Seite an Seite mit dem öffentlichen Leben und tun unser Bestes, dem Familienleben den Garaus zu machen. Wir gründen in unsern Gemeinden einen Verein nach dem andern, und die Befürchtung liegt nahe, daß den bestehenden Vereinen noch immer neue und durchaus unnötige hinzugefügt werden. An einigen Abenden in der Woche kann der Vater nicht zu Hause sein, an andern fehlt die Mutter, und die erwachsenen und halberwachsenen Kinder sind nur noch zu den Essenszeiten daheim. Wo bleibt da das Familienleben! Wir stehen in Gefahr, daß durch diese endlose Beteiligung an christlichen Vereinen das christliche Familienleben ungebührlich vernachlässigt wird oder, wenn noch andere Einflüsse sich geltend machen, ganz verlorengeht. Hier und da wird das Bestehen einiger Vereine, besonders in größeren Gemeinden, gut und notwendig sein, aber allzuviel ist ungesund. Die alte Zeit war längst nicht immer eine gute Zeit, aber darin war sie gut, daß sie die Familie in den Mittelpunkt des ganzen Volkslebens stellte. Die Heilige Schrift kennt nur einen Verein, und das ist die Familie. Was uns in einer zerstörenden und niederreißenden Zeit not tut wie das tägliche Brot, das ist das christliche Familienleben. Wer dazu hilft, es wiederherzustellen, der tut Gott und Menschen einen Dienst, einen Dienst, der hier in der Zeit anfängt und bis in die Ewigkeit reicht.«

Möne setzte sich, und es herrschte für einen Augenblick Stille, aber auch nur für einen Augenblick. Dann brach der Sturm los, und Möne kriegte manches zu hören, was ihm nicht gerade lieblich in den Ohren klang. Es wurden Ausrufe laut wie »Hinterwäldler« – »verschrobene Ansichten« – »nicht mit der Zeit fortgeschritten« und viele andere, die eigentlich schlecht in einen Kirchenraum paßten. Aber es gab auch Männer, die ihm freundlich zunickten, vor allen Dingen ein alter Pastor mit schneeweißem Haar, der aus dem Osten des Landes gekommen war, um seine Verwandten in B. zu besuchen, und der nun auf Möne zuging, ihm fest die Hand drückte und sagte: »Sie sind mir heute trotz Ihrer jungen Jahre ein Freund geworden.« –

Eine Stunde später fand das gemeinschaftliche Mittagessen in der großen Kirchenhalle statt. Mönes Tischnachbar war ein etwa gleichaltriger Pastor. Der hatte gemeint, er müsse sich die diesjährige Konferenz versagen, weil seine Frau ihrer Niederkunft entgegensah. Aber die Frau wußte, wieviel ihm an dem Besuch gerade dieser Konferenz gelegen war, und hatte ihm gut zugeredet, er solle ruhig reisen, sie habe ja alle nötige Pflege, der Doktor wohne nur drei Häuser entfernt, und der liebe Gott sei sogar noch näher. Nun saß er hier an der reichbesetzten Tafel und freute sich seines Lebens, freute sich auch seines Nachbars, den er von früheren Konferenzen her kannte und schätzte. Er erzählte Möne von dem zu erwartenden Familienzuwachs und von der Altardecke, die er im Auftrage seines Kirchenvorstandes hier in B. besorgen solle; leider habe er den Zettel mit dem Maß der Decke in seinem Schreibtisch liegenlassen und sich daher genötigt gesehen, einen Eilbrief mit der Bitte um genaue Angabe der Länge und Breite abzusenden. Kaum war er mit seinem Bericht fertig geworden, als ihm ein Telegramm über den Tisch gereicht wurde. Er brach es hastig auf, las, und ein breites Schmunzeln zog über sein Gesicht. »Zwei Fliegen mit einer Klappe«, sagte er und hielt Möne das Telegramm vor die Augen. Möne las: »Heute früh ein gesunder Sohn geboren!« Darunter stand ohne jegliche Randbemerkung: »Ein Yard und 15 Zoll lang, 43½ Zoll breit!« – Möne lachte, daß ihm die Tränen kamen. So konnte eben nur Möne lachen. Und unter diesem befreienden Lachen vergaß er alles, was ihm in der Vormittagsversammlung das Herz beschwert hatte. –

Die Gemeinde in B. war ihrer Gesinnung und ihrem ganzen Wesen nach deutsch und in der täglichen Umgangssprache sogar plattdeutsch. Das hinderte die Leute aber nicht, zu gleicher Zeit auch gute amerikanische Bürger zu sein.

Nun hatte die Gemeinde vor drei Jahren einen jungen Pastor berufen, dem, wie sich bald herausstellte, für das Deutschtum seiner Gemeindemitglieder jegliches Verständnis fehlte. Insonderheit war ihm die deutsche Sprache in Kirche, Schule und Familie ein Dorn im Auge, obgleich er einen gut deutschen Namen trug und seine Eltern ihren Geburts- und Taufschein in deutscher Sprache vorzeigen konnten. Durch allerlei Künsteleien, die nicht immer ganz einwandfrei waren, hatte er es fertiggebracht, einige einflußreiche Mitglieder des Kirchenvorstandes zu überzeugen, daß es viel besser und zeitgemäßer sei, für Predigt und Unterricht die englische Sprache einzuführen. Die Sache wurde auf einer Gemeindeversammlung vorgetragen und von einigen speziellen Freunden des Pastors so hingestellt, als ob die Gemeindemitglieder dem lieben Gott im Himmel und dem beinahe noch lieberen Pastor in B. auf den Knien dafür danken müßten, wenn sie fortan in Kirche und Schule Gottes Wort und Luthers Lehr' in einer ihnen mehr oder minder ungeläufigen Sprache hören dürften. Außerdem wurde den erstaunten Zuhörern die große Neuigkeit mitgeteilt, daß der liebe Gott wirklich und wahrhaftig auch Englisch verstehe.

Es war ein Wunder geschehen. Über Nacht, im Handumdrehen, war aus einer deutschen Gemeinde eine englische geworden. Späterhin kamen den meisten Männern allerlei Bedenken, und wem sie nicht von selber kamen, dem wurden sie von den Hausfrauen in längerer oder kürzerer Rede eingetrichtert, und jede Rede schloß mit den Worten: »Ihr seid doch die dümmsten Männer in Gottes weiter Welt, daß ihr euch so das Fell über die Ohren ziehen laßt. Schade, daß ich nicht mit dabei war!«

Die Sache wurde weit und breit ruchbar und viel besprochen, und nun hatte auch der alte Pastor aus dem Osten davon gehört. Wo er während der Konferenz ging und stand, hatte er einen Haufen Gemeindemitglieder um sich und redete ihnen eindringlich ins Gewissen, ohne sie zu schonen: »Was für Dummheiten habt ihr denn hier gemacht! Habt Gottesdienst und Schulunterricht in eurer Heimatsprache und achtet es nicht? Wißt ihr nicht, was es heißt, Gottes Wort in eurer Muttersprache zu hören? Das heißt, Gottes Wort frisch und ungehindert in Ohr und Herz dringen zu lassen. Wißt ihr, was ein deutscher Mann einmal darüber gesagt hat? Er hat gesagt:

›Überall ist Gottes Hauch,
Heilig ist wohl mancher Brauch,
Aber soll ich beten, danken,

Geb' ich meine Liebe kund,
Meine seligsten Gedanken –
Sprech' ich wie der Mutter Mund.

Oder denkt ihr, daß es vornehmer sei, englisch zu sprechen? Da kann ich euch nur sagen: wirklich vornehm ist der, der aus einem guten Herzen heraus so spricht, wie er denkt, und so könnt ihr nur in der deutschen Sprache sprechen. Sprecht ihr eine andere Sprache, so kommt etwas Fremdes in eure Rede, etwas, was ihr eigentlich gar nicht sagen wollt. Denkt doch nicht, daß man euch hier im Lande mehr achten wird, wenn ihr auch da, wo es gar nicht nötig und gar nicht angebracht ist, das Englische so radebrecht, daß euch die Zunge und eurem Zuhörer das Ohr weh tut. Der einzige Erfolg, den ihr damit erzielt, ist, daß man euch mit eurem Sprachenmischmasch auslacht. Ich will euch nicht gegen euren Pastor aufhetzen. Aber der ist jung und unerfahren, und ihr hättet Manns genug sein sollen, eure Ansicht gegen seine Unbedachtsamkeit durchzusetzen. Nehmt es mir nicht übel, aber ich muß es euch sagen: Schämt euch!«

Während dieser derben Zurechtweisung war der alte Herr mit seinen Begleitern auf den Spielplatz neben der Schule gekommen. Dort spielten zwanzig bis fünfundzwanzig Buben. Der Unterricht mußte während der Konferenzwoche ausfallen, und die Jungen, die nicht traurig über diesen Ausfall zu sein schienen, waren aufgefordert worden, sich in den Tagesstunden in der Nähe von Kirche und Schule aufzuhalten, um Botengänge und andere Dienste zu leisten. Wo so viele Buben beieinander sind, muß es mehr oder weniger laut hergehen. Allerhand Zurufe erschollen, Rufe der Warnung, der Freude, der Enttäuschung – alles in deutscher Sprache, Hochdeutsch und Plattdeutsch bunt durcheinander – kein englisches Wort. Der alte Pastor stand still, sah dem Spiel zu, hörte noch mehr als er sah, wandte sich nach einer kurzen Weile zu den Männern um ihn her und sagte – es klang fast feierlich: »Hört ihr eure Buben? Schämt euch!«

16. Brief von Möne an Pastor Brümmerstädt

Lieber Vater Brümmerstädt!
In Deinem letzten Brief schreibst Du von allerlei kuriosen Leuten in Warkenthin und willst von mir wissen, ob ich auch so merkwürdiges Kraut in meinem Garten habe. Wie kannst Du nur so fragen – bald hätte ich gesagt: »so dumm fragen«, aber ich sage es nicht, denn das geht wider den Respekt! Kuriose Leute? Originale? Das ganze Land ist voll davon von einem Ende bis zum andern, und das Land Amerika muß der geeignete Boden für sie sein, denn sie leben und gedeihen hier ganz wunderbar. Ich will Dir einige Exemplare vorführen.

Nicht weit von uns entfernt wohnt ein Mann, den ich gut leiden kann, weil er immer freundlich und hilfsbereit ist gegen jeden, der der Hilfe bedarf. Aber er hat ein Laster, oder das Laster hat ihn: er ist ein Mann der Ordnung und hält auf peinlichste Ordnung auch in den kleinsten Dingen. Zu seiner Wohnung gehört ein mittelgroßer Raum, und dieser Raum ist gefüllt mit kleinen und großen Schränken und Kommoden, teils gekauft und teils von dem Besitzer selbst angefertigt. Jeder Schrank und jede Kommode enthält eine Anzahl von Schiebladen, und in jeder Schieblade befindet sich etwas Brauchbares: Nägel, Schrauben, Knöpfe, Haken, Schlüssel, Schlösser etc. Natürlich sind es lauter gebrauchte und vielfach sogar verbrauchte Sachen; aber »man kann nie wissen, wozu man sie einmal benutzen kann«, und weil man das nie wissen kann, sind sie alle wohlgeordnet, damit man sie nötigenfalls gleich bei der Hand hat. Schieblade Nr. 1: einzöllige Nägel, Nr. 2: zweizöllige Nägel, und so geht es weiter bis zu fünfzölligen, wobei er sehr genau darauf achtet, daß gewöhnliche Nägel, messingne Nägel und gewöhnliche Nägel mit Messingköpfen in verschiedenen Schubladen untergebracht werden. In ähnlicher Weise sind Schrauben, Haken, Schlüssel und Schlösser geordnet. Mit den Knöpfen ist es noch schwieriger, weil Größe und Farbe und Zweck in Betracht gezogen werden müssen.

Damit ist aber dem Ordnungssinn meines Freundes noch nicht Genüge getan; er weiß auch ganz genau, wieviel Schachteln Streichhölzer, wieviel Stück Seife und, mit Verlaub zu sagen, wie viele Rollen Toilettenpapier im Monat verbraucht werden. Dabei ist er aber durchaus nicht engherzig und macht keinen Unterschied zwischen Monaten mit 30 und 31 Tagen; nur für den Februar fühlt er sich verpflichtet, einen kleinen Abzug zu berechnen, das Schaltjahr ausgenommen. –

Ein Original war auch ein junger Mann, der zu meiner Gemeinde gehörte. Er war ein gutmütiger und anständiger Bursche, aber sein Oberstübchen war nur spärlich möbliert. Durch schwere und schmutzige Arbeit, die obendrein schlecht bezahlt wurde, hatte er es auf ein Vermögen von hundert blanken Dollars gebracht. Da war mein Junge glücklich, und das erste, was er in seinem Glücksgefühl tat, war, daß er die Arbeit niederlegte, denn nun wollte er von seinem Geld leben. Alle Vorstellungen und Warnungen meinerseits nützten nichts. Hundert Dollars – das war eine riesige Summe, und es war gar nicht auszudenken, wie lange sie für seine einfache Lebensweise reichen werde. Übrigens zeigte es sich in der Folgezeit, daß er recht hatte und ich unrecht; denn bald darauf verlor er im Krieg mit Spanien sein Leben und hinterließ sogar noch einen Rest seines Vermögens. –

Zum Weihnachtsfest hat auch hier fast jede Familie ihren Tannenbaum, aber viele Leute wissen nicht recht etwas damit anzufangen. Sie besorgen sich einen Baum oder ein Bäumchen, weil es nun einmal so Mode ist, hängen allerlei Kram daran, der zur Tanne ebensowenig paßt wie zu jedem andern Baum, und stellen das Waldkind dann auf den Hausflur, beileibe nicht in die »gute Stube«, denn da könnten sieben oder acht Tannennadeln auf den Fußboden fallen, und das wäre doch ein Unglück, das man sich gar nicht vorstellen mag.

Andere Leute gebrauchen andere Sachen in anderer Weise. Es geschieht, daß ein Familienmitglied eine kleine Statue ins Haus bringt, eine Christusfigur, eine Lutherbüste, einen reitenden und sehr unähnlichen George Washington oder was es nun sein mag, und jedermann im Hause freut sich darüber. Aber man kann und darf doch nicht so selbstsüchtig sein und diese Freude allein genießen wollen; andere Leute sollen sich auch darüber freuen, und darum setzt man die Figur aufs Fensterbrett mit der Front nach der Straße zu. Oder ein anderer hat eine niedrige Standuhr fürs Staatszimmer erworben, und dann beginnt dasselbe Spiel. Warum in aller Welt sollen die Vorübergehenden nicht auch das schöne Bild auf dem Zifferblatt oder die korrekte Zeitangabe bewundern! Also wird die Uhr an das Fenster gestellt und selbstverständlich so, daß das Zifferblatt der Straße zugekehrt ist.

Aber, lieber Vater Brümmerstädt, ich bin ja ganz auf Abwege geraten. Ich wollte Dir Originale schildern, und die Menschen, die ich Dir hier vorführe, sind gar keine; sie sind nur dumm. Der Menschen Dummheit ist groß auf Erden – hüben und drüben. »Ein bißchen dumm ist ja jeder, aber so dumm wie mancher ist doch keiner!« –

Euch lieben Warkenthinern herzlichen Gruß

von Möne und Grete

17. Konferenz eines kleineren Bezirks

Es fand wieder einmal eine Pastorenkonferenz statt, die Konferenz eines kleineren Bezirks. Etwa zwanzig Pastoren hatten sich eingefunden zu einer dreitägigen Beratung. Es ging friedlich zu, wie es sich für Diener am Wort schickt, und man hörte manches, was den Mut stärkte und das Herz erwärmte.

So ernst die Fragen waren, die tagsüber besprochen wurden, so froh und munter ging es des Abends her, wenn die Teilnehmer sich in einem Nebenraum des Kirchengebäudes versammelten, nicht um über wichtige Angelegenheiten zu diskutieren, sondern um sich zu »amorsieren«, wie der Kirchendiener Rambow dortselbst zu sagen pflegte, derselbe Kirchendiener, der jedes Telephongespräch mit den Worten einleitete: »Herr Rambow spricht!« – Fast jeder rauchte sein Pfeifchen, und jeder hatte sein Glas Bier vor sich stehen, und jeder mußte etwas zur Unterhaltung beitragen. Gehörtes, Gelesenes und Gesehenes wurde erzählt, und Schnurren und Anekdoten lösten einander ab. Frohsinn und Kameradschaft hatten die Oberhand.

»Ja«, sagte der Pastor in M. und sah sich forschend um nach den Fenstern, »es ist gut, daß die Vorhänge heruntergelassen sind. Ich will euch erzählen, was mir im letzten Sommer passiert ist. Es war ein schwüler Abend nach einem sehr heißen Tag, und ich hatte Durst auf ein kühles Glas Bier, und auf den Durst folgte ein kräftiger Schluck. Dabei dachte ich nicht daran, daß das Fenster nach der Straße weit geöffnet war. Wie ich später erfuhr, waren in demselben Augenblick, als ich das Bier genoß, einige Leute am Fenster vorübergegangen und hatten mit grenzenloser Bestürzung gesehen, was für einen höllischen Unfug der ihnen wohlbekannte Pastor in seinem Hause trieb. Sie waren Mitglieder einer Sekte, die ihre Kirche in derselben Straße hatte. Am Sonntag darauf erhielt ich zu meiner großen Beruhigung die tröstliche Mitteilung, daß man in der Sektenkirche für mein Seelenheil gebetet und die Hoffnung ausgesprochen habe, ich werde meine sündliche Lebensführung aufgeben.« –

»Wie ihr vielleicht wißt«, nahm ein anderer das Wort, »wollte ich ursprünglich Lehrer werden. Ich hatte drüben in Deutschland drei Jahre eine Vorbereitungsanstalt fürs Lehrerseminar besucht, und als die Abgangsprüfung vor sich ging, warteten wir, junge Füchse von siebzehn bis neunzehn Jahren, mit etwas Herzklopfen der Dinge, die da kommen sollten. In Religion prüfte uns der Direktor, ein feiner alter Mann, ein Gentleman vom Fuß bis zum Scheitel. Er fragte dies und fragte das, und er fragte merkwürdigerweise immer in der Erwartung, eine gute und treffende Antwort zu erhalten.

Es geschah aber mitunter, daß die Antwort ihn enttäuschte. Dann ließ er weder Blitz noch Donner folgen, sondern steckte ruhig beide Hände ein wenig tiefer in die Hosentaschen, stellte sich an den großen Kachelofen im Unterrichtssaal, und um seine Augen herum erschienen noch einige Fältlein mehr als diejenigen, die Mutter Natur ihm ohnehin als Ehrenzeichen des Alters verliehen hatte. Dann wußten wir, nun kommt eine Zurechtweisung, eine überzuckerte Pille, aber doch mit Humor verabreicht und mit Humor zu nehmen.

›Geben Sie mir eine möglichst kurze Definition des Wunders‹, wandte er sich an einen von uns. ›Ein Wunder‹, war die Antwort, ›ein Wunder – ein Wunder ist alles das, was man sich nicht erklären kann.‹ – ›So‹, meinte der Direktor und nahm seine Zurechtweisungsstellung ein, ›so! Ja, mein lieber Freund, nun will ich Ihnen einmal etwas sagen. Sehen Sie, Sie stecken ja jetzt im Examen, nicht wahr? Und Sie hoffen, daß Sie es bestehen werden, und wir alle hoffen es mit Ihnen. Aber es könnte doch sein, und es wäre ja möglich, und man könnte es unter Umständen annehmen, daß Sie nicht bestehen würden. Sehen Sie, lieber Freund, dann können Sie sich das gar nicht erklären, es wär' aber durchaus kein Wunder!‹« –

Einer nach dem andern trug seine Geschichte bei, und schließlich kam die Reihe auch an Möne. Mit großem Wohlbehagen erzählte er von den Erlebnissen des alten Pastors Brümmerstädt, des Großvaters von Frau Grete, der als junger Mensch auf besondere Befürwortung hin in Deutschland in ein Gymnasium aufgenommen wurde, das sonst eigentlich nur für junge Leute aus hochadeligen Familien bestimmt war. Fritz Brümmerstädt war hochbegabt und sollte einmal bei einer festlichen Gelegenheit eine lateinische Rede halten. Die Lehrer gaben ihm das Thema und kümmerten sich dann nicht weiter darum, weil sie wußten, daß sie sich auf ihn verlassen konnten. Der sich aber am wenigsten um Thema und Rede kümmerte, das war der Fritz Brümmerstädt. Der Festtag kam, und am Nachmittag dieses Tages, eine halbe Stunde vor Beginn der Festlichkeit, lag Fritz im Bett und ruhte sich aus. Seine Freunde kamen und trieben ihn zur Eile an. »Fritz, du mußt aufstehen, du sollst doch reden. Du bringst ja sonst alle Lehrer in die größte Verlegenheit!« Und Fritz stand auf, kleidete sich in aller Geschwindigkeit an und hielt eine glänzende Rede aus dem Stegreif.

Er war als ausnehmend unordentlich bekannt. Sein Haarschopf glich für gewöhnlich einem Urwald, und das Haarschneiden und Rasieren war ihm eine Qual, die ihn aber selten quälte. – Als Student unternahm er während der langen Sommerferien zusammen mit einem Freund einen Spaziergang nach Rom. Auf dieser Romfahrt trug er in seinen Taschen allerlei nützliche Dinge, ein Taschenmesser ohne Klinge, eine kurze Pfeife ohne Tabak, einen Kamm, dem durch langen Gebrauch die meisten Zähne ausgefallen waren, und noch andere Sachen, von denen er sich nicht trennen mochte. Sein Freund war sehr stolz darauf, daß er in dieser Beziehung besser daran war; denn seine Mutter hatte ihn gut für die Reise gerüstet und ihm obendrein fünf harte Taler ins Rockfutter genäht mit der Mahnung, ja recht sparsam damit umzugehen. So mußten beide auf ihrer

Wanderung fleißig »das Handwerk grüßen« und sich im übrigen auf Gott und ihr gut Glück verlassen.

Als sie durch die Lombardei zogen, sahen sie vom Kopf bis zu den Füßen dermaßen schäbig aus, daß kein Hund ein Stück Brot von ihnen genommen hätte. Am dritten Tag nach ihrer Ankunft in Rom, wo sie in einer Pilgerherberge Aufnahme fanden, wurde in der Sixtinischen Kapelle ein großartiges Musikfest gegeben. Nur die höchsten geistlichen und weltlichen Würdenträger waren mit Einladungskarten beehrt worden. »Du«, sagte Fritz zu seinem Freund, »das Konzert werde ich besuchen.« – »Ja«, antwortete der andere, indem er Fritz' Anzug musterte, »so siehst du auch gerade aus.« – »Glaubst du mir nicht?« meinte Fritz halbwegs beleidigt. »Na ja, du wirst ja sehen. Ich wette einen blanken Nickel darauf, daß ich dort sein werde.« – »Meine Einwilligung hast du«, sagte der Freund, »und auf deine Wette gehe ich ein. Aber wenn ich verlieren sollte, so mußt du mit der Aushändigung der Summe warten, bis wir wieder daheim sind; dann wird mein Vater die Ehrenschuld seines Sohnes ratenweise zahlen.«

Am Nachmittag desselben Tages bürstete Fritz seinen Anzug. Es war ein seltenes Ereignis. Nach seiner Meinung kürzte das Bürsten die Lebensdauer der Kleidungsstücke ab und bestärkte nur die sündliche Eitelkeit des Menschen. Nachdem er sein Wingolfiden-Band umgetan hatte, verabschiedete er sich feierlich von seinem Freund und lenkte seine Schritte nach der Sixtinischen Kapelle. Er kam nicht zu früh. Der wundervolle Raum war bereits mehr als zur Hälfte gefüllt. Eine stattliche Reihe von Bischöfen und Erzbischöfen, der Bayrische Vertreter mit großem Gefolge, einige Prinzen und viele andere Herrschaften mit hohen Namen und noch höheren Würden hatten die für sie bestimmten Sitze eingenommen. Und nun kam Fritz Brümmerstädt in höchsteigener Person. Die Männer der Schweizer Garde sahen ihn erstaunt an, und einige von ihnen machten eine Bewegung, als möchten sie wohl seine Einlaßkarte sehen. Aber Fritz war auf derlei Kleinigkeiten gefaßt; er warf ihnen so ganz von oben herab einen ärgerlichen Blick über die Verzögerung seines Eintritts zu, zeigte mit nachlässiger Handbewegung auf sein Wingolfiden-Band und schritt stolz wie ein Spanier mitten zwischen ihnen hindurch. – So kam Fritz Brümmerstädt in die Sixtinische Kapelle und setzte sich ohne Anweisung auf einen Platz, der durchaus nicht für ihn bestimmt war. Vor ihm saß ein Kardinal und hinter ihm ein Erzbischof. Fritz konnte zufrieden sein, und er war es auch, und außerdem – er hatte seine Wette, zahlbar in Raten, gewonnen. –

Mönes Amtsbrüder hatten unter Lachen und mit Interesse zugehört. Nun waren sie begierig, mehr zu hören, und Möne ließ sich nicht lange bitten:

»Zu derselben Zeit, als der Großvater meiner Frau auf dem Gymnasium in Deutschland war, befand sich unter den Zöglingen der Anstalt ein junger Mensch, der Fritz Brümmerstädt an Begabung nicht nachstand. Man kannte ihn eigentlich nur unter dem Namen ›Rote Klette‹. ›Rot‹ wegen seines feuerfarbenen Haars, und ›Klette‹, weil er, wenn er andere Zöglinge auf ihren Zimmern besuchte, nicht wieder loszuwerden war, nicht durch freundliche Worte und erst recht nicht durch unmißverständliche Grobheiten. Nebenher steckte er voll der tollsten Streiche.

Zwei dreistöckige Gebäude des Gymnasiums lagen einander gegenüber mit einem Abstand von 25 bis 30 Meter. In jedem Gebäude wohnte außer den Zöglingen einer der Professoren, der die Aufgabe hatte, darauf zu sehen, daß in seinem Hause alles ehrlich und ordentlich zugehe. Ehrlich und ordentlich – das hieß im Sinne des Professors: möglichst still. ›Möglichst still‹, war aber durchaus nicht immer nach dem Sinn der Zöglinge, und so kam es wegen dieser Meinungsverschiedenheiten nicht selten zu einem Zusammenstoß, bei welchem die jungen Leute regelmäßig den kürzeren zogen, was sie aber nicht hinderte, immer wieder auf kuriose Einfälle zu kommen.

Einmal beschlossen die raffinierten Jünglinge hüben und drüben, zwischen ihren Gebäuden eine möglichst unauffällige und geräuschlose Verbindung herzustellen, um einander an dunklen Winterabenden in aller Eile wichtige und unwichtige Meldungen machen zu können, ohne daß die Herren von der Firma ›Ehrlich und Ordentlich‹ es bemerkten. – So beschlossen und so ausgeführt! Spät an einem Abend war man damit beschäftigt, außen am Gesims von zwei einander gegenüberliegenden Fenstern des dritten Stockwerks unscheinbare Rollen anzuschrauben, und beide Rollen wurden mit einem dünnen und haltbaren Bindfaden in der Weise verbunden, daß eine doppelläufige Leitung ›ohne Ende‹ entstand. Die beiden neuen Poststationen arbeiteten vorzüglich und wurden fleißig benutzt, ohne daß sie zunächst ein Unbefugter entdeckte.

Aber dann kam der Sonntag. Es wurde von Professoren und Schülern erwartet, daß sie den sonntäglichen Gottesdienst in der zehn Minuten entfernten Kirche besuchten. Der erste Anstaltsbewohner, der auf dem Kirchwege erschien, war Sonntag für Sonntag der alte Direktor. Es gab für ihn wie für alle Insassen des Gymnasiums keinen anderen Weg nach der Kirche als den, der zwischen den beiden Gebäuden auf der Straße führte. – Plötzlich stand er still und sah lange angestrengt nach oben. Dann ging er kopfschüttelnd weiter wie einer, dem jegliches Verständnis für eine Sache fehlt. Er hatte eine Erscheinung gehabt. In der Mitte zwischen beiden Gebäuden schwebte in der Höhe des dritten Stockwerks ein langschäftiger Stiefel. Der alte und sehr kurzsichtige Herr hatte den Stiefel gesehen, aber nicht die Schnur, die den Stiefel trug. Eine merkwürdige Geschichte, wirklich sehr merkwürdig! Ob der Herr Direktor an diesem Sonntag der Predigt ganz genau folgen konnte, oder ob seine Gedankengänge durch Stiefelerscheinungen gestört wurden, ist schwer zu sagen.

Zur Mittagszeit hatte er sich Aufklärung verschafft. Bald darauf fand in beiden Gebäuden ein peinliches Forschen der hausväterlichen Professoren nach allerlei Arten von Fußbekleidung statt, und siehe da, in der dunklen Ecke eines Schlafzimmers stand einsam und verlassen der Zwillingsbruder des Langschäftigen, der da draußen in luftiger Höhe schwebte. Beide, der Eckensteher und der Ausgelüftete, waren, wie man erwartet hatte, Eigentum der ›Roten Klette‹. Die Rote Klette kam diesmal noch gut davon. Es hieß nur: ›Lassen Sie in Zukunft solche Narrenpossen!‹ – Leider mußten die beiden Poststationen wegen angeblichen Mißbrauchs geschlossen werden. –

Im Gymnasium wurde viel Musik getrieben. In einem der dreistöckigen Gebäude stand sogar eine kleine, aber gute Orgel, die fleißig benutzt wurde, sogar von dem roten Kletten-Jüngling, obgleich er hoffnungslos unmusikalisch war. Die Art und Weise, wie er die Orgel gebrauchte, war, wenigstens im Gymnasium, bisher neu, und neu war auch die Zeit, die er für seine Übungen auf diesem Instrument wählte. Mitten in der Nacht stand er geräuschlos auf, schlich auf Socken über den Korridor ins Orgelzimmer, hob eine der größeren Pfeifen aus ihrem Gestell und blies mit voller Lungenkraft durch das geöffnete Fenster in die stille Sommernacht hinein, daß es dumpf und schauerlich über die ganze Anstalt schallte und jung und alt weckte. Die Rote Klette aber lächelte still-zufrieden vor sich hin, stellte das große Blasrohr mit einer Geschwindigkeit, die auf viel Übung schließen ließ, wieder an seinen Platz und eilte ebenso leise, wie er gekommen, zurück in sein Bett, wo er selbstverständlich sofort in tiefen Schlaf versank.

Natürlich kamen Nachforschungen, und alle, die ins Verhör gezogen wurden, hatten das unheimliche Blasen gehört, aber niemand bekannte sich schuldig, und niemand kannte den Täter; denn die Rote Klette hatte den Eingeweihten die nötigen Instruktionen gegeben, deren erster Paragraph lautete: Ich weiß nichts, du weißt nichts, er weiß nichts! –

Das nächtliche Drama wiederholte sich von Zeit zu Zeit, bis es endlich gelang, den Anstifter des Spuks zu entlarven. Wieder einmal waren sämtliche Bewohner der Anstalt durch das unheimliche Getue aus dem Schlaf geweckt worden, wieder lag die Rote Klette seelenruhig im Bett und schnarchte, wie nur jemand mit gutem Gewissen schnarchen kann, und wieder stand der Herr Professor, im Schlafrock und mit einem Licht in der Hand, vor dem Bett des Jungen. Das Verhör lief nach bekanntem Muster: Ich weiß nichts, du weißt nichts, er weiß nichts. Mißmutig ging der Professor von dannen und schlug in seinem Ärger die Schlafstubentür etwas härter, als nötig gewesen wäre, hinter sich zu. Sofort richtete der Missetäter sich auf und lachte über das ganze Gesicht in seiner Freude über den gelungenen Streich. In demselben Augenblick öffnete der Professor aber wieder die Tür, weil er noch etwas zu fragen vergessen hatte, und sah die lachende Freude seines Schülers. Das Lachen verriet ihn: denn nun kam alles, was dann und wann in finsterer Nacht geschehen war, ans helle Tageslicht.

Die Geschichte endete mit einem schweren Rüffel, der mit der Warnung schloß, daß man sich, falls sich etwas Ähnliches nochmals zutragen werde, nicht mit einem Rüffel begnügen werde. – Den Rüffel verwand er leicht; aber noch lange quälte es ihn, daß er sich durch seine eigene Dummheit verraten habe. Trotz Rüffel und Warnung geschah bald ›etwas Ähnliches‹. –

Mit einem der älteren Professoren stand die Rote Klette besonders schlecht. Dem Herrn Professor war es mit der Zeit immer gewisser geworden, daß in Herz und Hirn des jungen Mannes allerhand lose Geister ihr unheilvolles Spiel trieben, und dementsprechend behandelte er ihn. Als Entgelt dafür beehrte der Schüler ihn mit Namen, unter denen Pedant, Hornvieh, Kamelogramm und Hebräer noch die zartesten waren. Eines Tages hatte der ›Hebräer‹ vor versammelter Klasse an ihm oder vielmehr an seiner schriftlichen Arbeit eine vernichtende Kritik geübt, und dafür wollte er sich nun in purer Selbstverteidigung rächen.

Eine halbe Stunde vom Gymnasium entfernt lag ein kleines Dorf, wo ein älteres kinderloses Ehepaar wohnte. Beide, Mann und Frau, arbeiteten, er in einer Fabrik, sie in einem Farmhaus, wo die Frau gestorben war. Die Haustür schlossen sie nicht ab, denn das Verschließen war damals in dieser Gegend noch nicht üblich und auch nicht nötig. Außerdem hatten sie einen zuverlässigen Hauswächter, einen großen Leonberger.

Wenige Tage nach der schimpflichen Kritik seitens des Professors hatte der Rote eine Privatunterredung mit ihm. Er sprach von dem einsamen Ehepaar, lobte Mann und Frau bis übers Dach hinaus und wußte zu berichten, daß die Frau seit längerer Zeit kränklich sei und sehr nach geistlichem Zuspruch verlange. Nachdem er ihm Haus und Straße genau beschrieben hatte, versprach der Herr Professor in der freundlichsten Weise, schon am folgenden Vormittag hinüberzugehen. Gleichzeitig schob er den Zeiger seines Urteils über den vermeintlichen Unhold ein gutes Stück nach rechts.

Am nächsten Morgen um 9 Uhr wanderte der ›Hebräer‹ nach dem nahe liegenden Dorf, suchte und fand das Haus und klopfte an die Tür, ein-, zwei-, dreimal, laut und immer lauter. Keine Antwort. Er drückte die Klinke nieder und öffnete die unverschlossene Haustür. Drinnen, einen Schritt von ihm entfernt, stand der Leonberger, der ihn treuherzig ansah und seinen buschigen Schwanz von rechts nach links und von links nach rechts pendeln ließ, was, in menschliche Sprache übersetzt, ›Herein‹ heißen sollte. Der Professor ging von einem Raum in den andern und rief und rief, um seine Anwesenheit kundzutun; aber niemand antwortete. ›Na‹, dachte er, ›es wird schon bald jemand kommen‹, und in dieser Hoffnung setzte er sich.

Der Hund war ihm auf Schritt und Tritt gefolgt und legte sich jetzt zu seinen Füßen nieder, ihn unverwandt anstarrend. Der Besucher wartete eine halbe Stunde und noch eine, bis er endlich einsah, daß ein noch längeres Bleiben zwecklos sei. Er nahm seinen Hut und erhob sich, um zu gehen. Gleichzeitig aber erhob sich auch der Hund. Jede Treuherzigkeit war aus seinem Blick gewichen, er zeigte die Zähne und ließ ein unheimliches Knurren hören, das jedes Mißverständnis ausschloß. Was war zu tun? Der gute Mann setzte sich wieder hin, wo er eben gesessen hatte, und der Hund legte sich ebenfalls nieder, aber nur vorläufig; denn jedesmal wenn der Gast Miene machte zum Aufstehen oder auch nur nach seinem Hut griff, stand auch der Hund wieder da und bleckte die Zähne und protestierte mit scharfem Murren.

Auf einmal kam dem Mann eine Erleuchtung. Er erinnerte sich, daß er früher gelesen oder gehört habe, es gäbe Hunde, die jeden Fremdling ohne weiteres einließen, sich aber seiner Verabschiedung in gröblichster Weise widersetzten, wenn niemand von den Besitzern des Hauses daheim war. Es blieb ihm nichts übrig, als mucksmäuschenstill zu sitzen und zu warten.

Er wartete bis 5 Uhr nachmittags. Da kam die Frau zurück, frisch und froh trotz ihres Alters und ihrer harten Arbeit und ohne jegliche Spur von Leiden und Kränklichkeit. Es gab ein verdutztes Fragen und Antworten, und es fehlte nicht an Erklärungen und bedenklichem Kopfschütteln, und dann erhielt der Gefangene ohne Widerspruch seine Freiheit wieder. Nervös geworden und hungrig dazu, trat er den Heimweg an mit allerlei unguten Wünschen für die Rote Klette und für die gesamte Sippe der Leonberger.

Noch an demselben Abend erhielt der ›Rote‹ vom Direktor den mündlichen und schriftlichen Bescheid, daß man auf seine weiteren Streiche verzichte und daß er innerhalb zweier Tage die Anstalt zu verlassen habe. Selbstverständlich mußte er gehen, denn an einen Widerruf des Bescheids war nicht zu denken. Aber am Tag vor seiner Abreise ging er unbekümmert neben einem Bauersmann her, der in der Nachbarschaft ruhig und bedächtig seinen Acker pflügte, und hielt ihm einen längeren Vortrag über Lessings ›Laokoon‹. Der Pflüger hörte wohl nicht sehr andächtig zu, denn seine Ackerfurchen wurden während der einseitigen Unterhaltung genauso gerade und ebenmäßig wie vorher.«

Dritter Teil

1. Neue Einwanderung und böse Umtriebe in der Gemeinde

Die Kunde davon, daß im Mittelwesten Amerikas ungeheuer weite Landstrecken von besonderer Güte und Fruchtbarkeit lägen, die Menschenhand niemals berührt hatte, war nach und nach auch in die einsamsten Ortschaften der Alten Welt gedrungen. Es war nicht ein bloßes Gerede oder ein zweifelhaftes Gerücht, sondern beruhte auf Tatsachen, über die man sich nicht weiter zu wundern brauchte, weil das amerikanische Land Jahrtausende hindurch Zeit gehabt hatte zum Ausruhen. Mit dieser Kunde kam zugleich die andere, daß man ein großes Stück Land für ein »Butterbrot« erwerben könne. Das klang den Leuten drüben wie eine freundliche Einladung, und ihrer waren viele, die ihr folgten.

Von nah und fern waren sie gekommen, die »Neuen«, meistens von fern. Sie waren nicht gerade Parther und Meder und Elamiter und die da wohnen in Mesopotamien, wie sie im zweiten Kapitel der Apostelgeschichte aufgezählt werden, sondern Deutsche, Skandinavier, Russen, Polen, Griechen, Italiener, Schotten und Irländer – ein buntes Völker-Sammelsurium. Die einen waren gekommen, weil sie von Neugier und Lust zu Abenteuern in die Ferne getrieben wurden; andere, weil die alte Heimat sie allzu kärglich mit irdischen Gütern bedacht hatte; noch andere schüttelten den Staub von ihren Füßen, weil ihnen daheim aus irgendeinem Grunde der Boden, darauf sie standen, zu heiß geworden war.

Auch in Springdale gab es großen Zuwachs. Die Neuen brachten alles mit, was sie drüben ihr Eigentum genannt hatten; aber viele von ihnen brachten zusammen mit ihren Kisten und Kasten und Bündeln auch manches, das sie unterwegs hätten über Bord werfen sollen, nämlich Unsitten und böse Gewohnheiten, die keinen guten Geruch vor Gott und Menschen hatten.

Die ältesten und ersten Ansiedler in Springdale, fast ausnahmslos Norddeutsche, waren zum größten Teil gestorben. Der Schnitter Tod hatte fleißig gemäht und reiche Ernte gehalten. Die Kinder waren vielfach anderswohin verzogen und hatten Fremde geheiratet, die sich im weltentlegenen Springdale nicht wohl fühlten und über alles und jedes die Nase rümpften. So kam es, daß die Gemeinde mit jedem Jahr mehr einem alten Baum glich, der einen Ast nach dem andern verloren hat. Das Wurzelwerk ist gut und gesund; aber im Stamm hat sich der Krebs festgesetzt und frißt und zerfrißt alles, was er nur erreichen kann. –

Auch am Pfarrhaus waren die Jahre nicht spurlos vorübergegangen. Die erste Jugendzeit lag längst hinter Möne und Grete. Der älteste Sohn stand schon seit einigen Jahren in Amt und Würden, die jüngeren studierten noch, und Helene, das Nestküken, und, wie die Brüder böswillig behaupteten, der Verzug der Eltern, hatte vor zwei Monaten das Elternhaus mit einem College vertauscht, um dort höhere Bildung zu schlucken. Beim Abschied hatte der Vater gesagt: »Helene, die höhere Bildung trägt ihren Namen mit Recht; sie wohnt oben, im Kopf. Die innere Bildung wohnt eine Etage niedriger, im Herzen. Nimm soviel von der höheren Bildung auf, wie du in deinem kleinen Kopf unterbringen kannst; aber laß sie nie und nimmer Herr werden über die innere Bildung. Die höhere Bildung kann dich vielleicht wertvoll und angenehm vor Menschen machen, die tiefere macht dich angenehm vor Gott. Der Kopf rüstet uns aus mit dem, was die Welt achtet und schätzt; Gott aber sieht das Herz an und nicht den Kopf. Die höhere Bildung zeigt dir den Weg in die Welt, die tiefere den Weg in die Ewigkeit. Denk daran, liebes Kind!« –

Möne erlebte viel Schweres in dieser Zeit. Von dem Ungestüm seiner Jugend hatte er manches abgelegt und mußte jetzt doch zuweilen mit Blitz und Donner dazwischenfahren, wo Sanftmut und Nachgiebigkeit die Sache nur verschlimmert hätten.

In der Gemeindeversammlung kam es zu einer gründlichen Aussprache. Viele der Neuen erhoben befremdliche Forderungen: Verringerung der Anzahl der Gottesdienste, Aufhebung der Sonntagsschule und der Christenlehre und anderes. »Man will doch nicht den ganzen Sonntag fromm sein«, war eine allgemeine Redensart geworden.

Auf der andern Seite verlangten sie ein halbes Dutzend von weltlichen Vereinen und vor allen Dingen einen Tanzklub, und da kein anderes geeignetes Lokal vorhanden war – die im Ort befindliche Schnapsbude war zu klein –, schlug man den Nebenraum im Kirchengebäude vor, Wand an Wand mit dem Hauptraum, der ein für allemal für den Gottesdienst bestimmt war.

»Was?« rief der Pastor in die Versammlung hinein, »im Kirchengebäude wollt ihr tanzen? Dann laßt doch auch gleich ein Bild von der tanzenden Gemeinde in Springdale anfertigen; die Unterschrift will ich euch gratis daruntersetzen!«

»Aber, Herr Pastor«, meinte der erst vor kurzer Zeit zugewanderte Schneider Tiedtke, ein windiges Männlein in Gestalt und Wesen, »das wird schon alles seinen Schick kriegen. Das Tanzen ist doch nichts Böses, das ist ja nur eine schnellere Bewegung und weiter nichts. Man will doch auch ein wenig Vergnügen haben!«

»So?« antwortete Möne, und seine Stimme bekam einen harten Klang, wie wenn ein scharfes Schwert klirrend aus der Scheide gezogen wird. »Nun stellt euch einmal in Wirklichkeit vor, was ihr euch wünscht! Unsere Kirche steht mit diesem Nebenraum unter demselben Dach und ist nur durch eine dünne Wand davon getrennt. Auf der einen Seite der Wand das Kruzifix, auf der andern Seite die Bühne für die Tanzmusik; auf der einen Seite ernste Kirchenlieder mit ernsten Mahnungen für Leben und Sterben, auf der andern manch leichter und vielleicht gar leichtfertiger Sang mit dem Kehrreim: ›Das Leben, es ist doch nur ein leichtes Spiel‹; auf der einen Seite manch stilles und andächtiges Vaterunser, auf der andern manch loses Wort, das nirgend anderswo als nur auf Tanzböden gehört wird. – Hier in diesem Nebenraum, wo wir jetzt sitzen, wird die Sonntagsschule gehalten, hier unterrichte ich die Konfirmanden, hier finden alle Versammlungen unserer Vereine statt, und immer beginnen und schließen wir mit einem Schriftwort, einem Gebet und einem christlichen Lied. Könnt und wollt ihr eure Tanzabende auch so anfangen und schließen? Wenn wir im Konfirmandenunterricht vom Vaterunser und vom Gebet überhaupt reden, so frage ich wohl: Wann können wir beten? und immer erhalte ich zur Antwort: Zu allen Zeiten! Dann frage ich weiter: Wo können wir beten? und jedesmal höre ich jemand antworten: An jedem Ort! Und dann tue ich die letzte Frage: Können wir auch auf dem Tanzboden plötzlich innehalten mit dem Tanzen und uns hinstellen und die Hände falten und beten? und darauf kommt keine Antwort. Warum nicht? Könnt ihr mir vielleicht sagen, warum dann die Antwort der Kinder ausbleibt? ›Mein Haus soll ein Bethaus sein, ihr aber habt's gemacht zur Mördergrube!‹ Habt ihr das nie gehört oder gelernt?«

Pastor Markow wurde ruhiger in seiner Rede. »Ihr lieben Leute, denkt nicht, daß ich euch in euren Vergnügungen stören will! Ihr wißt, daß ich kein Spielverderber bin. Und wenn ihr meint, daß ihr ohne Tanz nicht leben könnt, und wenn ihr es bei eurer ›schnelleren Bewegung‹ ordentlich und anständig zugehen laßt, dann tanzt, wo ihr wollt, aber« – es klang wieder, wie wenn der harte Hammer auf hartes Eisen fällt – »nicht in unserm Kirchengebäude. Ich leide es nicht!«

Darauf schwieg das Schneiderlein, jedoch mit einem Gesicht, als wolle es sagen: Mich überzeugst du noch lange nicht; mir soll's gleich bleiben, wo ich tanze, aber tanzen muß ich, denn meine Beine haben ein unwiderstehliches Verlangen nach einer flotten Polka.

Für den Schneider sprang der neue Kaufmann Mielke in die Bresche, sah sich siegesgewiß um und sprach also: »Die Zeit, in der das gesagt wurde von dem Bethaus und der Mördergrube, liegt weit zurück, und die Worte gelten heute nicht mehr. Unsere Zeit ist eine Zeit des Fortschritts. Wir sind moderne Menschen und leben nach modernen Grundsätzen. Ich kann nicht einsehen, daß das Tanzen im Kirchengebäude ein Unrecht sein soll. Andere Gemeinden tun dasselbe und haben starken Zulauf bei ihren Vergnügungen. Ich bin überzeugt, daß wir eine große Zahl von neuen Gemeindemitgliedern bekommen werden, wenn wir monatlich einen Abend für den Tanz freihalten, und wenn wir keinen andern Raum dafür finden, so muß uns die Kirche zur Verfügung gestellt werden. Hier in Amerika kennen wir keine Unterdrückung des freien Willens; hier gilt die Stimmenmehrheit und sonst nichts. Gerade durch das Tanzen in der Kirche werben wir für unsere Gemeinde und treiben Mission.«

Wieder erhob sich Pastor Markow. Alle Schärfe war aus seinem Blick verschwunden, und in seiner Stimme klang so etwas wie ein herzwarmes Werben um die Seele eines Mitmenschen. »Lieber Freund, Sie haben recht, aber nur halbwegs. Es ist richtig, das vom Bethaus und der Mördergrube ist ein altes Wort; aber der es gesagt hat, der ist nicht alt und wird auch nie alt. Und wenn Sie meinen, daß das Wort heute nicht mehr gilt, so sind Sie damit im Unrecht; es gilt noch heute und wird noch gelten, wenn Sie und ich längst im Grabe liegen. Sie haben auch wohl darin recht, daß wir als moderne Menschen nach modernen Grundsätzen leben.

Aber ist alles Moderne und überhaupt alles Neue allezeit gut? Ich bezweifle es; aber das weiß ich gewiß: Gott der Herr ist altmodisch und bleibt altmodisch, auch noch dann, wenn es keinen Kaufmann Mielke und keinen Pastor Markow mehr in Springdale geben wird. Und zum dritten: es ist richtig, daß es Gemeinden gibt, die ihre Tanzabende in der Kirche abhalten. Aber müssen wir denn alles und alles nachmachen, was andere tun? Das tun nur die Affen und machen sich dadurch zum Gespött aller lebendigen Kreatur. Ich weiß nur Einen, dem wir ohne Zögern und Bedenken alles nachmachen dürfen und sollen; hier an dieser Wand hängt sein Bild. Denken Sie, Herr Mielke, daß das Bild hier auch dann seinen Platz behalten kann, wenn dieser Raum zur Tanzhalle gemacht wird?«

Darauf wurde es still in der Versammlung, und keiner meldete sich mehr zum Wort. Es kam auch zu keinem Beschluß über Tanzen oder Nichttanzen in der Kirche.

Jeder ging unbefriedigt nach Hause, und Möne legte sich mit einem tiefen Seufzer und einem wunden Herzen auf sein Lager. Grete, durch den Seufzer erschreckt, fuhr auf aus dem Schlaf: »Was ist, Möne?«

»Ach«, war die Antwort, »sie wollen den lieben Gott abschaffen. Er ist ihnen zu alt und zu altmodisch geworden, und darum meinen sie, daß es die höchste Zeit sei, ihn zwangsweise in den Ruhestand zu versetzen. Was sollen wir nun tun? Ich weiß mir keinen Rat mehr.«

Grete sah ihn mit großen Augen an, und ein fast schelmisches Lächeln ging über ihre Züge, als sie erwiderte: »Möne, mein lieber Möne, manchmal fragst du doch wirklich zu dumm. Was wir nun tun sollen?« Und damit legte sie ihre kleinen Hände in die Bärentatzen ihres Mannes und begann ihren täglichen gemeinsamen Abendsegen, in den Möne sofort mit einstimmte: »Gott, laß dein Heil uns schauen, auf nichts Vergänglich's bauen, nicht Eitelkeit uns freu'n! Laß uns einfältig werden und vor dir hier auf Erden wie Kinder fromm und fröhlich sein!«

Dann nickten sie einander zu und drehten sich jeder nach seiner Seite, der eine nach Süden, der andere nach Norden – gegenseitige Rücksicht nannten sie es – und schliefen bald »wie Kinder fromm und fröhlich ein«, Möne aber erst, nachdem es ihm durch den Sinn gegangen war, was in den Sprüchen Salomos im 31. Kapitel zum Lobe einer rechten Ehefrau geschrieben steht: »Sie tut ihren Mund auf mit Weisheit, und auf ihrer Zunge ist holdselige Rede!« –

Zwei Wochen darauf fand die monatliche Versammlung des Frauenvereins statt. Die Vorsitzende, Frau Braun, hatte ihre Heimat in Sachsen und war »helle« und resolut wie alle Sachsen. Nach Eröffnung der Versammlung und Kassierung des monatlichen Beitrags stand sie auf, stemmte beide Hände auf die Hüften und begann mit lauter Stimme: »Ihr wißt, daß wir wieder ein Mitglied unseres Vereins durch den Tod verloren haben. Was ist dabei zu machen?« – Einige Frauen steckten die Köpfe zusammen und flüsterten einander zu, daß im Grunde genommen wenig dabei zu machen sei, bis die alte Frau Reinert sich erhob und ihre Meinung kundgab: »Ich habe in meinen Gedanken erwogen, daß es nicht mehr als recht ist, wenn wir dem gestorbenen Mitglied die Ehre antun und ein Blumenstück schicken – für drei Dollars, aber nicht mehr! Ich schlage das vor.« – Vorgeschlagen! Unterstützt! Angenommen!

Die alte Frau Reinert war im Nebenberuf eine von der ganzen Gemeinde hochgeschätzte Dichterin, und wer zu einem Geburtstag oder zu Neujahr oder zu sonst einer Gelegenheit einige wohlgemeinte und schlechtgereimte Verse benötigte, wandte sich an sie, und sie war jederzeit willig, ihren Dichterquell fließen zu lassen. Sie tat es billig. Der erste Vers kostete 25 Cents und jeder folgende 10 Cents mehr. Dagegen war nichts einzuwenden; sie übervorteilte keinen. Heute übertraf sie sich selber. Sie las den Frauen ein eigens für Pastor Markow bestimmtes Gedicht vor und überreichte es ihm dann als teures Andenken mit der Bemerkung: »Dat kost't nix, Herr Pastohr.« Der besonders gutgelungene Schlußvers lautete:

»Unser Pastor hat ein gutes Herz
Und macht uns niemals keinen Schmerz.
Er predigt immer des Sonntags früh,
Und die Predigt macht ihm nicht viel Müh'.
Wir bezahlen ihn gut davor,
Nich wohr,
Herr Pastohr?«

Der Pastor steckte das wertvolle Schriftstück mit Dank in die Brusttasche, und dabei glitt ein schwer zu deutendes

Schmunzeln über sein Gesicht. Möne konnte so herzlich lachen, aber diesmal blieb es bei einem etwas erzwungenen Lächeln; denn mit der »guten Bezahlung« sah es einigermaßen windig aus. Während der Jahre seit seiner Ankunft in Springdale war alles und jedes merklich im Preise gestiegen, aber sein Gehalt war dasselbe geblieben. Es reichte zur Not für Kleider und Schuh' und Essen und Trinken; aber damit hörte es auch auf, zum Sterben zuviel und zum Leben zuwenig. –

Pastor Markow sollte an diesem Abend noch andere Überraschungen erleben. Als alles Geschäftliche erledigt war und man schon ans Heimgehen dachte, sprang die Frau Stiem aus der Gegend von Bremen auf, eine der Neuen, zornrot im Gesicht: »Es war da vorhin von Bezahlung die Rede. Frau Reinert hat ganz recht, wenn sie in ihrem schönen Gedicht sagt, daß wir den Pastor gut bezahlen. Ich denke, es ist sogar reichlich viel, was er bekommt. Was tut der Mann denn eigentlich dafür? Am Sonntag steht er eine halbe Stunde auf der Kanzel und spricht zu uns, und das ist die einzige Arbeit, die er in der ganzen Woche zu tun hat. Das ist ganz unchristlich von ihm gehandelt. Gott hat sechs Tage für die Arbeit und einen Tag für die Ruhe gesetzt, und danach richten wir uns und unsere Männer auch. Aber der Pastor, der uns doch ein gutes Beispiel geben soll, der arbeitet nur am Sonntagvormittag, und die ganze übrige Woche verbringt er mit Nichtstun. Wie müssen unsere Männer dagegen schuften! Wenn mein Mann abends nach Hause kommt, ist er von der schweren Arbeit so müde, daß er nicht mehr piep sagen kann. Ja, so ist es hier bei uns: der eine muß arbeiten wie ein Ackergaul und kriegt so gut wie nichts dafür, und dem andern wird das Geld in Tüten ins Haus getragen, und er macht sich einen guten Tag dabei. Ist das recht? Ist das menschlich? Ist das christlich?«

So, nun hatte sie ihrem Herzen Luft gemacht, guckte um sich, als hätte sie ein gutes Werk verrichtet, und setzte sich mit dem stolzen Bewußtsein: dem habe ich's aber gut gesagt! Dor rük an, Paster!

Das Strafgericht über Pastor Markow war noch nicht abgeschlossen. Lena Grotmul, im Hauptberuf intime Freundin von Frau Stiem und nebenher die Frau vom Briefträger, hielt es für ihre Schuldigkeit, die erhobene Anklage noch um einen Paragraphen zu vermehren. Wenn Frau Grotmul etwas zu sagen hatte – und sie hatte immer etwas zu sagen –, so war das eigentlich kein Sprechen, sondern ein Schreien, als ob alle andern Menschen schwerhörig wären. Bald klang es wie das heisere Bellen eines bösartigen Kettenhundes und bald wie das laute Krächzen von 99 hungrigen Krähen. Sie schrie in Freundlichkeit und schrie im Zorn, diesmal im Zorn: »Det is janz richtig, wat die Stiem sagte. Hier bei uns in Springdale jeht allens verkehrt zu. Jeden Abend, wenn ordentliche Leut' wie wir zu Bett jehen, hat der Pastor noch Licht in seiner Stube. Warum soviel Licht brennen, wo er doch wissen tut, det wir es bezahlen müssen? Sein' Predigt braucht er doch nicht zu machen, det hat er doch schon allens auf de Universität jelernt. Und tut ihr wissen, was er dann macht, wenn er endlich jenug in seine Stube jesessen und die Wände anjeguckt hat? Dann macht er det Fenster weit uff, wenigstens zehn Minuten lang, damit der Smok von seine Pfeife hinausziehen kann; aber wat mit hinausziehen tut, det is die Wärme. Det is ja jerade so, als ob man die teuren Kohlen auf die Straße hinausschmeißt, und wer tut die Kohlen bezahlen? Nich der Pastor, sondern wir. Ne, allens wat recht is, aber dies is nich recht.«

Alle sahen sich nach dem Pastor um, aber der war nicht mehr da. Pastor Markow konnte viel ertragen, auch ein hartes Wort; aber Gift konnte er nicht vertragen und Galle noch weniger. Er hatte sich gesagt: wenn ich jetzt antworte, so fällt vielleicht eine zu scharfe Bemerkung, und das darf nicht sein. Ihm kam das heilige Wort seines Herrn und Meisters in den Sinn: »Sie wissen nicht, was sie tun!« – Darum hatte er leise und unbemerkt die Tür geöffnet und den Frauenverein hinter sich gelassen, nicht wie ein Feigling, der vor Weibergeschwätz davonläuft, sondern wie einer, der selbst berechtigten Zorn zu meistern versteht.

Grete sagte nichts. Ihren Mann verteidigen, ihren lieben Möne, der es sich zur Ehre rechnete, seinen Leuten mit allen Kräften des Leibes und der Seele zu dienen, dem kein Tag zu lang und keine Nacht zu dunkel war, wenn es galt, mit Rat oder Tat zu helfen? Nein, der brauchte keinen Verteidiger, der stolze Knab'. So dachte sie; aber dabei konnte sie es doch nicht verhindern, daß ihr zwei dicke Tränen übers Gesicht liefen.

Die alte Frau Busacker hatte sich inzwischen zum Wort gemeldet. »Was für eine Suppe ist das, die ihr hier zusammengekocht habt! Ich kann euch sagen, die schmeckt keinem von uns, am wenigsten unserm Pastor. Er hat etwas Besseres verdient. Ich bin 76 Jahre alt, aber soviel Unsinn wie heute abend habe ich in den vielen Jahren zusammen nicht gehört. Hat der liebe Gott euch das bißchen Verstand, das ihr mit auf die Welt gebracht habt, nun ganz genommen? Es ist mir ganz gleich, ob ihr auf deutsch oder berlinisch klönt, aber die Wahrheit sollt ihr einmal hören und sollt sie gründlich hören.

Es sind bald dreißig Jahre her, daß wir unsern Pastor hierher zu uns gerufen haben. Und er ist gekommen und hat Vater und Mutter und Heimat verlassen, um uns zu dienen, und hat mit keinem Wort nach Geld und Gut gefragt. Ist das nichts wert? Und er ist nicht nur unser Pastor geworden, sondern auch unser Freund. Er hat nicht, weil er ein Studierter ist, stolz den Kopf in den Nacken geworfen, sondern er war von Anfang an wie unsereiner, ein Zweig von unserm Stamm, ein Stück von unserer Heimat. Ist das nichts? Zu der Zeit, da er kam, haben wir ihm so viel gegeben, daß er notdürftig davon leben konnte, und er hat nie den Wunsch nach mehr ausgesprochen. Die Tüten voll Geld, wovon ihr sprecht, habt ihr nie gesehen und er auch nicht. Jeder, der arbeiten kann und mag, verdient jetzt wenigstens das Doppelte von dem, was er vor dreißig Jahren verdiente; aber unsern Pastor haben wir über unserm eigenen Geldsparen vergessen. Er konnte, wenn es nach uns ging, von Mondschein und Mückenfett leben. Das ist keine Ehre für uns, sondern etwas ganz anderes. Und was das Arbeiten angeht, so will ich euch sagen« – sie warf einen scharfen Blick in die Gegend, wo die Frauen Stiem und Grotmul einträchtig beieinandersaßen – »wir arbeiten mit unsern Händen, und das ist ehrliche Arbeit, und wir brauchen uns ihretwegen nicht zu schämen, und unser Pastor – das wissen wir alle – schämt sich ihretwegen auch nicht; aber seine Hauptarbeit tut er mit dem Kopf und mit dem Herzen. Viel Kopfarbeit ist nicht für unsereins, wir lassen höchstens noch den Mund mitarbeiten, und was aus unserm Mund geht, ist, wie wir heute abend mehr als genug gehört haben, für gewöhnlich weder Gold noch Silber, sondern meistens nur Blech.

Und was das Herz anbetrifft, so gibt es Menschen, die gewiß und wahrhaftig ein Herz haben, aber wenn das Herz sprechen will, so drücken sie beide Hände fest darauf, so daß es still sein muß. Und dann gibt es wieder andere Menschen, die leiden an einem Geburtsfehler und haben statt des Herzens einen Stein mit auf die Welt gebracht.

Zu dieser Art von Leuten gehört unser Pastor nicht. Er hat Kopf und Herz am rechten Platz und gebraucht beides zur rechten Zeit. Das tut er dann, wenn er abends bis spät in die Nacht hinein in seiner Stube sitzt. Dann zählt er nicht das viele Geld in seinen vielen Tüten, dann schreibt er auf, wie er uns am Sonntag ermahnen will, ›wie man vor Gott recht leben soll‹. Und das sag' ich euch noch zu guter Letzt: wenn unsere Mannsleute nicht bald zur Einsicht kommen, daß wir besser für unsern Pastor sorgen sollten, dann müssen wir Frauen diese Sache in die Hand nehmen. Habt ihr mich verstanden?«

Ja, sie hatten verstanden. Es war eine harte Rede, hart für diejenigen, denen sie galt, und hart für die, die wie eine Mutter für ihren Sohn gesprochen hatte und die sich jetzt den Schweiß von der Stirn wischte. Mutter Busacker war allgemein als eine durch und durch rechtschaffene Frau bekannt, und darum unterblieb jeder Widerspruch.

Es war spät geworden, und die Mehrzahl der Frauen war müde von des Tages Last und Mühe. Nach Schluß der Versammlung trat jede den Heimweg an. Grete drückte dem Rechtsanwalt ihres Mannes beim Hinausgehen warm die Hand, sah auf zu der alten Frau und sagte leise und innig: »Habt Dank, Mutter Busacker!« – Beim Weitergehen fiel ihr der Gesangbuchvers ein, der Möne und ihr lieb geworden war und in welchem es heißt: »So gib dem Worte Kraft und Nachdruck ohn' Verdruß!« An Kraft und Nachdruck hatte es an diesem Abend nicht gefehlt, aber auch nicht an Verdruß.

2. Grete hat Heimweh
Möne faßt einen Entschluß

In Springdale hatte sich manches verändert. Auch Frau Grete war eine andere geworden. Noch immer konnte man sich freuen über den Sonnenschein, der über ihrem Gesicht ausgebreitet lag; aber mitunter war es nur der Glanz der Abendsonne, und zuweilen huschte unbemerkt ein Schatten darüber hin. Hatte sie ein stilles Leid zu tragen, eine schwere Sorge? Ach was, Unsinn! Frau Grete, unzufrieden mit ihren eigenen Gedanken, warf bei solchen Gelegenheiten halbwegs trotzig den Kopf zurück und rief sich selber zur Ordnung: Ich habe über mir meinen Vater im Himmel, der hier in Springdale genau derselbe ist wie in Warkenthin, und ich habe neben mir meinen Grobschmied zur Linken und meine Kinder zur Rechten – was will ich mehr!

Das half für eine Weile. Eine halbe Stunde später war aber wieder so etwas Träumerisches und Sorgendes über sie gekommen. Nicht daß sie ihr Hauswesen versäumte oder die Fürsorge für Mann und Kinder; auch nicht, daß sie die Armen und Kranken und Alten in der Gemeinde vergaß. Frau Grete mit ihrem Henkelkorb, der ihr überallhin folgen mußte, ob er wollte oder nicht, war eine bekannte Erscheinung im Ort, obwohl sie es vorzog, ungesehen in die Häuser zu kommen, in denen Not und Leid tägliche Gäste waren, und immer hatte sie ein warmes und liebes Wort für diejenigen, die Wärme und Liebe mit Heißhunger in sich aufnahmen.

Was war es, das jetzt so häufig einen Schatten in ihr Herz und auf ihr Gesicht warf? Dies, daß ihre und Mönes Eltern seit einer Reihe von Jahren unter dem grünen Rasen ruhten, dort, »wo der Sand sich so sacht auf die Särge legt«, konnte ihr kein Herzeleid bringen, weil sie wußte, daß von den Eltern dasselbe galt, was ein alter Pastor mit dem Vornamen Klaus als Inschrift für sein eigenes Grabkreuz bestimmte:

»Hier liegt der alte Klaus,
Sein' Arbeit ist nun aus,
Er ist zu Haus!«

War es Möne, der die Schuld an dem Schatten trug? Nein, und abermals nein; von Möne erfuhr sie nur Liebes und nie Leides. Oder die Kinder, die allesamt das heimatliche Nest verlassen hatten? Auch sie nicht. Sie machten ihr eitel Freude. Was war es?

Frau Grete hatte sich froh und freudig aus heimatlichem Boden in fremdes Land verpflanzen lassen; aber die Heimatluft und den Heimatduft hatte sie nicht mitnehmen können. Zu Anfang gedieh sie in Springdale an Leib und Seele, und ihre Jugend half ihr über das Schwere und Ungewohnte hinweg. Aber später und besonders dann, als die alten Freunde und getreuen Nachbarn einer nach dem andern dort zu Grabe getragen worden waren, kam es ihr nach und nach zum Bewußtsein, daß das neue Wurzelwerk in der neuen Erde recht kümmerlich und von geringer Lebensfähigkeit war.

Das Heimweh zehrte an ihr und wurde mit jedem Jahr stärker. Je länger sie von der Heimat fern war, desto klarer stand alles Heimatliche vor ihren Augen: der ernste und gütige Vater, das freundliche und verstehende Lächeln der Mutter, der wohlgepflegte Pfarrgarten, der Gevatter Langbein auf des Nachbars Dach – alles war so greifbar nahe und war doch in Wirklichkeit in fast unbegreifliche Ferne gerückt. Sie war eine resolute Frau und kämpfte tapfer; aber die Heimat war stärker als Frau Grete. Es war ein heimlicher Kampf, Mann und Kinder sollten nicht daran teilnehmen.

Aber Möne hatte scharfe Augen, nicht nur für Pferdehufe und für den wachsenden Verfall der Gemeinde, sondern auch für das, was an Gretes Herz nagte. Er sah auch, wie ihr Gesicht nach und nach schmaler wurde; wie sich das sonnige Lachen allmählich in ein müdes Lächeln verlor; wie sie kämpfte und dabei doch wußte, daß es ein aussichtsloser Kampf sei mit einem Gegner, der ihr zu mächtig war; wie sie sich hart zu machen suchte gegen ein Weh, das sich durch keine Härte unterdrücken ließ. Möne litt mit ihr, und zuweilen war es fraglich, wer von ihnen am meisten litt.

Eines Tages trat er auf sie zu, nahm sie in seine Arme und sagte: »Gretelein, nun höre mir gut zu! Ich weiß, daß du krank bist. Nein, wehr' mir nicht! Ich weiß es, und ich weiß auch, was dich krank macht. Du bist in deinen Gedanken mehr in Warkenthin als in Springdale. Mußt nicht weinen, Grete! Ich will dich ja gar nicht schelten oder dir einen Vorwurf machen. Mir geht es ja nicht viel anders als dir. Der Unterschied zwischen uns beiden ist nur, daß du ein sorgsam aufgezogenes Pflänzlein aus dem Warkenthiner Pfarrhaus bist, und ich bin der Grobschmied mit dickem Fell und mit, wenn es sein muß, einem harten Sinn. Ich bin wie ein großer Hund. Wenn er angegriffen wird, so bellt er und beißt um sich, und ich habe, weiß Gott, in letzter Zeit genug zu bellen und zu beißen. Mit dir ist es anders bestellt. Du kannst weder bellen noch beißen, und ich bin froh darüber. Was sollte ich armer Mann tun, wenn du mich den ganzen Tag über anbellen würdest! Ich müßte doch vor Angst in ein

Mauseloch kriechen und das« – er richtete sich hoch auf – »würde mir wirklich schwer werden. Siehst du, nun lachst du schon wieder, und ich mag dein Lachen so gern hören und sehen.

Aber höre weiter, und erschrick nicht über das, was ich dir sagen will! Wir suchen uns einen andern Platz. Amerika ist ein weites und großes Land, und der Hungrigen sind viele und der Pastoren sind wenige. Ich werde schon irgendwo eine kleine Ecke in Gottes großem Garten finden, wo ich nach Herzenslust graben und säen kann. Hier ist unseres Bleibens nicht. Ich sehe im voraus, daß hier die ›Neuen‹ nach kurzer Zeit die Oberhand gewinnen werden. Sie passen nicht zu uns und wir nicht zu ihnen.

Zurückgehen nach drüben, vielleicht sogar nach Warkenthin? Geht nicht, Grete! Deine und meine Eltern ruhen längst auf dem Hof, den man den Friedhof nennt. Und Warkenthin ist auch nicht mehr das stille Dorf, das es einst war. Der ›Zahn der Zeit‹ tut auch dort seine unheimliche Arbeit und zernagt vieles von dem, was dir und mir einst lieb war. Das große Feuer, das vor einigen Jahren das halbe Dorf zerstört hat, und die vielen neuen Steinbauten mit Ziegeldach haben ein anderes Warkenthin erstehen lassen, das mit unserem Bild von der Heimat nicht mehr viel Ähnlichkeit hat. Und ob unser Freund Adebar noch auf des Nachbars Dach steht, ist auch wohl fraglich; vielleicht sind seine Nachkommen auch modern geworden und haben sich das altmodische Klappern abgewöhnt.

Unsere Kinder? Sollen wir die hier zurücklassen? Sie sind hier geboren und groß geworden und werden sich schwer in den Verhältnissen drüben zurechtfinden. Unsere Heimat ist nicht ihre Heimat. – Du hast mir so oft einen guten Rat gegeben, rat' mir auch heute! Was meinst du, Grete?«

Er sah sie mit bittendem Blick an. Sie schwieg eine Weile, dann hob sie den Kopf, sah ihm ruhig ins Auge und sagte, als wäre es etwas Selbstverständliches: »Du hast gestern in der Abendandacht die Antwort vorgelesen, die die Moabitin Ruth ihrer Schwiegermutter Naemi gab. Ihre Antwort ist meine Antwort: Wo du hingehst, da gehe ich auch hin!«

Es war ihnen beiden, als ständen sie zum zweitenmal vor dem Altar in der Kirche zu Warkenthin und hörten Vater Brümmerstädt die Worte Ruth verlesen, die sie zu ihrem Trautext gewählt hatten. Die Stunde heute war fast so feierlich wie damals die Stunde an ihrem Hochzeitstag, nur mit dem Unterschied, daß heute Grete allein etwas gab und Möne allein etwas empfing. Grete gab ein Versprechen, und Möne nahm es an; er nahm es mit einem Dank, der ihm vor innerer Bewegung kaum über die Lippen kommen wollte.

Nach dieser Aussprache und nach diesem Geben und Nehmen war es beiden freier ums Herz geworden, und so ging jeder von ihnen mit hellerem Blick an seine Arbeit, Möne an seinen Schreibtisch und Grete in ihre Küche.

3. Möne faßt einen zweiten Entschluß

Möne kam mit frohem Herzen und blanken Augen von einer Pastorenkonferenz heim. Er hatte dort gehört, daß der Pastor einer Indianer-Ansiedlung, nicht übermäßig weit von Springdale entfernt, das Zeitliche gesegnet habe und daß man sich nun nach einem Nachfolger umsehe. Das war wie ein Blitzlicht in seine Seele gefahren: darfst du oder darfst du nicht? Er dachte an seine Gemeinde in Springdale, und das Herz wurde ihm schwer. Lange Jahre hindurch war er der Steuermann der Gemeinde gewesen und hatte immer geraden Kurs gehalten, um das ihm anvertraute Schiff in den sicheren Hafen zu bringen. Aber nun wollte man ihm das Steuer aus der Hand nehmen und segelte nicht frisch und froh, sondern frisch unf frech in die entgegengesetzte Richtung. Nein, da konnte er nicht mitmachen, da konnte seines Bleibens nicht länger sein.

Und die Indianer? In seiner Jugendzeit hatte er wie viele seiner Altersgenossen mit großem Genuß und heißen Bakken die gruseligen Indianergeschichten gelesen, in denen es an Skalps, Tomahawks und vergifteten Pfeilen nicht mangelte. In späteren Jahren hatte er mit demselben Eifer die Geschichte der Indianer studiert und zu seinem Erstaunen gefunden, daß es auch da an gruseligen Berichten über hundertfachen Lug und Betrug, über gebrochene Friedensverträge, über Versklavung und systematische Versuche zur gänzlichen Ausrottung nicht fehlte, nur daß hierbei nicht die Indianer, sondern die gesitteten Weißen am Werk waren.

Ein tiefes Schamgefühl hatte ihn dabei ergriffen. In was für einen Abgrund hatte die vielgerühmte Zivilisation das freie Volk der Wildnis gestürzt! Jede andere Nation sieht es als ihre heilige Pflicht an, ihr Land gegen fremde und gewalttätige Eindringlinge zu verteidigen; warum war es dann den Indianern verboten, sich nach Kräften gegen diejenigen zu wehren, die sie mit ihren Feuerwaffen immer weiter zurücktrieben und sie mit ihrem Feuerwasser an Leib und Seele zu ruinieren versuchten? Ja, die Indianer konnten grausam sein, aber wurden sie darin nicht zehnfach von den Weißen übertroffen? Ein heißes Mitleid erfüllte Möne, wenn er daran dachte. Auf welche Weise konnte man ihnen helfen? Hin und wieder sah er kleine Gruppen von Indianern, und immer hatte er freundlich zu ihnen gesprochen und freundliche Antwort erhalten. Viele von ihnen mißhandelten das Englische in einer Weise, daß selbst Schüten mißbilligend den Kopf geschüttelt hätte, aber Möne verstand sie doch.

Zuweilen versuchte er, sich mit ihnen in ihrer Stammessprache zu unterhalten; sein Mitgefühl für sie hatte ihn getrieben, ihre Sprache zu erlernen. Das war nicht leicht gewesen für den Sohn der griesen Gegend; aber mit seinem eisernen Fleiß und Willen hatte er es zuwege gebracht. Nun freute er sich darüber, weil er sah, wie ihr Gesicht sich erhellte, wenn er sie in ihrer eigenen Sprache anredete. Und wenn es einmal hapern wollte mit dem gegenseitigen Verstehen – Liebe ist Weltsprache! Die Rothäute hatten ein feines Gefühl dafür, ob jemand ihnen mit warmer Teilnahme begegnete oder sie mit neugieriger Verachtung quälte, und an einem guten Gedächtnis für freundliche und unfreundliche Behandlung fehlte es ihnen auch nicht.

Nun war ihm – vielleicht – Gelegenheit gegeben, als christlicher Missionar unter ihnen zu leben und zu arbeiten; Gelegenheit, sie, die in ihrem eigenen Lande als Fremdlinge angesehen wurden, zu hüten und zu pflegen an Leib und Seele; Gelegenheit, sie zu lehren, christlich zu leben und christlich zu sterben. Sollte er da noch zweifeln und zaudern? – Manche von den Roten waren im Begriff, ihre Verehrung für die Sonne und andere Naturmächte abzulegen wie ein verbrauchtes Kleidungsstück. Sie suchten nach etwas Besserem, und warum sollte es an ihnen nicht zur Wahrheit werden: wer sucht, der findet? Manche wollten an den Gott der Weißen glauben, kannten ihn aber noch zu wenig und konnten darum vorläufig zu keiner Entscheidung kommen. Möne wußte, wie es um sie stand; er wußte, daß viele von ihnen ein Verlangen hatten nach einem Gott, der mit ihnen sprechen konnte und sie mit ihm. Dabei erinnerte er sich eines Wortes, das er einstmals gelesen hatte: ›Wer da glauben will, der glaubt schon; wer Gott haben will, der hat ihn schon!‹ – Mönes Entschluß war gefaßt.

Nun stand er wieder vor seiner Grete, und die Freude über seinen Entschluß leuchtete ihm aus den Augen. Sie konnte es von seinem Gesicht lesen, daß ihm etwas Gutes widerfahren sei, und nach dem Abendessen, als sie beide am Tisch saßen und Möne seine Pfeife zur Hand nahm und Grete ihr Nähzeug vor sich liegen hatte, erzählte er und verschwieg nichts, erzählte von dem Niedergang in Springdale und von dem allmählichen Aufwachen der Indianer, sprach von den großen Hoffnungen und den noch größeren Enttäuschungen in Springdale und von den ganz anders gearteten und völlig neuen Verhältnissen in der Indianerarbeit und fragte dann, indem er beide Hände vor sich auf den Tisch legte: »Wie denkst du darüber, Grete?«

Grete hatte ihn mit keiner Silbe unterbrochen; aber sie war sehr ernst geworden. Dann schob sie Nadel und Faden beiseite und streckte die Hände über den Tisch in dem vergeblichen Versuch, Mönes Riesenfäuste zu umspannen. »Daraus schließen wir, daß wir zu den Indianern gehen. Dein Platz ist mein Platz!« Es war ein froher Unterton in ihrer Antwort, die wiederum ein Versprechen enthielt, und Möne fühlte sich wiederum als Empfänger eines großen Geschenks. Er stand auf, ging hinüber zu ihr und legte beide Arme um sie: »Grete, min leiw, leiw Grete!« –

Möne wurde in seinem Entschluß noch bestärkt durch mancherlei Vorkommnisse in Springdale, die für die Markows nicht erfreulich waren. Viele der ›Neuen‹ mieden den Pastor absichtlich und offenkundig und ließen ihn auf der Straße ohne Wort und Gruß an sich vorübergehen, und wenn er sie anreden wollte, eilten sie um so schneller vorwärts, als wären sie dem Bösen begegnet. In der Schenke wurden Spottlieder auf ihn gesungen, und es war auch geschehen, daß ihm in stiller Nacht ein faustgroßer Stein durchs Fenster geworfen wurde. – Er wollte ihr Hirte sein, aber sie wollten gar keinen Hirten haben. Sie wünschten einen Pastor, der mit ihnen tanzte und trank und im übrigen den lieben Gott einen guten Mann sein ließ.

Das alles bedrückte ihn schwer; aber viel härter traf es ihn, daß seine Gegner die Verachtung, die sie ihm zeigten, auch auf seine Familie ausdehnten. Frau Grete konnte es sich nicht verhehlen, daß das Betragen mancher Leute gegen sie nicht mehr war wie gestern und ehegestern, und die Kinder, wenn sie hin und wieder bei den Eltern zu Besuch waren, klagten nicht selten darüber, daß man in Springdale nichts mehr von ihnen wissen wolle, als wären sie unliebsame Fremde oder gar Aussätzige.

Möne machte sich oft Gedanken darüber, und das Ende seines Gedankenganges war immer dasselbe: Mich mögt ihr verachten, ich kann eine gute Portion Säure vertragen, und andere und bessere Männer haben Schwereres erleiden müssen. Aber daß ich es ruhig geschehen ließe, wenn ihr euer Übermaß an Gift auch auf meine Frau und meine Kinder abladet, das kann ich nicht vor Gott verantworten. Es soll für mich gelten, was Paulus und Barnabas den Juden zu Antiochien sagten: »Euch mußte zuerst das Wort Gottes gesagt werden, nun ihr es aber von euch stoßt, so wenden wir uns zu den Heiden.«

4. Abschied von Springdale – Anfang bei den Indianern

Im Pfarrhaus zu Springdale wurde gepackt. Möne hatte sein Berufungsschreiben von der Indianermission in Händen, und am letzten Sonntag hatte er die Abschiedspredigt gehalten. Die Kirche war gesteckt voll. Die alten »Treuen im Lande« waren samt und sonders erschienen, und die »Neuen« fehlten auch nicht. Die Alten waren gekommen, um noch einmal die Stimme ihres Pastors von der Kanzel zu hören und noch einmal – zum letztenmal – ein warmes Trostwort als Zehrung für den Rest des Lebens mit nach Hause zu nehmen; die Neuen in der Hoffnung, daß der Pastor die letzte Gelegenheit benutzen werde, um sie mit Blitz und Donnerschlag in den untersten Pfuhl der Hölle zu verdammen, so daß sie dann willkommen Anlaß haben würden, nun ihrerseits die Streitaxt in die Hand zu nehmen und ihn der Parteilichkeit, der Ungerechtigkeit, der Unversöhnlichkeit und noch anderer »keiten« zu beschuldigen, wodurch sie sich vielleicht auch gleichzeitig die Gunst seines Nachfolgers erwerben konnten, der in einem Brief an den Gemeindevorstand feierlich versprochen hatte, allen gerecht zu werden.

Sie fühlten sich indessen, wenigstens zu Anfang der Predigt, enttäuscht. Pastor Markow sprach nur so nebenher davon, daß nicht alles Alte schlecht und nicht alles Neue gut sei. Aber in der Hauptsache hielt er sich an seinen Predigttext: »Halte, was du hast, daß niemand deine Krone nehme!« und ermahnte seine Zuhörer mit herzwarmen Worten, fest zu bleiben in Glaube, Liebe und Hoffnung. Dann aber kamen die Modernen doch noch zu ihrem Recht, denn der Pastor schloß mit den Worten: »Es ist böse Zeit, und ihrer sind viele, hier bei uns und anderswo, die uns alles rauben wollen, was uns von Mutterleib und Kindesbeinen an lieb und wert und heilig gewesen ist. Es soll uns auch heilig bleiben. Gott walt's! Amen.«

Und darauf sangen sie alle, Erwachsene und Kinder, zum Schluß des Gottesdienstes:

»Selig, ja selig ist der zu nennen,
Des Hilfe der Gott Jakobs ist,
Welcher vom Glauben sich nicht läßt trennen
Und hofft getrost auf Jesum Christ.
Wer diesen Herrn zum Beistand hat,
Findet am besten Rat und Tat. – Halleluja!«

Möne übertönte mit seinem dröhnenden Baß alle übrigen Sänger, und das Halleluja sang er besonders kräftig, als wolle er damit alle Sorge von sich und seinen Leuten wegsingen.

Seine Stimme klang nicht wie Harfenton und Psalterspiel. Wenn Mutter Natur seinem Körper eine ungewöhnliche Länge und Breite verliehen hatte, so war sie andererseits doch äußerst sparsam gewesen in seiner musikalischen Ausrüstung, und Frau Grete behauptete, daß er in jedem Ton drei Fehler mache, an Festtagen sogar vier. Aber das schadete ihm in den Augen seiner alten Gemeindeglieder nicht. Sie wußten: Sein Singen ist verkehrt, aber sein Herz ist immer und heute ganz besonders auf den richtigen Ton gestimmt. – Und Johann Sebastian Bach, der gerade dabei war, mit seinem Engelchor ein großes Halleluja einzuüben, legte für eine Weile den Taktstock beiseite, schüttelte mißfällig den Kopf und sagte zu seinen Englein: »Achtung! Das ist Möne Markow zu Springdale. Er singt dem Herrn ein neues Lied. Die Meinung ist gut, die Stimme entsetzlich. Gott verzeihe ihm seinen Singsang!«

Nach beendetem Gottesdienst verließ Möne als letzter die Kirche. Langsam glitt sein Blick von Altar und Kanzel hinüber zur Orgel, als müsse er sich besinnen auf etwas, was früher einmal zu diesem Gotteshaus gehört hatte und nun nicht mehr da war. Aber dann gab er sich innerlich und äußerlich einen Ruck, zog den Riesenschlüssel, von dem Mutter Busacker steif und fest behauptete, daß der liebe Gott ihn früher schon einmal zum Zuschließen der Arche Noah gebraucht habe, aus seiner unglaublich tiefen und weiten Rocktasche hervor, schloß ohne Zögern und Zaudern ab wie ein Schüler, der im Aufsatz hinter einen langen und verwickelten Satz endlich den Punkt setzt, und ging mit langen Schritten zum Pfarrhaus hinüber.

Und nun stieß er die schwere Haustür auf, daß sie sich ächzend an die Wand lehnte, und rief: »Grete, Grete, ich hab's, ich hab's!« Es klang wie ein Juchzer in Warkenthin zur Erntezeit.

Grete kam aus der Küche gelaufen. »Was ist, Möne?«

»Hast du einen Augenblick Zeit, Grete?« Er schob ihr einen Stuhl hin und setzte sich neben sie. »Sieh, wir müssen ja jetzt umziehen, und das Umziehen ist schwer für dich und für mich. Ich meine nicht nur die körperliche Arbeit. Umziehen heißt für uns, uns losreißen von dem, was uns hier trotz allem und allem ans Herz gewachsen ist. Es bedeutet auch neue Verhältnisse, neue Menschen, neue Arbeit. Weiß Gott, es war kein voreiliger Entschluß von uns, ein anderes Arbeitsfeld zu suchen. Und doch sind uns manchmal Zweifel gekommen, ob es recht getan sei, das Alte gegen etwas Neues umzutauschen. Ja, Grete, auch dir sind solche Bedenken gekommen. Ich weiß es, denn ich kann in deinen Augen lesen wie in einem Gesangbuch, und was ich da las in den letzten Monaten, das war nicht immer ein Danklied nach der Melodie: ›Mein Herze geht in Sprüngen und kann nicht traurig sein!‹ Aber nun habe ich gefunden, was dir und mir das Herz still und froh und fest machen soll. Sieh, Grete, als ich vorhin die Kirchentür abschloß, wollte mir noch einmal wieder schwere Sorge kommen: ist es recht, was du dir vorgenommen hast? Kannst du damit vor Gott dem Herrn bestehen? Aber dann kam mir das alte Kirchenlied in den Sinn: ›Sorge, Vater, sorge du, sorge für meine Sorgen!‹ Das tat mir so wohl, als ob meine Mutter mir leicht und lind übers Haar gestrichen hätte. Und dann fiel mir mein Konfirmationsspruch ein, den Vater Brümmerstädt mir ausgeschrieben hat: ›Was betrübst du dich, meine Seele, und bist so unruhig in mir? Harre auf Gott, denn ich werde ihm noch danken, daß er meines Angesichts Hülfe und mein Gott ist!‹ Hörst du, Grete? ›Ich werde ihm noch danken!‹ Das ist gewißlich wahr. Das ist wie das Ja und Amen auf die Bitte: ›Sorge für meine Sorgen!‹ Nun gibt es kein Bedenken mehr, keinen Zweifel, keine Sorgen unsererseits. ›Er sorget für uns, hüt't und wacht, es steht alles in seiner Macht!‹ Nun soll ein Neues werden, und du sollst mein Hilfspastor sein, und ich weiß, du kannst es sein und willst es sein.«

Grete war aufgestanden während der letzten Worte. »Daraus schließen wir ...«

Weiter kam sie nicht, denn nun war auch Möne aufgestanden und preßte sie an sich, daß es ihr fast weh tat. »Denn ich werde ihm noch danken, daß der garstige Grobschmied und die ›kleine Dame‹ eins sind!«

Möne und Grete waren in Buffalo Heights angekommen und hatten es eilig mit der Einrichtung der neuen Wohnung. Sie blieben nicht ohne Hilfe. Die Rothäute gingen ihnen zur Hand, schweigsam, aber willig. Sie wußten recht gut, daß die Bettstellen nicht aufgestellt werden sollten, wo der rechtmäßige Platz für den Küchenherd war, und sie verstanden auch, ohne daß man es ihnen zu sagen brauchte, daß der große eingebaute Schrank nicht für das Wohnzimmer paßte. Hin und wieder ging ein flüchtiger Blick von ihnen hinüber zu Möne und Grete, als wollten sie erforschen: Was für Leute seid ihr denn eigentlich? Wir wissen, daß ihr uns das Wort eures Gottes bringen wollt; aber bringt ihr auch ein Herz für uns mit? Dünkt ihr euch wie viele Weiße hoch erhaben über uns, und seht ihr uns als Menschen dritter oder vierter Klasse an? Wollt ihr herrschen über uns, und erwartet ihr, daß wir vor euch kriechen wie ein verprügelter Hund? Oder seid ihr in Wirklichkeit Boten des Gottes, von dem ihr und euresgleichen uns erzählt, daß er ist freundlich, und seine Güte währet ewiglich? Werdet ihr uns verstehen, uns Naturkinder, die wir in Rasse und Sprache und Wesen anders sind als ihr?

Plötzlich hörte dies blickhafte Fragen und Forschen auf; denn etwas Besonderes hatte sich ereignet. Ein kleines, etwa dreijähriges Indianermädchen war die Treppenstufen, die zur Pfarrwohnung führten, langsam hinaufgeklettert, dem Vater nach, den es ins Haus gehen sah. Nun stand die Kleine in der Stube, die Möne als sein Arbeitszimmer in Beschlag nehmen wollte, und wußte nicht recht, wohin nun weiter! Die Geographie des Pfarrhauses war ihr unbekannt. Sie trug nur ein einziges Kleidungsstück, und eine genauere Bezeichnung dafür wäre schwer zu finden gewesen, und Spuren auffälliger Sauberkeit waren ebenfalls nicht an Körper und Kleidungsstück zu entdecken. Aber die Augen! Die großen, dunklen, ängstlichen, verwunderten Kinderaugen! Die untersuchten alles, was im Zimmer zu sehen war, die Decke, die Wände, den Fußboden, jedes Haushaltsstück, das man hier vorläufig hingestellt hatte. Und dann fiel der Blick auf Möne, der gerade eintrat und diesen ersten Besuch freundlich in dessen eigener Sprache begrüßte, und hinter Möne kam Grete gegangen.

Frau Grete sah das Kind an, aber sie sah nicht auf den Schmutz und auch nicht auf die mangelhafte Bekleidung, sie sah nur die großen Augen und den verschüchterten Blick. Und das Kind sah Frau Grete an, sah weder auf die schlanke und hohe Gestalt noch auf das saubere Arbeitskleid, sondern sah nur den warmen Blick zu sich herüberleuchten, und in demselben Augenblick war eine innere Verbindung zwischen beiden hergestellt. Und als Frau Grete dann den ersten besten Stuhl heranschob und sich setzte und die Kleine auf den Schoß nahm und ihr zärtlich über das wirre Haar strich, da war zwischen Frau und Kind ein Verstehen geschaffen, das nicht nur für diese Stunde und für diesen Tag dauern sollte. Dem kleinen schwarzhaarigen Indianerkind wurde es wärmer und wohler ums Herz mit jedem freundlichen Wort, das ihr von der fremden Frau in fremder Sprache gesagt wurde, und es zeigte sich auch hier wieder einmal, daß Liebe Weltsprache ist.

Noch eine zweite Brücke zwischen Einheimischen und Fremden wurde zur selben Stunde in demselben Raum geschlagen, in dem Raum, der so unwirtlich aussah mit all dem

Krimskrams, der in wirrem Durcheinander aufgestapelt war. Die Männer und Frauen, die da fortwährend kamen und gingen, hörten den freundlichen Gruß, den Möne dem kleinen Schwarzauge zurief. Sie brachen darüber nicht in Jubel aus, und sie küßten ihm weder Hand noch Fuß, aber sie nickten einander fast unmerklich zu, und in ihren sonst unbeweglichen Gesichtszügen war etwas zu lesen, was eine merkwürdige Ähnlichkeit mit Dank und Anerkennung zeigte. Und als sie dann Frau Grete mit dem nicht übermäßig sauberen Kind auf dem Schoß sahen und gewahrten, wie die beiden einander zugetan waren, da wurde das Nicken kräftiger, und um den Mund spielte es wie ein scheues Lächeln. –

Später am Abend, nach getaner Arbeit, stand es fest bei den Indianern: »Die lassen sich gut an. Die sprechen mit uns wie mit ihresgleichen. Die zeigen uns ein freundliches Gesicht und haben ein freundliches Wort für uns!« – Nur ein uralter erfahrener Mann warnte: »Abwarten, Kinder! Es hat uns schon mancher Weiße ein freundliches Gesicht gezeigt, wenn er uns gebrauchen konnte, und hinterher mußten wir doch gewahr werden, daß seine ganze Freundlichkeit nichts als Lug und Trug war und daß er uns nicht höher achtete als das Vieh auf der Weide!« – Aber solche mißtönige Rede konnte die allgemeine Freude über die Erfahrungen des Tages nicht stören. Die Ketten, die sich die Indianer gegen die Weißen um ihr Herz gelegt hatten, waren lockerer geworden.

Währenddessen saßen die beiden, denen diese Reden galten, müde und abgespannt in ihrer Wohnung, in der es nun, am Abend nach ihrem Einzug, aussah, als ob Pastor Hauser sich dort sehr eifrig und erfolgreich bemüht hätte, »systematische Unordnung« zu schaffen. »Ja«, sagte Möne, »so weit sind wir nun. Eins ist mir schon heute klargeworden: wir müssen hier ganz von vorn anfangen und haben viel zu lernen. Alles wird neu für uns sein, unsere Arbeit, unsere Lebensweise, selbst unser Denken muß hier vielfach einen andern Weg gehen. Das schadet auch nicht, und ich habe guten Mut für meine neue Arbeit. Aber du mußt mir helfen, Grete, und du hast heute schon einen guten Anfang damit gemacht. Es war lieb von dir, dich so freundlich mit dem kleinen Mädel abzugeben.«

»Das ist mir nicht schwer geworden«, antwortete Grete, »das kleine Ding hat so suchende und verlangende Augen, daß man ihm gut sein muß, ob man will oder nicht.«

»Aber«, wandte Möne ein, »nicht alle Indianerkinder sind unserer kleinen Freundin gleich. Du wirst auch solche darunter finden, die innerlich und äußerlich abstoßend wirken und die weder Verlangen nach deiner Gesellschaft haben noch von dir beachtet sein wollen. Was wirst du mit ihnen tun?«

»Nicht viel«, war die Antwort, »zunächst nichts anderes als Werben und Warten. Man kann keinen Menschen, auch kein Kind, zur Liebe und Anhänglichkeit zwingen. Liebe und Freundlichkeit kommen nicht mit Sturm und Ungewitter, sondern mit einem stillen, sanften Sausen. Gewöhnung tut viel, und ich werde versuchen, gerade diese Kinder, die du erwähnst, nach und nach an das zu gewöhnen, was sie einstweilen noch nicht können; sie müssen allmählich lernen zu nehmen und zu geben – ein wenig Vertrauen, ein wenig Wärme, ein wenig Herz.«

»Und die Mütter?« unterbrach Möne sie, »hast du nicht bemerkt, wie mürrisch manche von ihnen sind, wie unnahbar, wie unzufrieden mit allem, was in der Welt ist?«

Grete lachte hell auf. »Ja, das ist nicht schwer zu sehen. Aber glaubst du nicht, daß selbst diese Mütter, die so finster dreinschauen, ein warmes Herz haben für ihre Kinder? Vielleicht halten sie es für unnötig oder gar für ungehörig, es zu zeigen; aber es ist da. Und habe ich die Kinder gewonnen, so folgen die Mütter schon von selber, vielleicht sogar auch die Männer. Meinst du nicht?«

»Was ich meine? Ich meine, daß du mein liebes Weib bist und eine zuverlässige Gehilfin von Pastor Markow in Buffalo Heights dazu. Bist du mit dieser Einschätzung zufrieden?«

»Sehr, Möne! Aber soll ich dir nun auch sagen, für was für einen Mann ich dich halte?«

»Nein, danke! Deine Schätzung, soweit sie mich betrifft, kann nicht verglichen werden mit derjenigen, von der es im Weihnachtsevangelium heißt, daß sie die allerbeste war. Du hast mich schon wer weiß wie oft geschätzt, und jedesmal hat es mich stolz und dabei doch schamrot gemacht, und beides, Stolz und Schamröte, steht einem Pastor nicht gut an.«

Grete aber wollte wie viele ihres Geschlechts das letzte Wort behalten und sagte schlicht und doch mit großer Bestimmtheit: »Ich bin aber doch stolz auf meinen stolzen Grobschmied.«

5. Möne schreibt an seinen Freund

Lieber Freund!
Dein letzter Brief ist gesund und trocken hier angekommen. Als ich die erste Seite gelesen hatte, habe ich so laut gelacht, daß Du es eigentlich in Deinem mecklenburgischen Fritz-Reuter-Winkel gehört haben mußt. Worüber ich gelacht habe? Über Dich, Jakob, über Dich mußte ich lachen von ganzem Herzen und von allen meinen Kräften. Ja, von allen meinen Kräften, und das will etwas sagen. Grete behauptet, daß sich bei meinem Lachen jegliche Kreatur in sechs Meilen Umkreis vor Angst und Schreck drei Klafter tief in der Erde versteckt; aber das ist natürlich frauenhafte Übertreibung von Grete, und ein wenig Neid kommt auch noch dazu, weil sie eben nicht so wie ich lachen kann. Gleich darauf habe ich mich aber rechtschaffen geschämt wegen meines Lachens und habe eigenhändig zu mir gesagt: Es ist gar nicht schön von dir, Möne, daß du lachst über deinen alten Jakob, der dir, solange du ihn kennst, treu zugetan ist, und der dir, wenn es nach deinem Wunsch ginge, nicht nur ein guter Freund sein sollte, sondern zugleich auch ein getreuer Nachbar! Ja, so habe ich nachdrücklich zu mir gesprochen, und dann habe ich das laute Lachen heruntergeschraubt bis auf ein ganz leises Lächeln – über Deine Besorgnis für mein kostbares Leben unter den wilden Indianern. Du kannst ganz ruhig sein, alter Junge; ihre Wildheit hat sich um 75 Prozent vermindert, das Skalpieren ist vor langer Zeit von der Regierung als gesundheitsschädlich verboten worden, und wenn Du am Abend durch den Wald gehst, brauchst Du nicht zu fürchten, daß hinter jedem Baum ein Indianer steht, der in grimmem Blutdurst seinen Bogen spannt und Dir nur zu gern einen vergifteten Pfeil durch Dein teures Herz jagen möchte. ›Es war einmal!‹

Du möchtest gern etwas über die Indianer wissen. So höre also gut zu! Einen gründlichen Bericht darfst Du aber nicht von mir erwarten, sondern mußt in Betracht ziehen, daß ich erst kurze Zeit hier bin und noch nicht viel Erfahrungen sammeln konnte.

Es gab eine Zeit, da konnte man den Indianer mit Recht eine Geißel seiner Nachbarn nennen; seine Hand wider jedermann, und jedermanns Hand wider ihn. Jeder Indianer von anderem Stamm und erst recht jeder Weiße wurde als Todfeind angesehen, den mit List oder Gewalt umzubringen eine unbedingte Notwendigkeit war. Damals klang es hin und wieder leise und ängstlich, fast wie eine Beschwerde gegen Gott, in den Herzen von einzelnen Weißen: Du willst, daß wir uns der Schwarzen und Braunen und Gelben annehmen; müssen wir nun auch noch die Hüter der Roten sein?

Ursprünglich führten die Indianer ein Nomadenleben; bald tauchten sie hier auf, bald dort. Ihre erste Bekanntschaft mit Spaniern und Amerikanern war durchaus freundlicher Art. Es kam sogar vor, daß ihre Häuptlinge den amerikanischen Truppen ewige Freundschaft schwuren, allerdings unter der Bedingung: dein Feind – mein Feind, mein Feind – dein Feind. Wenn diese »ewige« Freundschaft nur von kurzer Dauer war, so war dies zum Teil den übereilten Handlungen der amerikanischen Soldaten zuzuschreiben, die aus ihrer hochmütigen Verachtung der neuen Bundesgenossen kein Hehl machten, und dies führte wiederum zu Vergeltungsmaßnahmen der Indianer ihrerseits. So entstand aus anfänglich unbedeutenden Reibereien ein vierzigjähriger Kampf, in dessen Verlauf auf beiden Seiten Greuel und Bluttaten verübt wurden, die kaum zu beschreiben sind und keiner Seite zur Ehre gereichten.

Nach Beendigung des langen Krieges zwischen Weißen und Rothäuten wurden diesen von der Regierung die bekannten Reservationen zugewiesen, und hier in diesen Reservationen vollzieht sich nun allmählich eine Wandlung ihres Wesens. Die Indianer von heute sind schon sehr verschieden von denen früherer Zeiten, von denen wir in jungen Jahren in kleinen buntfarbigen Heften, Stück für Stück zehn Pfennig, gruselige Geschichten lasen, und je gruseliger sie waren, desto lieber und begieriger lasen wir sie, obgleich uns eine Gänsehaut nach der andern über den Rücken lief. An Stelle der Zuchtlosigkeit tritt nach und nach die Gewöhnung an Gesetz und Ordnung. Die jüngere Generation, von klein auf an die neue Lebensweise gewöhnt, findet sich verhältnismäßig leicht in die veränderten Verhältnisse. Im großen und ganzen kommt der Indianer jetzt gut aus mit den Weißen, wenn nicht halbwegs unterdrückte Neigungen in ihm zu neuem Leben erweckt werden. Die Erinnerung an die Vergangenheit und an das, was sein einst war, ist nicht ganz verlorengegangen. Alte Überlieferungen werden lebendig erhalten, alte Kriegsgeschichten gehen von Mund zu Mund, und die Kinder von heute hören sie und zeigen durch ihr ganzes Verhalten, daß sie Sprößlinge des alten Stammes sind. Sie haben heißes Blut in den Adern, und selbst kleine Hände greifen nach großen Steinen, wenn jemand ihre Gefühle verletzt. Auge um Auge, Zahn um Zahn!

Schon manches Jahr hindurch fristen die Indianer ihr Leben auf den Reservationen und erhalten Unterstützung seitens der Regierung. Man spricht aber jetzt davon, daß man ihnen die Möglichkeit geben will, Rinderzucht zu treiben, sich an Wegebauten zu beteiligen und andere einträgliche Arbeiten zu verrichten, wodurch sie in den Stand gesetzt werden sollen, selber für ihren Lebensunterhalt zu sorgen. Leider sind viele von ihnen dem Trunk ergeben, zu welchem Laster sie, Gott sei's geklagt, in früheren Zeiten von den Weißen direkt erzogen wurden; aber davon abgesehen zeigen sie sich im allgemeinen arbeitswillig und anstellig. Nur wenn dann und wann eine gewisse Unruhe in Rede und Beschäftigung über sie kommt, merkt man, daß sich das Nomadenblut in ihnen regt; ihr Blick schweift dann in die Ferne, als suchten sie dort etwas, was ihnen verlorengegangen ist.

Sie waren von alters her gewohnt, zur Sonne als dem höchsten Wesen zu beten, und noch heute nehmen viele von ihnen teil an religiösen Tänzen und ähnlichen Zeremonien zur Verehrung der Sonne und anderer Naturkräfte. Von dem Medizinmann und anderem betrügerischen Gesindel haben sie gelernt, den Halbgott Nayehnaesghani zu verehren; er wird auch jetzt noch von vielen als Helfer in der Not angesehen, andere verwechseln ihn mit Christo. – Es fehlt auch nicht an solchen, die mit den modernsten unter den modernen Weißen sagen: Es ist kein Gott! Wiederum gibt es Indianer, die dem aufdringlichen Medizinmann mit seinem Singsang nicht mehr so recht trauen und auch nicht den Teufelstänzern, die da behaupten, daß sie mit ihrem unheimlichen Tanzen böse Geister und Krankheiten und wer weiß was sonst noch vertreiben könnten. Aber doch wird es diesen Zweiflern nicht leicht, all das heidnische Wesen abzulegen, und ebensowenig leicht wird es ihnen, den neuen Gott und die neue Religion anzunehmen; sie sind in Sorge und Zweifel und wissen vorläufig nicht, was zu tun und wohin zu gehen.

Wenn der Tod an die Tür des Indianers klopft, so öffnen sich zuweilen Ohr und Herz des Sterbenden, und die durstige Seele trinkt mit vollen Zügen aus Gottes Brünnlein des lebendigen Wassers. Und nicht nur die Sterbenden! Auch gesunde Männer und Frauen kommen und lauschen der neuen Kunde von dem neuen Gott, der so viel gewaltiger und heilkräftiger ist als die Sonne. Einzeln kommen sie und in Gruppen, um zu hören, und hin und wieder geschieht es auch, daß sie kommen und ihren Pastor bitten mit Worten und mit Augen, die noch mehr sagen als ihre Worte: »Willst du uns taufen?« Oder sie kommen, um mit dem neuen Gott, zu dem sie Vertrauen gefaßt haben, zu reden, und ihre Rede ist kurz und klar: »Lieber Gott, mach' mich fromm, daß ich in den Himmel komm!«

Lieber Freund, in Deiner und meiner Heimat hört man häufig die Redensart: »Jungens un Hun'n gehören tausamen!« Es ist wohl etwas Wahres daran. Beide, Buben und Hunde, sind springlebendig und haben auch das gemeinsam, daß sie sich austoben müssen und sollen, und wenn dabei auch einmal ein Hosenboden platzt oder ein Junge über einen Hund fällt oder ein Hund über einen Jungen, so macht das nicht viel aus. Aber das andere ist auch wahr, was Emil Frommel einmal sagte von Kindern und Großeltern: »Kinder und Großeltern gehören zusammen, denn die einen haben noch nicht weit vom Himmel und die andern nicht mehr weit zum Himmel!« Darin liegt tiefe Weisheit. Und wie es in dieser Hinsicht bei den Weißen ist, so auch bei den Rothäuten: Kinder und Großeltern gehören zusammen! Wenn hier die Großeltern am Sonntagmorgen mit ernstem Gesicht und bedächtigem Schritt dem Gotteshaus zustreben und die Kleinen ihnen folgen und ihnen nichts nachgeben an feierlichem Ernst und drolliger Bedachtsamkeit, so ist das ein Bild, wie ich es mir nicht lieblicher vorstellen kann.

Was Schulen und Mission unter den Indianern betrifft, so kann ich Dir heute nur sagen, daß das alles erst im Aufbau begriffen ist und daß man noch nicht weiß, ob das Aufbauen zu einem fertigen Gebäude führen wird. Gewiß ist nur dies, daß es harte Arbeit geben wird. Heidnisches Wesen und schwarzer Aberglaube haben die Herzen hart und stumpf gemacht, und das frühere ungebundene Wanderleben zusammen mit der noch immer unter der Asche glühenden Lust an Jagd und Abenteuern steht mit der einfachen Friedensbotschaft, die wir ihnen bringen, nicht im Einklang. Die Erinnerung an die Erfahrungen der Kriegszeit ist noch sehr frisch, und die anfänglich sehr rigorose Behandlung durch die Amerikaner sowie viele andere Umstände sorgen dafür, daß Rote und Weiße sich nun nicht etwa als »Brüder« ansehen. Wir Missionare gehen von den Weißen zu den Roten und von den Roten zu den Weißen, um die gröbsten Ausbrüche von Feindseligkeiten zu verhindern. Wir geben die Hoffnung nicht auf, späterhin tiefer graben zu können, und wir haben guten Grund zu hoffen, denn wir machen täglich die Erfahrung, daß die Indianer uns Missionaren größeres Vertrauen entgegenbringen als jedem andern Weißen.

So, mein Jakob, nun habe ich Dir einen langen Brief geschrieben mit dieser meiner Hand, und ich hoffe, daß Du mir dafür ebenso dankbar sein wirst, wie ich es Dir war vor vielen Jahren, als wir zusammen mit Freund Schmidt ein Lotterielos in der Wokrenter Str. in R. nahmen und Du das Los aus Deiner Tasche bezahltest und den Gewinn großzügig mit uns teilen wolltest. Weißt Du noch? Eigentlich waren wir zu der Zeit doch »bannige Kirls«! Und weißt du noch, wie der wohlwollende Lotterieagent mit dem Kneifer auf der südlichen Nasenverdickung so herzlich lachen konnte, als wir unsere Namen mit »Bim« und »Bam« und »Bum« angaben? Der Gewinn fiel an uns vorbei; aber wer weiß! Vielleicht stellt sich noch eines guten Tages heraus, daß damals beim Ziehen der Lose ein Versehen geschah und wir doch das große Los gewonnen haben.

Was dann, wenn das Versehen nachträglich gutgemacht wird und uns eine Unmenge Geld ausgezahlt werden muß? Was dann, Jakob? Dann fährst Du am Tage darauf auf einem Luxusdampfer, erster Klasse natürlich, nach hier und überzeugst Dich mit eigenen Augen, daß die Wilden Deinem Möne bisher weder Schaden noch Leid getan haben. Und dann soll sie, was meine Frau die Grete ist, Dir einen Streußelkuchen vorsetzen, desgleichen Du nie gesehen noch geschmeckt hast. Übrigens soll ich Dir von Grete bestellen, Du müßtest notwendig einmal herüberkommen und ihr helfen, den ungefügen Grobschmied zu bändigen und zu erziehen, eine schwache Frauenhand sei dazu nicht imstande. Ja, genau so hat sie gesagt. Aber ich sage Dir – ganz im Vertrauen: hat sich was mit der schwachen Frauenhand!

Mit einem wirklichen Gruß und einem unwirklichen Handschlag
Dein Möne

6. Brief von alten Freunden aus Warkenthin

Der Briefträger machte die Außentür zum Pfarrhaus hinter sich zu, strich seinen Schnurrbart zurecht und sah äußerst zufrieden aus; Frau Grete hatte ihn zum Sitzen genötigt und ihm heißen Kaffee gebracht und ein Stück Kuchen dazu. Das war wohlgetan von ihr, denn es war bitterlich kalt draußen; aber sie hatte heute auch noch einen besonderen Grund, wohlzutun und mitzuteilen: der Briefträger hatte ihr einen Brief mit dem Poststempel Warkenthin gebracht, und das war gleichbedeutend mit einem Festtag in Buffalo Heights.

Der Brief war geschrieben von guten Freunden und getreuen Nachbarn von alters her. In den Zeilen und mehr noch zwischen den Zeilen stand es wieder und wieder zu lesen: Wir sind jetzt alt geworden, aber wir haben euch nicht vergessen, euch nicht und eure Eltern auch nicht. – Sie schrieben von Haus und Hof, von Acker und Vieh und von vielen anderen alltäglichen Dingen, und doch waren Möne und Grete der gleichen Ansicht, sie hätten selten in ihrem Leben etwas so Schönes gelesen. Man konnte es den Schriftzeichen ansehen, daß das Schreiben den Schreibern eine ungewohnte Arbeit gewesen sei; aber was den Brief so wertvoll machte, war, daß sich von Anfang bis Ende viel herzliches Gedenken um die ungefügen Buchstaben rankte. Darum warf Möne ihn nach der Lesung auch nicht ins Feuer oder in den Papierkorb zu den alten Scharteken, die dort ein geruhsames Dasein führten, sondern tat ihn in den Kasten, in dem nur wichtige Schriftstücke aufbewahrt wurden.

Der Brief enthielt aber auch manches, was weder für Schreiber noch Leser erfreulich war. Er berichtete allerlei über den neuen Pastor, der eigentlich gar nicht mehr neu war, sondern schon seit vielen Jahren seines Amtes in Warkenthin waltete. Die Alten sagten von seinem Predigen: »För'n Daler Stimm un för'n Nickel Gotts Wurd!« Von dem Mann, der einst mit ausgebreiteten Segenshänden über die

Erde ging und von seinen Jüngern im wahrsten Sinne des Wortes vergöttert und von seinen Feinden bis in den Tod gehaßt wurde, wollte er wie weiland die Pharisäer und Schriftgelehrten nicht viel wissen; wohl aber redete er gewaltiglich von der Kanzel herab über Politik und Wissenschaft und versuchte sogar, seine Zuhörer zum Kunstverständnis zu erziehen, leider mit wenig Erfolg.

Der neue Lehrer war nicht viel anders. Er hieß Wolf, und es gab Leute in Warkenthin, die behaupteten, es sei sehr richtig von seinen Eltern gewesen, ihm gerade diesen Namen als unveräußerliches Erbteil zu hinterlassen; denn ein Wolf sei er in Gesinnung und Handlung, in der Schule und außer der Schule. Die frühere Weihnachtsfeier in der Schulstube war längst als altmodisch abgeschafft worden. Dafür hatte der Lehrer zum Christfest mit den Schulkindern das Schneewittchen-Märchen eingeübt. Die Aufführung erfolgte im Krug zu Warkenthin, wobei sowohl Schneewittchen wie auch die sieben Zwerge in Holzpantoffeln auf der Bühne umherklapperten. Viele sagten, es sei wunderschön gewesen, aber manchem von den Alten stand etwas Nasses in den Augen, und das galt weder dem holzpantoffeligen Schneewittchen noch dem gestiefelten Wolf in der Schule, sondern einer früheren Zeit mit wirklichem Weihnachtsklang und Weihnachtssang. – So begegneten sich Heimweh hüben und Heimweh drüben.

Am Schluß des Briefes stand noch zu lesen, daß der neue Lehrer für Erwachsene und Schüler, die sein neumodisches Wesen weder verstanden noch achteten, ein Neuling geblieben sei; denn er wurde nach kurzer Zeit als besonders »gesinnungstüchtig« an eine andere Schule mit höheren Zielen versetzt. Zu Beginn der letzten Unterrichtsstunde, einer Singstunde, sagte der Lehrer: »Kinder, heute sollt ihr bestimmen, was ihr singen wollt, weil es doch meine letzte Unterrichtsstunde bei euch ist. Welches Lied wollt ihr singen?« Und einstimmig riefen sie: »Nun danket alle Gott!« – Dem Lehrer stieg eine dunkle Röte ins Gesicht, und er murmelte etwas, das so ungefähr wie »undankbares Dorfgesindel« lauten konnte. Und dann sangen die Kinder mit großer Inbrunst: »Nun danket alle Gott!« Aber der Lehrer sang nicht mit.

Der Brief hatte noch eine Nachschrift: »Ihr wohnt jetzt bei den Indianern? Habt Ihr keine Angst, daß sie Euch eines

Tages abmurksen und Euch am Spieß über dem Feuer braten und Euch auffressen und sich dann den Mund wischen und sagen: Dat hett äwer gaud smeckt?«

7. Gretes Erinnerungen

Es war merkwürdig: Möne wurde von Jahr zu Jahr stärker und gesunder und arbeitsfreudiger. Es schien, als ob sein Wirken unter denen, die nicht aus seinem eigenen Stall waren, ihn an Leib und Seele kräftigte. Sein tröstendes Wort an Krankenbetten und Sterbelagern war tröstlicher als je zuvor, sein Zeugnis von dem Gott der Weißen und der Roten kraftvoll und überzeugend, sein Verständnis für die Arbeit der Männer und Frauen aufrichtig und ermunternd, seine Unterhaltung mit ihnen über Saat und Ernte, Frost und Hitze, Sommer und Winter, Tag und Nacht ohne beabsichtigte Lehrhaftigkeit und oft genug von einem sonnigen und nie verletzenden Humor durchzogen – das war es, was das gegenseitige Vertrauen und Verstehen von Monat zu Monat wachsen ließ. »Ein merkwürdiger Mann«, sagten die Indianer, »er ist ein Weißer und handelt und redet wie unsereiner.« – »Merkwürdige Leute«, sagte Möne, »mit merkwürdigen Gewohnheiten und Eigenheiten. Es ist nicht leicht, sie zu gewinnen; aber hat man sie gewonnen, so gehen sie für einen durch Feuer und Wasser.«

Anders stand es mit Frau Grete. Während der ersten Jahre in Buffalo Heights schienen die neuen Verhältnisse, die neue Arbeit und die Luftveränderung ihr gut zu tun. Etwas von der alten Frische war ihr zurückgekehrt. Über ihren Beruf war sie keinen Augenblick im Zweifel. Es gab keinen Armen unter ihren Leuten, den sie nicht von Zeit zu Zeit besuchte und dem sie nicht heimlich ein Geldstück in die Hand drückte, und es gab keinen Kranken, dem sie nicht mit warmem Wort und linder Hand zu helfen wußte. Sie war von Hause aus an große Sauberkeit »binnen und buten« gewöhnt, und daher wurde es ihr nicht immer leicht, ihren Abscheu vor der übergroßen Unsauberkeit, die sie hier und da vorfand, zu überwinden. Aber sie war nicht nur eine saubere, sondern auch eine tapfere Frau, und mit großer

Tapferkeit griff sie in den Schmutz hinein und schaffte Ordnung, wo sie nichts als Unordnung vorfand.

Zu Anfang war es auch zuweilen geschehen, daß sie, die auf keinen Dank rechnete, mit all ihrer Freundlichkeit auf widerwilliges und störrisches Wesen stieß. Aber sie ließ sich nicht beirren und kam wieder und nochmals wieder, bis schießlich die Frauen merkten, daß Frau Grete nur kam, um zu helfen, und nicht auf Gegendienste wartete, und daß hinter der weißen und kühlen Haut ein warmes Herz schlug für die Rothäute. Im allgemeinen ließen die Indianer nicht viel davon merken, daß sie, tief versteckt, auch ein Herz mit sich herumtrugen, und noch weniger trugen sie es auf einem Präsentierteller vor sich her; aber wenn immer wieder daran geklopft wurde, so tat sich doch endlich ein Spalt auf, zunächst ein ganz enger, der sich dann nach und nach erweiterte, bis es zuletzt dazu kam, daß von der weißen und von der roten Frau galt, was so schön auf den Lebkuchherzen des Jahrmarkts in der griesen Gegend zu lesen stand: »Mein Herz, dein Herz – ein Herz!«

Und die Kinder? Wenn Frau Grete durch die Ortschaft ging, so hatte sie immer sehr bald einen ganzen Schwarm Kinder um sich, die dies und jenes wissen wollten und darum fragten und fragten, wie eben nur Kinder fragen können: »Wir haben ein rotes Pferd und ein weißes; warum ist das rote Pferd nicht auch weiß?« – »Und wir haben eine kleine Katze und einen großen Hund, und manchmal kratzt die kleine Katze den großen Hund; warum tut sie das?« – »Wie kann es zugehen, daß unsere schwarze Kuh weiße Milch gibt?« – »Warum haben die kleinen Mäuse vier Beine und die großen Menschen bloß zwei?« – Auf alles und jedes gab Frau Grete Antwort, und wenn ihr Indianisch auch nicht immer völlig korrekt war, die Kleinen verstanden sie doch und stellten weitere Fragen, die kein Professor besser hätte beantworten können.

So lag auf dem ganzen Gebiet zwischen den Rothäuten und ihren Pfarrersleuten heller Sonnenschein; beide Teile hatten den Nießbrauch davon. Aber häufig, wenn Frau Grete mit ihrem Gefolge durch die Ortschaft ging, verglich sie sich mit ihrem Vater und sah ihn vor sich, wie er schwerbeladen von seinem Botengang in die Stadt heimkehrte mit einem Dutzend neugieriger und erwartungsvoller Kinder vor und hinter und neben sich, und dann fiel ein Schatten über den Sonnenschein, über den sie sich noch kurz vorher gefreut hatte.

Irgend etwas war nicht in Ordnung mit Frau Grete. Das Alter drückte sie noch nicht, und doch wurde sie von Jahr zu Jahr langsamer in ihren Bewegungen. Ihr frohes und goldiges Lachen erscholl seltener im Hause und auf der Straße. Der helle und warme Blick verlor nach und nach ein gut Teil von seiner Helligkeit und Wärme und wurde matt und immer matter.

Grete war eine stille Frau geworden – äußerlich. Aber die Gedanken tief im Innern waren durchaus nicht still, sondern hatten es eilig wie die Jahre und gingen auf Reisen. Warkenthin, du liebes, liebes Warkenthin, mit deinen trotzigen Bauernhäusern, deinen alten Strohkaten, deinem Storch auf des Nachbars Haus, deinem Kling-Klang von der Schmiede her, deinem Sing-Sang auf der breiten Dorfstraße – »ach, wie liegt so weit, was mein einst war!«

Plötzlich erschrak Grete. Was war es, woran sie soeben gedacht hatte? »Vergesse ich dein, Warkenthin, so werde meiner Rechten vergessen!« War es nicht sündhaft, einen solchen Gedanken aufkommen zu lassen? Grete fing an, sich zu schelten, und sie tat es gründlich: »Du wirst ja dümmer von Tag zu Tag, Grete, es ist gar nicht mehr auszuhalten mit dir. Du hast hier deinen Möne, der dich, so es nötig wäre, auf seinen Händen tragen würde; du hast deine Kinder, die wohlgeraten sind und an dir hängen wie die Kletten; du hast dein schönes Haus und das Gärtchen davor ... aber Pfarrhaus und Pfarrgarten in Warkenthin waren doch noch schöner; du hast hier deine Indianer, die dir von Gott anvertraut und dir von Herzen zugetan sind ... aber ich denke, die lieben alten Leute in Warkenthin waren dir noch inniger zugetan ...«

Bei dem Gedanken an »die lieben Alten« sah Grete sich plötzlich auf dem stillen Friedhof in Warkenthin und las, was groß und deutlich auf einem Grabstein geschrieben stand: »Hier ruhen in Gott Pastor Josias Brümmerstädt und Frau Marie, geb. Driesen«, und darunter: »Ps. 101, 6; Meine Augen sehen nach den Treuen im Lande!« – Aber dann riß Grete sich zusammen: »Nein, so nicht! Einstweilen stehe ich noch mit beiden Füßen hier auf amerikanischer Erde in Buffalo Heights. Hier ist mein Arbeitsfeld; hier habe ich zu tun, was Pflicht und Schuldigkeit mir gebieten. Warkenthin – es war einmal! Buffalo Heights – heute ist heut!« Damit hatte sie sich wieder in der Gewalt und war wieder die alte frische und werktätige Grete – für eine Zeitlang.

Möne sah das alles, und er sah es mit großer Sorge. Er machte sich Vorwürfe: war es recht gewesen, das Bäumchen zum zweitenmal zu verpflanzen? War es recht gewesen, Grete in eine Wildnis zu bringen? Denn Buffalo Heights lag in einer Wildnis, allerdings in einer schönen. War es nicht ganz und gar verkehrt gewesen, ihr eine neue und schwere Arbeit zuzumuten an wildfremden Menschen, deren Freundschaft und Anhänglichkeit sie sich erst erkämpfen mußte wie ein Held im Streit? Ja, Heldenarbeit hatte sie geleistet, seine Grete; vielleicht stand er darin weit hinter ihr zurück.

Er wußte: das Heimweh fraß an ihrer Seele, und er fragte sich: was ist Heimweh? Heimweh kann gesund und herzstark sein, wenn es rechtzeitig gestillt wird durch zeitweise oder dauernde Rückkehr in die Heimat. Heimweh wird zur Krankheit, wenn die Sehnsucht nach allem, was einst war, ungestillt bleiben muß. Heimweh wird zur tödlichen Krankheit, wenn sich über die tägliche Wirklichkeit und Wirksamkeit nach und nach immer tiefere Schatten senken und im Gegensatz dazu die in märchenhaftem Glanz erstrahlende Heimat und Jugendzeit in der Erinnerung aufsteigt. War sie denn wirklich so märchenhaft schön, die griese Gegend? Mitnichten! Aber die Erinnerung, die große Malerin, hatte den schiefgesackten Strohkaten und dem rinnenden Sand der Heimat ein verklärendes Licht verliehen. Eins ist gewiß: das Erdenheimweh wird uns in die Seele gesenkt, daß es uns auf sanft ansteigenden Stufen hinaufführen soll zur Sehnsucht nach der ewigen Heimat.

War Grete wirklich ernstlich krank? Ein leichtes Erschauern erfaßte Möne, wenn er daran dachte. Oft, wenn er sah, wie sie gegen das aufsteigende Weh ankämpfte, setzte er sich neben sie und legte seine beiden Hände auf die ihren und sah ihr tief in die Augen. Möne, der riesengroße und riesenstarke Mann, konnte bei solchen Gelegenheiten von unsagbarer Zartheit und Behutsamkeit sein. Keines von ihnen sagte dann ein Wort; aber jedes wußte, was das andere dachte.

Bis Grete schnell aufstand und, ihre eigenen Gedanken kundgebend, sagte: »Daraus schließen wir, daß ich dumm bin, unheilbar dumm!«

Worauf Möne zur Antwort gab: »Nein, Kind, du bist nicht dumm, du bist nie dumm gewesen; denke nur, was du aus dem Warkenthiner Grobschmied gemacht hast! Aber du bist krank und sollst wieder gesund werden!« Und für sich setzte er in Gedanken hinzu: ›Dir kann nur der Chefarzt da oben helfen, und ich will sein Assistent sein.‹

8. Ein ernstes Kapitel

Warum ist es so still geworden in Buffalo Heights im Indianerland? Warum sind die frohen Zurufe und Gegenrufe selbst der wildesten Buben und Mädel beim Spiel verstummt? Und wenn einmal ein sorgloses Kinderherz ein glückliches Lachen, unbewacht und unbedacht, nicht mehr zurückhalten kann – warum sehen dann die Spielgefährten erschreckt zu ihm hin und legen wie auf Kommando ihre Finger auf die Lippen als dringende Mahnung und ernstes Lachverbot: Du, das darfst du nicht! Du weißt doch? – Warum gehen die Frauen stiller und einsilbiger als sonst einher, und warum vermeiden selbst die Männer jedes laute Geräusch und Wort?

Eine stille und ergebene Seele rüstet sich zur letzten Reise. Ein heimwehkrankes Herz macht sich los von der Erde und fährt heim. Frau Grete liegt auf ihrem Lager und steht nicht wieder auf. Ihr Lebenstag hat sich geneigt, und es will früh Abend werden. Zwischen Wiege und Sarg liegt viel Traurigkeit, aber auch viel blanker Sonnenschein. Im Leben der Frau Grete war beides zu finden, Herzeleid und helle Freude, und sie wußte nicht einmal, welches von beiden ihr am meisten Segen gebracht hatte. Möne saß oft und lange an ihrem Bett, ohne daß ein Wort von einem zum andern ging, aber sie verstanden sich durch Blick und Händedruck, und was ungesagt zwischen ihnen hin und her flog, war eigentlich immer dasselbe: Hab' Dank, hab' Dank! – Zuweilen schüttelt hohes Fieber sie, und dann kreuzen sich ihre Gedankengänge; mitunter spricht sie von der Gegenwart, zumeist aber von der Vergangenheit. Redet sie irre? Wie kann Frau Grete irre Reden führen, wenn sie von der Heimat spricht? Leise und doch ganz deutlich kommt es von ihrem Mund:

»Lieber Vater, da bist du ja! Ich habe dich gesucht, jahrelang, und konnte dich nicht finden. Aber nun hab' ich dich, und nun mußt du bei mir bleiben. Gib mir deine Hand, Vater!

Und da bist du, Mutter, liebe Mutter, und dein Haar ist so weiß geworden, aber deine Augen sind noch so hell und freundlich, wie sie immer waren. So, nun gehe ich wieder zwischen euch beiden und halte euch bei der Hand, und ihr nennt mich wieder ›leiw Döchting‹. Das habe ich immer so gern gehört, genauso gern wie ich im Sommer abends vor dem Einschlafen den Adebar hörte. Das klang so ruhig und friedlich übers Dorf hin, geradeso wie ›Der Tag ist nun vergangen, die güldnen Sterne prangen am blauen Himmelssaal‹.

Möne, mein lieber, lieber Möne, mußt mich nicht so traurig ansehn! Weißt du: über ein kleines! Sieh, ich hab' Vater und Mutter verlassen, um dir zu folgen; ich konnte nicht anders, ich mußte mit dir gehen, und es ist mir nie und nimmer leid geworden. Du warst mir, von Gott dazu gesetzt, Stecken und Stab, und du hast immer viel Geduld gehabt mit deiner dummen Grete. Hab' Dank, mein Möne!

Woher kommen denn auf einmal alle unsere Kinder? Groß und stark und gesund seid ihr alle miteinander. Ich habe es immer als ein besonderes Gottesgeschenk angesehen, daß ich mit euch singen und spielen und lernen und beten durfte; aber das beste und meiste hat euer Vater an euch getan. Seine Regel für Kindererziehung ist: ein Viertel Strenge und drei Viertel Freundlichkeit. Ich denke, das ist ein gutes Rezept. Ihr alle, einer wie der andere, habt mir viel Freude gemacht. Werdet, wie euer Vater ist, frisch, frei, fröhlich, fromm; dann ist mir nicht bange um euch!

Vater und Mutter Markow! Warum steht ihr hier an eurer Hofmauer und guckt den Weg entlang? Wartet ihr auf Möne und mich? Ja, wir kommen! Ihr habt mir nur immer Gutes und nimmer Leides getan, und das beste von allem war, daß ihr mir euren Möne gabt. Sein altes Lieblingslied ›Jung Siegfried war ein stolzer Knab'‹ singt er jetzt noch zuweilen, wenn ihm besonders wohl ist. Er war ja selber ein stolzer Knab' und ist es auch geblieben, stolz auf sein Amt und stolz auf euch.

Schüten, du lieber, treuer Schüten! Ja, du bist treu, und ein treues Gedenken haben wir dir bewahrt. Du hast viel von meinem Möne gehalten, und er hielt viel von dir!

Seid gegrüßt, ihr lieben Menschen in Warkenthin! Ich grüße euch, ihr alten Bauernhäuser mit den hängenden Strohdächern und den niedrigen Fenstern und der hohen Einfahrt auf die große Diele! Ich grüße dich, griese Gegend! Es gibt Leute, die nennen dich arm und häßlich; für mich bist du reich an Schönheit und Wundern, denn du bist meine Heimat!« –

Möne saß wieder auf der Bettkante und hielt Gretes fieberheiße Hand in der seinen. Was ging in ihm vor? Er war ein Mensch wie andere auch. Zuweilen wollte etwas in ihm hochkommen wie ein heißes Aufbegehren: Warum? Warum läßt Gott dies geschehen? Aber solche Gedanken quälten ihn nicht lange. Dann war er wieder Herr über sein Widerstreben und fragte sich ernsthaft: Warum willst du die heimwehkranke Seele zurückhalten? Sie kann doch nur gesunden in der ewigen Ruhe. Und ist sie nicht doch glücklich gewesen bei dir und mit dir, wenn es in den letzten Jahren auch nur ein leidvolles Glück war? Und war unsere gegenseitige Liebe nicht stark und wob feste Fäden von einem Herzen zum andern? Was ist es denn überhaupt mit der Liebe; ist es nicht bloß nebelhafte Dichtung, sondern wahre Wirklichkeit, daß Liebe und Leid ganz nahe beieinander wohnen?

Grete wurde zusehends schwächer, nicht ein einziges Glied wollte ihr mehr gehorchen; es war vorauszusehen, daß der letzte geringe Vorrat von Kraft bald verbraucht sein werde. Und je schwächer sie wurde, desto linder wurde sein Streicheln über ihre Hand und Wange und Stirn, desto lieber und inniger wurde sein Wort. Und als er gewahrte, daß neben ihm schon der Tod am Bett stand, beugte er sich über sie, küßte sie auf die bleichen Lippen und nahm alle Kraft zusammen. »Grete, wohin du gehst, da gehe ich auch hin!«

Da öffnete sie noch einmal die Augen, und ein unsagbar liebes Lächeln verklärte ihr Gesicht, als sie flüsterte: »Möne, daraus schließen wir, daß wir uns wiedersehen!« Es war ihr letztes Wort. – Frau Grete Markow, geb. Brümmerstädt, war daheim.

Die Kinder sind heimgekommen und stehen mit ihrem Vater um das Bett, und als Frau Grete ihr letztes Wort gesprochen und ihren letzten Atemzug getan hat, da heben sie nicht an zu heulen und zu schreien und recken auch nicht die Hände auf zum Himmel in Sorge und Verzweiflung; nein, Möne fängt an zu singen, und die Kinder fallen wie auf stille Verabredung ein: »Zieh' in Frieden deine Pfade!« Sie singen den ganzen Vers bis hin zum Schluß: »Vergiß uns nicht in seinem Licht und wenn du siehst sein Angesicht!« – Auf jeden leisen Ton fällt eine leise Träne, und jeder Ton kommt stoßweise über die Lippen, als müsse er sich den Weg erst bahnen über allerlei Felsgeröll.

Ihr Singen ist keine Glanzleistung. Die Markows sind nicht zu Konzertsängern geboren, und für Opern haben sie weder Begabung noch Verständnis. Es findet sich auch sofort ein Kritiker.

Meister Bach hat den Gesang gehört, klopft mit seiner Stimmgabel auf den Notenständer und nickt seinen Englein zu: »Das ist wieder Möne Markow, er singt mit seinen Kindern der Frau Grete das Amen nach in die Ewigkeit. Und jetzt wollen wir auch singen, aber ganz leise, damit wir die arme Seele nicht stören auf ihrer Himmelfahrt. Und daß mir keines von euch danebensinge! Verkehrt zu singen – das überlassen wir dem Pastor Markow, der versteht es aus dem Grunde. Es ist ein Graus, das anhören zu müssen. Aber –«

Johann Sebastian seufzt tief auf. »Also jetzt aufgepaßt! Wir singen das Lied von der armen Seele:

Es kam eine arme Seele im Himmelreich an.
Tut mir auf, tut mir auf, daß ich einziehen kann!

Und als sie nun stand am Himmelstor,
Da kamen die Englein mit Harfen hervor.

Arme Seele, was hast du zerrissene Schuh'! –
Bin immer gewandert, fand nirgendwo Ruh.

Verblichen, zerrissen dein altes Gewand! –
Das trug ich in Reisen und Sonnenbrand.

Arme Seele, was gehst du so krumm und gebückt! –
Mich hat das Weh nach der Heimat gedrückt.

Arme Seele, was suchst du im himmlischen Haus? –
Gott Vater, den sucht' ich weltein und weltaus.

Dem leg' ich zu Füßen die Kleider und Schuh',
Die Last und mein sehnendes Herz dazu.

Da traten die Englein zusammen in Reih'n
Und führten die arme Seele hinein.

Da wird sie beschienen vom himmlischen Glast,
Da war sie genesen der drückenden Last.

Die seligen Engel im seligen Licht –
So selig waren die Engel nicht.« –

Keiner der Indianer weinte, als die Kunde von Frau Gretes Heimgang von Haus zu Haus getragen wurde. Ob es bei ihnen Sitte und Gebrauch war, nicht zu weinen, selbst nicht an Grab und Sarg? Der tiefste Schmerz ist oft tränenlos. Man konnte es ihnen ansehen, daß sie Leid trugen. Der Schritt der Männer war schwerer als sonst, und ihre Mienen waren finster, als ob ein schweres Unglück über sie gekommen wäre, und die Frauen hatten Schatten unter den Augen. – War Frau Grete populär gewesen? Ach was – populär! Das ist ein verbrauchtes und oft mißbrauchtes Wort. Sie hatte Liebe gesät und erntete Liebe – weit, weit übers Grab hinaus.

Möne ließ es sich nicht nehmen, die Leichenrede zu halten, entgegen allem Brauch. Er war sogar genötigt dazu, weil seine Amtsbrüder für solchen Liebesdienst zu weit entfernt wohnten. Sein Text war derselbe, der auf dem Brümmerstädtschen Grabkreuz in Warkenthin stand: »Meine Augen sehen nach den Treuen im Lande.« Was er da sagte, das hat noch Jahre hindurch in den Herzen der Leidtragenden gelebt. Man wunderte sich, daß auch er keine Träne hatte, und dieser und jener mochte ihn wohl deswegen hartherzig schelten. Pastor Markow hartherzig gegen seine Indianer – ein Ding der Unmöglichkeit! Möne hartherzig gegen seine Grete – fast sündhaft, so etwas nur zu denken! Es war keine Hartherzigkeit; es war das, davon geschrieben steht: »Es ist ein köstlich Ding, daß das Herz fest werde!«

Der Schluß seiner Rede war: »Ich habe einmal ein Wort gehört, das lautete: ›Selig sind, die Heimweh haben, denn sie sollen nach Hause kommen!‹ Das liebe Menschenkind, das wir heute hier auf unserm Gottesacker zur Ruhe betten, hat jahrelang tiefes Heimweh mit sich herumgetragen, Heimweh nach der Stätte der Jugendzeit und Heimweh nach oben. Bei allem Frohsinn, den Gott der Herr ihr ins Herz gepflanzt hatte, war es doch in guten und bösen Tagen ihr liebstes Lied: ›Ach, wenn ich doch erst droben ständ' und könnt' den Heiland sehn!‹ Bis zum letzten Tag ihres Lebens blieb sie ihrer irdischen und himmlischen Heimat treu. Darum hat Gott mit ihr gehandelt nach seinem Wort: ›Meine Augen sehen nach den Treuen im Lande!‹ und hat all ihr Heimweh gestillt und sie nach Hause kommen lassen, in ihre und unsere Heimat. Das ist gewißlich wahr!«

So wurde eine Pastorentochter aus der griesen Gegend im weiten Westen von Amerika von Indianern zu Grabe getragen. Griese Gegend und Indianerland waren sich nahegekommen durch eine Brücke, die eine zarte Frauenhand gebaut hatte.

9. Mönes Einsamkeit

Pastor Markow war ein einsamer Mann. Aber seine Augen waren nicht dunkel geworden, und seine Kraft war nicht verfallen. Unermüdlich waltete er seines Amtes nach wie vor, war freundlich, wo Freundlichkeit am Platz war, und konnte hart sein, wo er auf harte Herzen und wilde Zügellosigkeit stieß. Mitunter, aber selten, konnte etwas von seinem alten Frohsinn zum Vorschein kommen, und dann konnte er lachen und scherzen mit Großen und Kleinen; aber noch häufiger saß er an Krankenbetten und bei den alten und mühseligen Männlein und Weiblein, und was dort über seine Lippen kam, war Medizin, eine Medizin, für die Gott der Herr selbst das Rezept geschrieben hatte.

Es konnte aber auch, besonders zur Winterzeit, geschehen, daß er, den Kopf auf die Hand gestützt, in seiner Stube am Tisch saß und weder las noch schrieb, sondern seinen Blick durchs Fenster in die weite Landschaft vor ihm schweifen ließ. Und in solchen Stunden sah er nichts von dem schönen Bild, das da vor seinem Auge ausgebreitet lag, sondern er blickte weit, weit darüber hinaus, nicht in die wilden und lustigen Jagdgründe, von denen einst seine Indianer geträumt hatten, sondern in ein Wunderland jenseits der Erde.

Was er da sah? Nicht schwer zu sagen! Er sah einen Mann, der einst – es war sehr lange her – über die Erde ging, segnend, heilend, duldend, und dieser Mann streckte ihm die Hand entgegen zum frohen Willkommensgruß; er sah seine Eltern, den Vater mit seinem Schurzfell und die Mutter mit der vorgebundenen Schürze, beide werktagsmäßig angetan und dabei festtäglich froh, und beide schämten sich nicht ihrer Arbeitskleidung; er sah Pastor Brümmerstädt mit der Bibel in der Hand und die Frau Pastorin mit einem Blumensträußlein aus dem Pfarrgarten an der Brust; und er sah Grete, seine Grete, die auf ihn zueilte mit dem freudigsten Blick, der je aus eines Menschen Auge strahlte, und ihn begrüßte: »Ich wußte ja, daß du kommen würdest, über ein kleines – und aber über ein kleines, so haben wir auch unsere Kinder hier.«

Wenn Möne eine solche Stunde erlebt hatte und in die Wirklichkeit zurückgekehrt war, stand er plötzlich auf und ging zu seiner Tochter, die ihre Stellung als Lehrerin aufgegeben hatte, um dem Vater die Wirtschaft zu führen, hob ihr Köpfchen auf und sah ihr tief in die Augen. »Min leiw Döchting!« Dann wußte sie, daß ihr Vater wieder einmal eine jener heiligen Stunden erlebt hatte, die ihm wohl und weh zugleich taten, eine jener Stunden, da das Heimweh mit großer Gewalt an ihm riß und zerrte, so gewaltig, daß es jeden andern zu Boden geworfen hätte. Aber Möne war stark an Leib und Seele.

Seine Söhne, jetzt alle verheiratet, baten ihn samt ihren Frauen herzlich und dringend: »Leg deine Arbeit nieder! Du hast von jeher hart gearbeitet und ein ruhiges und beschauliches Altenteil-Leben verdient. Komm zu einem von uns! Wir wollen dich hegen und pflegen, wie du und Mutter einstmals uns gehegt und gepflegt haben. Weißt du noch, daß du uns oft erzählt hast, es sei für einige Leute in der griesen Gegend ein Grund zu ihrer Übersiedlung nach Amerika gewesen, daß früher Ausgewanderte ihnen die märchenhafte Kunde zukommen ließen, hier könnten sie jeden Tag ›Stuten‹ (Weizenbrot) essen? Wir versprechen dir hoch und heilig, du sollst bei uns jeden Tag Stuten haben, und an der Butter darauf brauchst du nicht zu sparen, und jeden Sonntag kannst du noch Honig oben auf die Butter streichen. Lockt dich das nicht? Und wenn du deine Arbeitslust absolut nicht zähmen kannst – unsere Kinder wachsen heran und sind bald alt genug, um unterrichtet zu werden, und wir kennen niemand, dem wir sie lieber anvertrauen möchten als dir. – Wir denken, daß wir dir und Mutter im großen und ganzen gehorsam waren, abgesehen von etlichen Übermutsanfällen, die aber allemal eine merkliche Abkühlung erfuhren durch deine schnelle und gerechte Justiz. Nun ist es aber gewiß nicht unbescheiden und unehrerbietig von uns, wenn wir dich fragen und bitten: Sei du auch einmal uns gehorsam und richte dich nach unserm Wunsch und Willen. Also kurz und gut: Sei brav, Vater, und komm!«

Der Vater war aber nicht brav und kam auch nicht. Er liebte alle seine Kinder, und wenn sie ihn im Scherz fragten, wen von ihnen er am liebsten leiden möge, so war seine Antwort: »Den, der gerade bei mir ist!« Seine Erwiderung auf ihre wiederholte Aufforderung zu kommen war dem Sinne nach immer dieselbe: »Ich danke euch für eure freundliche Ermahnung zum Gehorsam, aber euer Vater ist nicht so brav, wie ihr wünscht. Er kommt nicht, sondern bleibt, wo er ist, bis Gott der Herr ihn in den Ruhestand versetzt und seinen Namen ins Buch des Lebens schreibt: Möne Markow, Buffalo Heights im Indianerland, geb. zu Warkenthin in der griesen Gegend in Mecklenburg, seines Zeichens Grobschmied und Pastor, heute umgezogen ins obere Stockwerk! – Und wenn ich dann noch sehen darf, daß Gott Vater vielleicht in Klammern hinzusetzt ›in beiden Berufen ein brauchbarer Mann‹, so will ich mich freuen, wie sich noch nie ein Mensch gefreut hat, und will in meiner Freude sogar ewige Freundschaft schließen mit J. S. Bach, obwohl er immer behauptet hat, daß meine musikalische Ausbildung der seinigen nicht ganz gleich komme. – Ihr müßt auch nicht denken, daß die Arbeit unter meinen Indianern getan sei; nur der Anfang konnte gemacht werden. Und außerdem: Ich stehe in einem Alter, da Tod und Leben Wipp-Wapp spielen; da ist es am besten, ich bleibe, wo ich bin und – warte.«

Wenn Möne an seine Kinder schrieb, konnte er zuweilen selber weich werden wie ein kleines Kind: »Ihr wißt, daß ich in jungen Jahren manche Woche und manchen Monat in meines Vaters Schmiede stand und half Pferde beschlagen, neue Reifen um Wagenräder legen, blanke Pflüge herstellen und hartes Eisen im Feuer und auf dem Amboß bearbeiten, daß es weich und biegsam werde zu weiterem Gebrauch. Das war harte Arbeit. Hat sie auch meinen Sinn hart gemacht? Konnte dieselbe Hand, die mit festem Griff Hammer und Eisen umspannte, auch weiche Kinderherzen leiten und führen, wie es sich eben für Kinder gehört? Wenn ich Euch zu hart anpackte mit Wort und Hand, verzeiht es Eurem alten Vater, und Gott verzeihe es mir! – Eure Mutter hatte einen weicheren Sinn und eine lindere Hand und richtete damit viel mehr aus als ich. Die Menschen sind verschieden, wie es die Pflanzen sind. Da steht die Distel, stolz und stark und stattlich, und in ihrem Schatten grünt und blüht ein bescheidenes Vergißmeinnicht; die große und anspruchsvolle Staude hat geringen Wert, aber das Blümlein darunter bringt jedem, der es sieht, stille Freude ins Herz und auch wohl stille Erinnerung an dieses oder jenes Menschenblümlein, das mit einem und neben einem aufwuchs und dann mitten im Blühen und Grünen dem Sensenmann zum Opfer fiel.« –

Möne arbeitete unverdrossen weiter an seiner Indianergemeinde, zuweilen mit gutem Erfolg und zuweilen mit geringem oder gar keinem. Sein Gang war langsamer geworden, und sein Haupt trug er nicht mehr ganz so aufrecht wie »ein stolzer Knab'«. Auch seine Fröhlichkeit war eine andere geworden, war nicht mehr so laut und frisch wie vordem, dafür aber um so inniger. Die Männer sahen ihm oft kopfschüttelnd nach, wenn er durch den Ort schritt; aber die Frauen verstanden ihn besser und öffneten ihm williger denn zuvor ihre Herzen. Sein Lebenskamerad fehlte ihm auf Schritt und Tritt, daheim und draußen, bei der Arbeit und in der Erholung. Die Kinder hatten ihre Anhänglichkeit, die sie Frau Grete zeigten, auf ihn übertragen, und wo er sich nur sehen ließ, waren sie seine Begleiter, faßten ihn bei der Hand, sahen treuherzig zu ihm auf und warteten auf ein freundliches Wort, das ihnen nie versagt wurde. Dabei wurde sein Herz warm, und mit einem gewissen Stolz verglich er sich mit seinem alten Freund, Pastor Brümmerstädt in Warkenthin. –

Für seine Predigten hatte er sich in jüngeren Jahren den Bibelspruch Ebr. 4,12 als Richtschnur gesetzt: »Das Wort Gottes ist lebendig und kräftig, und schärfer denn ein zweischneidig Schwert, und durchdringet, bis daß es scheidet Seele und Geist, auch Mark und Bein, und ist ein Richter der Gedanken und Sinne des Herzens!« Ja, seine Predigten waren meistens scharf und kantig gewesen wie ein zweischneidig Schwert. Vielleicht öfter als notwendig? Späterhin waren ihm Bedenken gekommen, nicht Bedenken und Zweifel an der Zweischneidigkeit des Wortes Gottes, sondern an seiner eigenen Predigtweise: Bin ich nicht oft zu hart gewesen in meinem Urteil? Habe ich nicht mitunter mein menschliches Urteil dem Urteil Gottes gleichwertig geachtet? Ist das Evangelium minderwertiger als das Gesetz? Verstehen meine Indianer nur das Gesetz, und haben sie kein Verständnis für das Evangelium? – Es gibt hartmäulige und weichmäulige Pferde; den hartmäuligen schadet ein scharfer Ruck am Zügel nicht, aber die weichmäuligen muß man vorsichtiger behandeln. Ist es mit den Menschenherzen nicht etwas Ähnliches? Den harten Herzen tut ein harter Hammerschlag not, aber die weichen kannst du damit in Zweifel und Verzweiflung treiben.

Möne wurde milder in seiner Rede, und wenn sich ihm auf der Kanzel ein reichlich hartes Wort auf die Lippen drängen wollte, so stand in seinen Gedanken plötzlich seine Grete vor ihm und bat: »Nicht, Möne, nicht! Nicht in Blitz und Donnerschlag, sondern in einem sanften Windeswehen!« Und dann konnte er nicht mehr hart sein und hart reden, sondern wurde weich in warmem Flehen: »Lasset euch versöhnen mit Gott!«

10. Mönes Zeitvertreib

Ja, Möne war ein einsamer Mann geworden. Ihm fehlte der Lebenskamerad, mit dem er Auge in Auge reden konnte über alles, was ein Menschenherz bewegen mag. Und weil er ihm fehlte, war es ihm nach und nach zur Gewohnheit geworden, mit sich selbst zu reden, nicht draußen auf der Straße, sondern daheim im Kämmerlein oder in seiner Studierstube. Er schrieb sogar Briefe an sich selbst, versah sie aber nicht mit Anschrift und Marke und ließ sie auch nicht von der Post in sein Haus zurücktragen, sondern verbarg sie wie ein geheimes Bekenntnis in seinem Schreibtisch. Nach seinem Tode fanden seine Kinder mehrere dieser Schriftstücke und gaben ihnen einen Ehrenplatz in der alten Familienbibel. Eines derselben lautete:

»Lieber Möne, heute abend fühlst du dich wieder einmal

so recht einsam und verlassen. Es geschieht dir ganz recht damit. Früher, als Grete am Abend zusammen mit dir am Tisch saß und die Kinder um uns herum spielten, da warst du froh und glücklich, aber zuweilen ist dir in all deinem Glück der häßliche Gedanke gekommen: das hat so seine Richtigkeit, das ist mir der liebe Gott schuldig dafür, daß ich für ihn arbeitete! Heute denkst du anders, Möne. Heute weißt du, daß Gott dir nichts schuldig war und schuldig ist und daß alles, was du dein eigen nanntest und noch heute dein eigen ist, dir gegeben wurde ›ohne alle mein Verdienst und Würdigkeit‹. Hörst du, Möne, ohne Verdienst und Würdigkeit! Vergiß es nicht, Möne! Schreib es dir lieber auf, und lege es auf deinen Schreibtisch, damit du es jeden Tag vor Augen hast!

Du bist jetzt alt, und das Alter nimmt dem Menschen vieles. Ich wette, die letzten zehn Jahre haben dir ein gut Teil von deiner Arbeitskraft genommen, von deinem Arbeitseifer auch, und von dem, was du heute unterlassen mußt, weil Kraft und Eifer nicht mehr ausreichen, wollen wir lieber gar nicht reden.

Das Alter hat dir aber auch vieles gegeben. Es hat dir die Erinnerung gegeben an alles, was dein einst war, die Erinnerung an Grete, an Schmiedewerkstatt und Pfarrhaus in Warkenthin, an gute Freunde und getreue Nachbarn, die in deiner Jugendzeit an deinem Wege standen und dir zuwinkten und zunickten und immer ein freundliches Wort für dich hatten. – Mit der Anzahl der Jahre hat auch die Anzahl deiner Erfahrungen zugenommen. Es waren nicht immer gute Erfahrungen, es waren auch schlimme darunter; aber du möchtest heute keine davon missen, und vielleicht haben die schlimmen dir mehr Nutzen und Segen gebracht als die guten. – Das Alter hat dir auch etwas gegeben, das gar nicht hoch genug zu schätzen ist. In deiner Kinderzeit hast du manchmal gehört oder gelesen von Glaube, Liebe, Hoffnung, und das hat damals keinen sonderlichen Eindruck auf dich gemacht, nur diesen, daß die drei Wörter in ihrer Zusammenstellung einen guten und lieblichen Klang hatten. Heute, nach so vielen Jahren, weißt du, daß dies Dreigestirn deinen Erdenweg erhellt und dir voranleuchtet in die Ewigkeit. Danke Gott, daß du es weißt!

Eins muß ich dir noch sagen, Möne, weil du in letzter Zeit so vergeßlich geworden bist: ›Vergiß nicht, was er dir Gutes getan hat!‹ – Und nun sollst du zur Ruhe gehen und deinen Abendsegen beten und dann nach Luthers Rezept ›flugs und fröhlich‹ einschlafen!« –

Möne verlor sich aber nicht ganz und gar in Einsamkeit und Erinnerung. Dazu war der einstige Grobschmied nicht angetan. Er war und blieb doch der Mann der Tat und vergaß über der Vergangenheit nicht die Gegenwart. Seine roten Kinder kamen nach wie vor zu ihm mit ihren kleinen und großen Sorgen. Sie schufen ihm viel Freude und auch vielen Kummer, und er griff zu mit Wort und Tat, schonte nicht die Hartherzigen und stillte den Schmerz mancher Herzenswunde, schlug, wo es not tat, mit dem Hammer zu und wußte ein weiches und verzagtes Gemüt zu trösten, wie eine Mutter ihr Kind tröstet. So kam es, daß der Pastor zu Buffalo Heights von einigen rechtschaffen gefürchtet und von der großen Mehrzahl verehrt und geliebt wurde. Er war nicht nur in der Kirche und auf der Kanzel für sie da, sondern jeden Tag im ganzen Jahr, und da war ihm kein Weg zu weit und kein Tag zu lang und keine Nacht zu dunkel. In seiner Studierstube wurde ihm manches Geheimnis anvertraut, das wohlverwahrt in seinem Herzen blieb, und dort hörte er manches Bekenntnis einer gequälten Seele, die bei ihm Ruhe und Frieden suchte und fand.

Sie kamen zu ihm, und er kam noch häufiger zu ihnen in ihre Häuser und Hütten. Sie fragten ihn mancherlei, und er fragte sie, und er hatte ein merkwürdiges Geschick zu fragen. Die Gefragten hörten nicht nur, was über seine Lippen kam, sie hörten sein Herz fragen und sahen seinen tiefen und festen Blick auf sich gerichtet, so daß kein Ausweichen möglich war und sie ihm die rechte Antwort geben mußten, ob sie wollten oder nicht.

Es handelte sich aber durchaus nicht immer um Fragen des Herzens und Gewissens. Die Männer kamen häufig und baten um Rat für Haus und Hof und für Ackerbau und Viehzucht, und die Frauen begehrten Aufklärung über die Behandlung kranker Kinder und über Anpflanzung und Gebrauch von bisher unbekanntem Gemüse und über viele andere schwierige Fälle in ihrem Haushalt. Und nun gar die Kinder? Wie oft kam ein Knirps die Treppe zu Mönes Stube heraufgeklettert und bat ihn unter Tränen, ihm den verlorenen Ball suchen zu helfen oder ihm ein Heilmittel für das kranke Hündlein daheim zu geben! Und wie oft stand ein kleines Mädchen vor ihm und hielt unter verhaltenem Schluchzen und mit bittenden Augen ihre Puppe hin, deren Gesundheitszustand durch den Verlust von Kopf und beiden Beinen wirklich schwer gelitten hatte! Die Mutter fand keine Zeit zur Krankenpflege, und der Vater hielt es seiner unwürdig, sich mit Puppenkram abzugeben, und die älteren Brüder lachten über den Schmerz ihrer kleinen Schwester. Wer sollte und konnte da helfen! Aber wozu war denn der weiße Mann da, der große Medizinmann für alle Schäden und Gebrechen.

Nein, an Langeweile litt Möne nicht. Er hatte täglich Besuche zu machen und die Kirchenbücher mußten in guter Ordnung gehalten und die Predigt für den kommenden Sonntag durchdacht und niedergeschrieben werden; und doch blieb ihm immer noch Zeit zu allerlei Nebenbeschäftigungen. Im Winter hatte er seine Gäste zu bewirten, die sich in früher Morgenstunde an der Hinterseite des Hauses einstellten und einmütig und einstimmig klagten und baten: »Dicht fällt der Schnee, der Wind geht kalt, habe kein Futter, erfriere bald!«

Zuerst kamen die Spatzen, die ein gut Teil ihrer sommerlichen Lustigkeit verloren hatten. Dann folgten die Stare, die im Herbst den Zug nach Süden verpaßt hatten. Stare und Spatzen hielten nie gute Freundschaft, und jetzt im Winter kam noch der Brotneid dazu. Es gab ein großes Geschrei um mein und dein, und bald mußten die Spatzen das Feld unwillig und schimpfend räumen; denn die Stare waren trotz ihrer Beliebtheit bei den Menschen und trotz ihres melodischen Flötens ein streitsüchtiges Volk, dessen Gegnerschaft man nicht unterschätzen durfte.

Zuletzt kamen die Häher, die bisher von den nahen Bäumen dem Gezänk von Spatzen und Staren zugesehen hatten. Die Häher verfuhren wie von alters her nach dem edlen Grundsatz: Macht geht vor Recht! Wie in einem Blitzkrieg verjagten sie die Stare, pickten gierschlungig den Rest der Körner und Brosamen auf und gerieten dabei untereinander in schwere Meinungsverschiedenheiten, die sie durch lautes Geschrei zum Ausdruck brachten. Schließlich wurde es Möne zu arg, er riß die Tür auf und rief den Fliehenden nach: »Dunner un de Kamerdör! Ji sünd jo doch ein niederdrächtiges Takeltüg! Glöwt ji, dat ick jug Striethamels morgen oder äwermorgen wedder wat tau freten bring?«

Ja, das glaubten die Häher, und Möne glaubte es auch, denn er wußte, daß es morgen und übermorgen genauso wie heute gelten werde: Brich dem Hungrigen dein Brot! Und außerdem hatte er seit dem letzten Sommer eine besondere Vorliebe für die Häher. Damals hatte er gesehen, wie in seiner Nachbarschaft ein halbwegs flügges Häherkind, das in einem unbewachten Augenblick aus seinem Nest auf die Erde gehüpft oder gefallen war, nun in seinem kindlichen Unverstand auf die Straße spazierte, wo es in Gefahr stand, von Hunden oder Katzen zerrissen zu werden. Ein Nachbarsjunge kam gesprungen, um das wehrlose Tierchen zu retten; aber in demselben Augenblick, als er die Hand nach dem kleinen Dummerjan ausstreckte, kamen Vater und Mutter Häher geflogen, kreisten zwei- oder dreimal in bedrohlicher Nähe um des Jungen Kopf und stießen mit ihren scharfen Schnäbeln zu, so daß der Angegriffene das Junge fahren ließ und eiligst seinem Hause zulief, während sich das Baby nun ganz artig von seinen Eltern zurückführen ließ. Seitdem hatte der Junge einen Widerwillen gegen alles Hähertum; aber bei Möne standen sie von demselben Tage an in großem Ansehen.

Während die Vögel in Hast und unter lautem Geschrei ihr Frühstück verzehrten, hatten sich an der Vorderseite des Hauses die Eichkätzchen eingefunden. An Frechheit ließen sie nichts zu wünschen übrig; aber ihre Frechheit war putzig, und in ihren Blicken und blitzschnellen Bewegungen lag so etwas wie Humor, und darum hatte Möne sie gern. Sie zeigten nicht die geringste Furcht, und wenn es galt, einen besonders guten Bissen zu erhaschen, kletterten sie an ihm hoch. Er mußte eine Nuß nach der andern aus der Tasche holen, um sie zu befriedigen und sich ihre Freundschaft zu erhalten. Einmal war es allerdings fast zu einem Zerwürfnis zwischen ihm und ihnen gekommen; einer der grauen Gesellen war ihm von der Schulter auf den unbedeckten Kopf gesprungen und hatte beim Absprung einige Haarbüschel mitgenommen und auf dem Kopf mehrere leichte Risse hinterlassen. Aber Möne war nicht nachträglich. Was machten ihm ein paar Schrammen aus!

Wenn sie nach seiner Meinung ihre Tagesration erhalten hatten, entließ er sie, aber nicht ohne ihnen eine kleine pastörliche Ansprache gehalten zu haben: »Nu gaht nah Hus un zankt nich ünnerwegs! Bedrägt jug so, as sick dat för gaud' Katteikers gehürt! Ümmer ehrlich! Ick heff mennigmal Klagen äwer jug hürt, dat ji in'n Sommer und Harwst nehmt, wat jug nich tauhürt. Das ist nicht ein gutes Geschrei, das ich von euch höre. Wenn ji dat nochmals dauhn, denn ...!« Aber sie waren unterdes schon wieder in ihre Bäume geklettert und konnten ihn nicht mehr verstehen, und darum blieb die Drohung, die er noch hinzufügen wollte, ungesagt, und das war gut, denn man soll auch mit Drohungen sparsam sein.

Im Sommer fand Möne neben aller Amtsarbeit noch Zeit zur Beschäftigung im Garten. Früher war Grete unumschränkte Herrin des Gartens gewesen, hatte ihn soweit möglich nach dem Vorbild des Warkenthiner Pfarrgartens angelegt und mit großer Freude als fleißige und kundige Gärtnerin darin gearbeitet, so daß es ihr von Frühlingsanfang bis in den Spätherbst hinein nicht an Blumen fehlte. Nun war Möne ihr Nachfolger in der Gärtnerei geworden. Er sah den Garten an als ein Erbstück von seiner Grete, ein Vermächtnis, dessen Verwaltung allein ihm und keinem andern oblag, und darum duldete er keine fremde Einmischung und wies jedes Anerbieten von Hilfeleistung freundlich aber bestimmt zurück.

Es gab keinen andern Garten im ganzen Ort, der so saubergehalten wurde wie der hinter dem Pfarrhaus. Allem Unkraut, das immer wieder in seinen Garten einzudringen versuchte, war Möne gram, aber keinem so sehr wie der wuchernden und vielgliedrigen Quecke. Kam einmal eine zum Vorschein, so übermannte ihn der Zorn, daß er dem Feind mit Spaten und Hacke und Fingern zuleibe ging und dabei seinen schlimmsten Fluch gebrauchte: »Quos ego!« Was hätte der alte Iserloth in Warkenthin dazu gesagt – ein Pastor in Amt und Würden, mit grauem Haar, den Jahren nach nicht weit von der biblischen Altersgrenze entfernt – und flucht wie ein preußischer Wachtmeister!

Aber über jedes Blümlein in seinem Garten, mochte es noch so niedrig und bescheiden dastehen, konnte er sich freuen wie ein Kind, lockerte ihm die Erde, daß Luft und Regen und Sonnenlicht an die zarten Würzelchen dringen konnten, und sprach ihm gut zu: »Bist brav, mein Blümchen! Bist mir wie Röslein auf der Heiden! Schaust mich so freundlich an, hab' meine Freude dran!«

Wahrlich, Langeweile drückte Möne nicht. Die Verwandten und Freunde weit hinten in der griesen Gegend vergaßen ihn nicht und schrieben ihm lange Briefe, nicht nur über alles, was in Haus und Stall und Feld und Garten getan wurde oder getan werden sollte, sie schrieben auch über Geburten und Todesfälle, über den Aufschwung der bäuerlichen Betriebe, über dörfliche und städtische und politische Verhältnisse, und daneben stellten sie Fragen über Fragen: Was denkt euer Präsident über die deutsche Kolonialpolitik? Wieviel Kühe hält der amerikanische Farmer durchschnittlich? Wieviel Lohn zahlt man dir dort? Welche Sorte Tabak rauchen eure Farmer? – Und so fragten sie weiter, eine ganze Briefseite lang. Sie waren nicht immer leicht zu beantworten, diese Fragen; aber Möne verstand es, den mecklenburgischen Wissensdurst zu stillen. Was ihm diese Briefe, mochten sie in untadelhaftem Hochdeutsch oder in einem kunterbunten Mischmasch von Hochdeutsch und Plattdeutsch geschrieben sein, lieb und wert machte, war die heimatliche Luft, die ihn daraus anwehte. Die Heimat sprach ihn an, und *die* Sprache verstand Möne.

Es wurden ihm, besonders zur Weihnachtszeit, auch Bücher von drüben, namentlich von früheren Studiengenossen, zugesandt, die ihm zeigen wollten, daß in der Alten Welt trotz ihres Alters doch auch Neues gedacht und getan wurde. Sogar Bilder fanden ihren Weg nach Buffalo Heights. Es war zu dieser Zeit ein neuer Kunstmaler in der Heimat bekanntgeworden, Rudolf Schäfer, ein Mann, der es wie wenige vor ihm verstand, auf Herz und Gemüt einzuwirken. Eines Tages hatte die Post eine kleine Sammlung seiner Bilder ins Pfarrhaus gebracht. Betitelt war die Sammlung »Rosen und Rosmarin«. Wenn Möne, müde und abgespannt von des Tages Tätigkeit, sich am Abend an den Tisch setzte, nahm er gern diese Bilder zur Hand und konnte sich nicht satt daran sehen.

Eins hatte es ihm besonders angetan. Es war die Zeichnung einer Abendlandschaft. Jedesmal, wenn Mönes Blick auf dies Bild fiel, kam ihm das alte Abendlied in den Sinn: »Der Tag ist nun vergangen, die güldnen Sterne prangen am blauen Himmelssaal.« Am Rande eines Kornfeldes sah man einen engen Weg, und an der dem Beschauer zugekehrten Seite des Weges stand ein großes Holzkreuz mit dem Heiland, wie man es in süddeutschen Ländern häufig findet. Vor und neben dem Kreuz ragten hochgewachsene Bäume auf, und zwischen ihnen stand eine Bank, und auf der Bank saß, die Hände auf seinen Stab gestützt, ein müder alter Wandersmann und schaute ernst und gedankenvoll auf das Kreuz und auf den, der daran hing.

Wer das Bild nur flüchtig anblickte, würde sagen: »Sehr stimmungsvoll!« Für Möne aber lag mehr als Stimmung darin. Man hätte gut und gern das Dreigestirn alles christlichen Lebens als Unterschrift wählen können: Glaube, Liebe, Hoffnung! Der Maler hatte jedoch eine andere Bezeichnung für sein Bild gefunden. Mit einfachen und klaren Buchstaben stand unter dem Bild das, was dem ausruhenden Wanderer durch die Seele geht: »Schönster Herr Jesu!«

Bild und Unterschrift bewegten Möne bis ins tiefste Herz hinein, und seine Gedanken gingen hinüber zu dem Maler: »Ja, lieber Meister Schäfer, mit diesem Bild und diesem Wort hast du mich zu deinem Freund gemacht. Du hast ja recht; trotz Gliederverrenkungen und rinnendem Blut, trotz Kreuzesnot und bitterem Tod: *schönster* Herr Jesu! Hab Dank, Meister Schäfer, hab Dank!« Möne legte das Bild in die Nachbarschaft von Bibel und Gesangbuch.

Es kam der Krieg, der erste Weltkrieg. Möne war ein guter Bürger dieses Landes, und dennoch hing sein Herz wie festgeklammert an der alten Heimat, deren Bild er nicht auslöschen konnte und wollte. Soweit es ihm erlaubt war, eiferte er gegen die von Tag zu Tag sich mehrenden Versuche, die Vereinigten Staaten mit in den Krieg zu zerren. Das zum Überdruß gebrauchte Schlagwort »right or wrong – my country first« stand nicht in Einklang mit seinen Gedanken über Recht und Unrecht. In tiefem Schmerz mußte er sehen, wie die Schlinge um sein Heimatland nach und nach enger gezogen wurde, und in bitterem Weh kam es ihm zum Bewußtsein, daß man im großen Lande der Freiheit sein Wünschen und Fühlen für das Land seiner Jugend verbergen müsse wie »heimliche Liebe, von der niemand was weiß«.

11. Ein Glückwunsch, eine Bitte und eine Antwort

Bevor Amerika den verhängnisvollen Schritt an die Seite der Verbündeten tat, erlebte Möne etwas, was sein Herz in anderer Weise bewegte als Krieg und Kriegsgeschrei. Die Kirche in Warkenthin feierte ihr 700jähriges Bestehen. Gute Freunde hatten es ihm mitgeteilt. Sein Glückwunschschreiben lautete:

»Liebe Gemeinde zu Warkenthin,
es ist mir ein Herzensbedürfnis, Dir zu Deinem Jubiläum einen aufrichtigen Glückwunsch zu senden. Du feierst jetzt einen Gedenktag, wie wenige Gemeinden ihn feiern können. Auf Jahrzehnte und Jahrhunderte kannst und wirst Du heute zurücksehen, und neben dem alten demütigen Jakobswort ›Ich bin zu geringe aller Barmherzigkeit und aller Treue, die du an deinem Knechte getan hast‹ wird es immer wieder in Lob und Dank durch Deine Seele gehen: ›Der Herr hat Großes an uns getan, des sind wir fröhlich!‹

Wo sind sie alle, die einst zu Dir gehörten! Die große Mehrzahl ruht unterm Rasen und gehört zu denen, ›die da schlafen‹. Und die noch leben, können nicht alle bei Deiner seltenen Feier anwesend sein, weil sie, wenn auch nur zu einem geringen Teil, zu weit entfernt wohnen. Aber das sollst du wissen, Du liebe alte Gemeinde zu Warkenthin, daß der Dich nie vergißt und nimmer vergessen kann, der einmal zu Dir gehörte und als Kind und als Erwachsener in Deinem ehrwürdigen Gotteshaus gesessen und dort das reine und unverfälschte Gotteswort gehört hat. Der Eindruck, den Gotteshaus und Gottesdienst daheim in unsern jungen Tagen auf uns machten, soll uns unvergeßlich sein und wird mit uns hinübergehen in die Ewigkeit.

Mein Glückwunsch ist kurz: Gott segne Dich immerdar! Er segne alle Deine Gemeindemitglieder, die, bei denen es Abend werden und der Tag sich neigen will; die, die in rüstigem Alter dahinschreiten; und die, für die der Lebenstag erst angebrochen ist! Gott hat bisher in guten wie in bösen Tagen seine Augen offengehalten über Dir, und Er wird es auch in Zukunft so halten, daß Du in großer Zuversicht sprechen kannst: ›Du bist bei mir, Dein Stecken und Stab trösten mich.‹

Es gibt ein Bibelwort, das heißt: ›Kann auch eine Mutter

ihres Kindleins vergessen?‹ Umgekehrt hat's aber auch einen guten Sinn: ›Kann auch ein Kind seiner Mutter vergessen?‹ Wir sind Deine Kinder, liebe Warkenthiner Gemeinde, und wir wollen Dich nicht vergessen, und wenn wir's wollten – wir könnten's nicht. Und wenn sich auch Länder und Meere zwischen uns gelegt haben, die Sehnsucht des Kindes nach der Mutter bleibt und wird bleiben bis in den Tod.

Und nun mußt Du mir noch eine Bitte erlauben. Es ist diese: Halte, was Du hast, daß niemand Deine Krone nehme! Du hast Gottes Wort. Halt's fest! Es ist böse Zeit, und ihrer sind viele, dort bei Dir und hier bei uns, die uns alles rauben wollen, was uns ›von Mutterleib und Kindesbeinen an‹ lieb und wert und heilig gewesen ist. Es soll uns auch heilig bleiben! Gott walt's!

Aus der Ferne und in großer Treue Dein früheres Gemeindemitglied Möne Markow«

Der Brief wurde am Jubiläumstage in der Warkenthiner Kirche verlesen, und da war keiner, der nicht hoch aufhorchte, und da war mancher, der sich die Augen wischte.

Möne erhielt Antwort. Die Alten, die in Warkenthin zusammen mit ihm aufgewachsen waren, schrieben: »Komm zu uns, Möne! Wir werden es Dir Dank wissen. Wir müssen hier jemand haben, der uns versteht und den wir verstehen. Die Welt ist heute so wunderlich, und die Wege, die über die Erde führen, sind zumeist krumm und irrig und wirrig. Wir wollen gern den geraden Weg gehen, und dazu sollst Du uns helfen. Die Jugendjahre hast Du zusammen mit uns verlebt; willst Du nicht auch die letzte Wegstrecke wieder mit uns wandern? Wir brauchen Dich, Möne! Komm!«

Auch die jüngere Generation schrieb: »Lieber Herr Pastor, unsere alten Leute haben schon an Sie geschrieben und Sie gebeten zu kommen. Nun bitten wir ebenfalls: Kommen Sie zurück zu uns! Sie sind lange genug in der Fremde gewesen. Wir jungen Leute brauchen Sie auch, vielleicht noch mehr als unsere Alten. Wir brauchen einen Freund, der uns sagt, was recht und unrecht ist, was wir tun und nicht tun sollen. Unser Pastor hat uns verlassen, und nun sind wir wie die Schafe ohne Hirten, sind auch manchmal dumm wie die Schafe und tun oft etwas, was uns hinterher gereut. Gehen Sie uns voran, führen Sie uns aus all dem

Wirrsal, das uns umgibt! Wir wollen Ihnen folgen. Wir wollen Sie ansehen als unsern Vater und Berater. Wir wollen's Ihnen danken bis in die Ewigkeit hinein.«

Die beiden Briefe bewirkten, daß sich Mönes Herz wie im Krampf zusammenzog. Die Heimat rief ihn, und die Heimat war in schwerer Bedrängnis des Leibes und der Seele. Der Krieg hatte schlimm gehaust nicht nur in Städten und Dörfern und Wäldern und Feldern, er hatte noch schwerere Verwüstung hineingetragen in viele Herzen, daß sie nicht aus noch ein wußten und in ihrer Verwirrung oft nicht mehr den Unterschied zwischen gut und böse klar erkannten und nun in ihrer Herzensnot schrien: Wo ist nun der Herr, der Gott Israels?

Möne saß an seinem Tisch und las die Briefe und las sie nochmals und zum drittenmal. Er sah die Heimat vor sich, die abgeholzten Wälder und die verwahrlosten Äcker, zu deren Bearbeitung die Kraft der Frauen und Kinder nicht ausreichte. Er sah die hungrigen Alten und hörte das Schreien der Kinder nach Brot, und ihm war dabei zumute, als ob seine Mutter ihn mit großen und angstvollen Augen um Hilfe anflehte. Er legte beide Arme auf den Tisch und ließ den Kopf auf die Arme sinken, und dicke Tränen tropften auf seine Hände. Das Leid der Heimat riß an dem starken Mann, wie der Sturm am Eichbaum reißt, und in heißem Ringen mit sich selbst fragte er: mußt du gehen? Sollst du gehen? Darfst du gehen?

Dann aber war sein Entschluß gefaßt und Herz und Gewissen ruhig geworden. Er nahm ein Blatt Papier zur Hand und schrieb:

»Ihr lieben alten und jungen Freunde in Warkenthin, Eure Briefe habe ich erhalten. Eure Not ist meine Not, Euer Leid mein Leid. Gott weiß, wie gern ich Eurem Ruf folgen möchte; aber ich kann und darf nicht. Ich darf meine ›roten‹ Kinder hier nicht verlassen.

Ihr schreibt, daß Ihr seid wie eine Herde ohne Hirten. Freunde, Ihr irrt Euch! In Psalm 23 steht es anders zu lesen. Ihr kennt den Hirten, und Er kennt Euch, jeden von Euch, und es ist Verlaß auf Ihn. Und Ihr habt Sein Wort, das helle Licht, und Ihr könnt es hineinleuchten lassen in Eure Herzen, gerade jetzt, da es so dunkel ist um Euch her und da für diesen und jenen unter Euch die Gefahr besteht, daß es bei ihm auch innerlich dunkel werden könnte. Auf Sein Wort ist

Verlaß! Glaubt's mir, ich hab's ausprobiert! – Wie wenig haben dagegen meine Indianer! Sie tappen vielfach noch in mangelhaftem Wissen von Gott einher und in unsicherem Halbdunkel. Sagt selbst, ob ich es vor Gott verantworten kann, sie treulos im Stich zu lassen, so daß sie durch meine Schuld vielleicht wieder in völlige Unwissenheit und in völliges Dunkel versinken! –

Laßt den Schulzenknüppel* im Dorf herumgehen, der Euch ansagen soll, daß am Abend desselben Tages eine Dorfversammlung stattfinden wird. Sonst sind nur die Männer zu dieser Versammlung geladen worden; jetzt müßt Ihr alle kommen, Männer und Frauen, Jünglinge und Jungfrauen, die Kinder allzumal und ganz besonders Ihr Witwen und Waisen. Stellt Euch auf der Dorfstraße auf, denn auf dem Hof des Schulzen wird nicht Raum genug sein! Stellt Euch im Kreise auf, und gebt Euch die Hände, und singt mit Herz und Mund, daß es bis an den Himmel und in den Himmel hinein schallt: ›Ein' feste Burg ist unser Gott, ein' gute Wehr und Waffen!‹ Ich sage Euch, das ist ein gutes Mittel gegen wunde und wehe Herzen.

Und zum andern sage ich Euch: Eure Herzen sind kleingläubig geworden, und das wundert mich nicht, denn das ist leider der Menschen Art und Weise in Notzeiten. Aber kürzlich habe ich im Neuen Testament ein Wort gefunden, das Euch wieder stark machen will und soll. Es lautet: ›Gott ist größer denn unser Herz‹.

Und drittens frage ich: Gilt in Eurem und meinem Vaterland noch das Wort, das der alte Bismarck einst im Reichstag dem dräuenden Feind zurief: ›Wir Deutschen fürchten Gott und sonst nichts in der Welt‹?

In alter Treue Euer Freund und Landsmann

Möne Markow«

* Der Schulzenknüppel war ein ansehnliches Stück Holz, ungefähr einen halben Meter lang. Drei- bis viermal im Jahr ließ der Schulze ihn von Haus zu Haus wandern. Eine mündliche Mitteilung als Begleitung des Knüppels war nicht nötig, denn jedermann wußte, was sein Erscheinen bedeutete: Heute abend ist Dorfversammlung!

12. Besuch von Mutter Busacker

Eine große Freude erlebte Möne noch in seinen alten Tagen. Unerwartet bekam er Besuch. Die uralte Mutter Busacker in Springdale hatte sich auf den Weg gemacht, um noch einmal ihren früheren Pastor zu sehen und Zwiesprache mit ihm zu halten.

Was für ein merkwürdiges Menschenkind war doch die Mutter Busacker! Sie hatte ein hartes Leben hinter sich, ein sehr hartes sogar. Als junge Frau war sie mit ihrem Mann nach Amerika gegangen, er in heller Begeisterung, sie willig, aber doch ohne übergroßes Vertrauen zu dem ›gelobten Land‹.

Sie hatten beide schwer gearbeitet, und als sie dann nach einer ganzen Reihe von Jahren ein bescheidenes Anwesen ihr eigen nennen konnten, starb der Mann, und an seinem Grabe standen die Witwe und fünf unversorgte Kinder. Sie murrte nicht und legte erst recht nicht in Verzweiflung die Hände in den Schoß. Zum Murren und Verzweifeln hatte sie gar keine Zeit. Sie kannte den Weg, der vor ihr lag, und wußte, daß es ein rauher und steiniger Weg war; aber sie kannte auch den rechten Wegweiser.

Unverdrossen arbeitete sie vom frühesten Morgen bis in die Nacht hinein und vergaß dabei nicht, am Morgen zu bitten: »Hilf uns, Herr, in allen Dingen!« und am Abend: »All unsre Schuld vergib uns, Herr!« – Es ging ihr wie dem Joseph in Ägyptenland: Alles, was Joseph tat, da gab Gott Glück zu! – Die Kinder wuchsen heran und verschafften der Mutter manche Erleichterung in ihrem schweren Tagewerk, und endlich war es dahin gekommen, daß nicht sie die Kinder ernährte, sondern die Kinder ihre Mutter versorgten. Mutter Busacker saß in ihrem Altenteilstübchen, nicht mürrisch und unzufrieden darüber, daß sie nun »abgesetzt« war, sondern froh und dankbar.

Zweierlei verlernte sie nie, solange sie lebte, den Kirchgang am Sonntag und das Arbeiten am Werktag. Obgleich sie Haushälterin i. R. war, fiel ihr das Müßigsein schwerer als das Arbeiten, wovon man besonders im Pfarrhause ein Lied singen konnte. Nicht nur, daß sie sich bei jeder größeren Arbeit wie Wäsche, Hausreinigung, Gartenbestellung wie selbstverständlich einfand; nein, sie war von viel größerer Bedeutung für die Familie Markow. Dem Pastor war sie eine treue Ratgeberin, der Grete eine mütterliche Freundin und den Kindern eine sorgliche Hüterin. Und was vielleicht noch am höchsten zu schätzen war: bei jeder Hilfeleistung, auch bei der unangenehmsten, war sie froh und zufrieden. Es war, als arbeite sie unbewußt nach dem Schriftwort: »Es ist ein köstliches Ding, daß das Herz froh sei bei der Arbeit!« Dafür stand sie aber auch in hohem Ansehen bei der ganzen Markow-Familie. Was Mutter Busacker sagte, war recht, und was sie tat, war dreimal recht. Möne nannte sie im Scherz oft den Motor des Pfarrhauses.

Und nun war sie da. Im ersten Augenblick sah sie den Pastor etwas erstaunt an. War das wirklich derselbe Mann, der vor vielen Jahren der Gemeinde in Springdale angehört und den böse Buben dann weggeekelt hatten? Mönes Haar war weiß geworden, und die Sorge um seine Indianer hatte manche Furche in sein Gesicht gegraben. Und doch, es war derselbe; sie erkannte ihn an seinem festen Händedruck, an seinen ehrlichen Augen und an seinem freundlichen Wort. Nur sein Äußeres hatte sich gewandelt.

Sie hatten sich viel zu erzählen, Mutter Busacker und Möne Markow. Beide hatten beides erfahren, Freude und Leid. Beide wußten: das Herz wird leicht durch Freud', und schwer wird es durch Leid! Die Freude war wie ein heller Frühlingstag über sie gekommen und das Leid wie ein hartes Hagelwetter. Das Grab auf dem Indianerfriedhof war noch nicht alt, und Mutter Busacker hatte zwei Söhne im ersten Weltkrieg verloren an einem und demselben Tag und wußte nicht einmal, wo ihr Grab zu finden sei.

Von der Heeresleitung hatte sie damals die Todesnachricht erhalten mit dem Zusatz, sie könne stolz sein auf ihre Söhne, die als Helden fürs Vaterland gestorben seien. Als sie das gelesen hatte, war neben dem tiefen Schmerz der Zorn über sie gekommen: »Stolz soll ich auf sie sein – jetzt, da sie irgendwo in fremdem Land verscharrt worden sind? Nein, stolz war ich auf sie, als sie gesund und stark in meinem Haus ein und aus gingen und mit jedem Wort und Blick zeigten, daß sie ihre alte Mutter liebten und in Ehren hielten. – Helden? Geht mir mit euren Helden! Ich würde gern auf Heldensöhne verzichten, wenn ich nur meine beiden Buben wiederhaben könnte. Weil ein Dutzend von euch großen Herren den Krieg wünschten, mußten Tausende von unsern Jungen den ›Heldentod‹ sterben!«

Auch von Mönes erster Gemeinde in Springdale sprachen sie, von jener Gemeinde, die ihn einst wie einen lebendigen Gruß aus der Heimat aufgenommen hatte und ihm dann doch wie einem unnützen Fremden den Fußtritt versetzte, der sie und ihn voneinander trennte. Mutter Busacker war der Meinung, Möne solle froh sein, daß er nicht all den unkirchlichen Unfug sehen müsse, der jetzt in Springdale getrieben werde. Und dann fügte sie hinzu: »Die Gemeinde wächst äußerlich sehr an; es wollen viele Neue aufgenommen werden, und sie werden auch aufgenommen, entweder unbesehen oder nach einigen wenigen Unterrichtsstunden, die ihnen möglichst leicht gemacht werden. Nach ihrem bisherigen Leben wird nicht viel oder gar nicht gefragt; wenn sie nur bei der Aufnahme dem Pastor die Hand geben und dabei ein recht ehrbares Gesicht machen, so sind sie sozusagen über Nacht gute und treue Gemeindemitglieder geworden. – Es fehlt uns etwas in Springdale. Ich weiß nicht, was es ist; aber manchmal denke ich: es ist unser Heiland, der uns abhanden gekommen ist.«

Mit den Indianern hatte Mutter Busacker nicht viel im Sinn. Sie traute ihnen nicht so recht und ging ihnen soviel wie möglich aus dem Wege. Möne versicherte ihr immer wieder mit Lachen, daß die Indianer nicht schlechter und nicht besser seien als die Weißen; aber sie blieb bei ihrer abweisenden Haltung. »Ich weiß doch nicht; sie sind so ganz anders, sie sind nicht so wie die Leute aus der griesen Gegend!«

Nach einigen Wochen reiste der Besuch wieder ab. Beim Abschiednehmen standen beide lange Hand in Hand. »Auf Wiedersehen«, sagte Mutter Busacker, und »Auf Wiedersehen«, antwortete Möne, und beide wußten, welches Wiedersehen sie meinten, und dann fügte Möne noch hinzu: »Es will Abend werden, Mutter Busacker, für uns beide will es Abend werden.«

13. Mönes Krankheit und Sterben

Und es wurde Abend – schneller, als Möne es sich gedacht hatte. Er hatte an einem Tage bis tief in die Nacht hinein am Sterbebett eines alten Indianerweibleins gesessen und ihm ein helles Licht nach dem andern angezündet für die Wanderung durch das dunkle Tal, und als er dann ins Pfarrhaus zurückkehrte und sich todmüde in sein Bett legte, hatte er nicht darauf geachtet, daß das Fenster in seiner Schlafstube weit geöffnet war, sondern war sofort fest eingeschlafen, so daß der kühle Novembernachtwind stundenlang ungehindert über den Schläfer hinstreichen konnte.

Früh am Morgen war er wieder auf und ging, um Helene einen guten Morgen zu wünschen. Nein, er ging nicht, sondern er taumelte, so daß Helene ihn fragend ansah. »Was ist dir, Vater?«

»Nichts«, war die Antwort, »ich bin wohl nur noch müde von gestern her.« Dann setzte er sich nieder zum Morgenimbiß, zeigte aber so wenig Appetit, daß es ihm selber auffiel.

Mehr noch fiel es seiner Tochter auf, die ihren Vater kannte als einen Mann, der sonst bei jeder Mahlzeit eine gute Schlacht schlug und einen natürlichen Widerwillen gegen Speisereste hatte. »Vater, du bist doch nicht krank?«

»Krank? Nein, ich habe gar keine Zeit, krank zu sein. Es geht jetzt stark auf Weihnachten zu, und da gibt's viel liebe Arbeit für mich.«

Als er sich dann fertig machte zu einem Gang in das Haus der in der Nacht gestorbenen alten Frau, um mit den Hinterbliebenen über die Beerdigung zu beraten, und schon an der Haustür stand, griff er plötzlich mit einer Hand nach einem festen Halt und mit der andern nach seiner Brust, durch die es wie ein messerscharfer Stich ging. Nach einem Augenblick hatte er sich erholt. »Es ist nichts, Leni«, sagte er, »aber ich will doch lieber zu Hause bleiben.« Damit setzte er sich an den Schreibtisch; der Text für die Predigt am kommenden Sonntag wartete auf seine Bearbeitung: »Siehe, ich komme bald!« Off. Joh. 23,7. – Aber der Schmerz wiederholte sich und zwang ihn, die Arbeit dranzugeben und sein Bett aufzusuchen. Am Nachmittag verschlimmerte sich sein Zustand.

Möne hatte nie viel von der ärztlichen Kunst gehalten; aber er gab doch seine Zustimmung, als Helene ihm riet, den

Doktor zu rufen. Der Doktor kam, untersuchte, machte ein bedenkliches Gesicht und stellte fest: doppelte Lungenentzündung. Es sah schlimm aus. Die Serumbehandlung der Lungenentzündung war noch für jedermann ein Geheimnis, auch für jeden Arzt, und für den, der sich damals im Alter von mehr als vierzig Jahren eine Lungenentzündung zuzog, konnte man mit einiger Gewißheit das Formular für den Totenschein bereitlegen.

Am nächsten Morgen, als keine Besserung zu spüren war, fragte Helene ihn, ob sie nicht ihre Brüder bitten solle, zu kommen; aber er wehrte ab: »Nein, sie haben jetzt, so kurz vor Weihnachten, ihre reichliche Arbeit. Wir wollen sie nicht stören. Sie können mir auch nicht helfen, und du« – leise streichelte er ihre Hand – »du bist ja bei mir.« Aber seinen alten Freund und Amtsbruder in erreichbarer Nähe ließ er bitten zu kommen.

Der kam am nächsten Tage. Unruhig fuhren die Hände des Kranken über die Bettdecke. Zuweilen redete er irre, und auf seinen Irrfahrten war er bald in Warkenthin, bald in Springdale und dann wieder bei seinen Indianern; nun sprach er mit Mutter Markow und Pastor Brümmerstädt, und gleich darauf hatte er mit Mutter Busacker zu reden; mit Frau Grete und seinen Kindern unterhielt er sich oft und lange, und dann lächelte er und lag still und zufrieden da.

Es kamen aber auch Stunden, in denen er wieder völlig Herr über seine Gedanken war, und dann hielt er Zwiesprache mit seinem alten Freund, der nicht von seinem Bett wich. Möne wußte, daß sein Ende nahe sei. Zweifel, ernstliche Zweifel, waren ihm nie gekommen, aber Stärkung für den letzten und schwersten Gang braucht auch der Stärkste, und sein Freund war gerade der rechte Mann, ihn zu stärken und ihm das Geleitwort für die letzte Fahrt zu sagen.

Hin und wieder trat ein Indianer an sein Lager, sah scheu hinüber zu dem Kranken und wurde noch scheuer, wenn er die wirren Reden hörte. War das wirklich ihr Pastor, der sonst so klar und verständlich zu ihnen gesprochen hatte? Waren das nicht vielleicht doch die bösen Geister, die dem Sterbenden den Eintritt in die ewigen Jagdgefilde nicht gönnten? Aber nein, mit denen hatte ihr Pastor nichts zu tun und sie auch nicht. Und in kindlichem Unverstand bat der eine und der andere den Kranken: »Bleib' bei uns, Vater! Verlaß uns nicht!«

Sie kamen auch, die Indianer, wenn Mönes Gedanken auf der richtigen Straße fuhren. Manch lebensfrohes Kind kam und legte sein Händchen in die heiße Hand des Pastors, und manch vergrämtes und verhutzeltes Indianerweib humpelte in das Krankenzimmer, kam mit trockenen und ging mit nassen Augen, brachte nichts als ein schweres Seufzen und nahm ein freundliches Trostwort mit nach Hause. Alle wollten sie ihn trösten, aber er tröstete sie alle. –

Aus Abend und Morgen ward der letzte Lebenstag für Möne Markow. Die Tage der Krankheit hatten ihn arg mitgenommen; aber gerade an diesem letzten Tage trübte keine Wolke seinen klaren Sinn, und auf seinem Gesicht lag milder Abendsonnenschein. Helene mußte auf sein Geheiß Papier und Feder holen und niederschreiben, wie dies und jenes nach seinem Ableben geordnet werden sollte. Jedes Wort von ihm war ihr ein heiliges Vermächtnis, und als das letzte gesagt und geschrieben war, war weder Siegel noch Petschaft nötig. Ab und zu war eine schwere Träne auf das Papier gefallen, und jede einzelne war mehr wert als eine gerichtliche Versiegelung.

Sein alter Freund verließ ihn nicht an diesem Tage, und seine Freundschaft tat sich kund in treuem Zuspruch, der nicht von ihm stammte, sondern von einem Höheren. Und alles, was Möne mit schwacher Stimme zu sagen hatte, war gestimmt auf den Grundton: »Hier kommt ein armer Sünder her, der gern ums Lösgeld selig wär'!« Für eine kurze Weile kam leiser Schlummer über ihn; aber dann drehte er jäh den Kopf nach der Seite, wo noch immer Gretes Bett stand. »Ja, Grete, ich komm!« Ein froher Zuruf und Gruß aus der Zeit in die Ewigkeit, von hüben nach drüben. Möne Markow war daheim.

An diesem Tage wurden die Indiander in Buffalo Heights zu Waisen. Schrieb Gottvater an diesem Tag in sein Lebensbuch hinter Namen und Beruf von Möne Markow wirklich: »Ein brauchbarer Mann?« Es ist wohl anzunehmen.

J. S. Bach brauchte sich nicht mehr zu ereifern über Mönes Singsang, denn in der Ewigkeit geht eine große Wandlung der Menschen vor sich, und sogar jedes mißtönige Singen hier auf Erden wird dort zu einem voll und rein klingenden Jubellied, an dem selbst der Leipziger Kantor nichts auszusetzen findet. Er ließ die Glocke des Engelchors läuten, und bald standen sie alle um ihn, die lichten und frohen Gestalten. Es war auch gar nicht nötig, erst ein passendes Lied aus dem großen Liederbuch zu wählen. Der alte Kantor und seine Sänger wußten, daß nur *ein* Lied in Betracht kommen konnte.

Johann Sebastian erhob die Rechte, zählte: »Eins-zwei-drei«, und der volle Chor setzte ein: »Schreib meinen Nam' aufs beste ins Buch des Lebens ein!« –

Nicht lange darauf konnte man auf dem Indianerfriedhof zu Buffalo Heights ein neues Grab sehen und auf dem Grab ein einfaches Kreuz mit der von dem stillen Schläfer bestellten Inschrift: »Dieser war auch mit dem Jesus von Nazareth!«

Und in Springdale stand die alte Mutter Busacker mit gefalteten Händen in ihrem Altenteilstübchen und sagte leise und innig: »Auf Wiedersehen, Pastor Markow, auf Wiedersehen!« –

»Und ihre Seele spannte
Weit ihre Flügel aus,
Flog durch die stillen Lande,
Als flöge sie nach Haus.«